村上元三

水戸光圀

上

JN285644

人物文庫

学陽書房

水戸光圀〈上〉目次

天狗坊の眼力……11
母と子……19
赤と白の石……28
竜虎の話……33
肝《きも》試《だめ》し……41
死人の首……48
光国……54
巷《ちまた》の空気……69
梅の木……80

江戸の大火……95
紀伊の松姫……104
旗《はた》本《もと》奴《やっこ》……113
市中出歩き……127
茶店の団子《だんご》……138
柳生道場……152
吉原遊び……164
はじめての酒……174
はじめての喧嘩……187

男と女……199
辻相撲……213
熱海八景……223
大将の良し悪し……233
鰤《ぶり》……246
於《お》常《つね》の死……259
酒盃……270
文と武……282
白い菊……294

老臣ふたり……305
右手に盃、左手に書物……315
よき家来……327
弥智《やち》という娘……337
江戸絵図……348
別春会……360
山《さん》王《のう》祭《まつり》……371
義直の病気……382
家光の死……394

水戸光圀〈上〉

天狗坊の眼力

寛永八年（一六三一）という年は、前の二代将軍秀忠《ひでただ》が五十三歳のころで、ようやく徳川の治政は落着きを取り戻しはじめた。だが諸国には、豊臣家滅亡のあと取りつぶされた諸大名の家来たちが大ぜい浪人をしていて、ときどきおだやかでない噂《うわさ》が聞こえている。

そのころの常陸国《ひたちのくに》（茨城県）水戸は、亡き家康の第十一子、頼房《よりふさ》が城主として国内を治めている。その頼房も、ほとんど江戸小石川の屋敷に住んでいて、水戸城は家老の芦沢伊《あしざわい》賀守《がのかみ》、三木仁兵衛《みきにへえ》などをはじめ、家来たちが留守を守っていた。

陰暦の四月は、すでに夏のはじめのころで、水戸城下も強い陽ざしの下に、それぞれ商人たちも活気のある暮らしを送っていた。

水戸城からすぐ眼の下に、柵町《さくまち》というところがある。

そこに、水戸家の家老のひとり、三木仁兵衛の屋敷があった。

徳川中期になってから、諸国の大名やその家老たちは、それぞれ身分に応じて贅沢《ぜいたく》な暮らしをするようになったが、この寛永のころは、まだ戦国の気風を残して、侍たちの生活は奢《おご》っていない。

三木仁兵衛の屋敷は、長屋門を構え、塀《へい》をめぐらしてあるが、それほど金を使った建物ではなく、ごく質素であった。

初夏の陽を浴びて、山伏姿をした修験者《しゆげんじや》がひとり、ゆっくりとこの柵町の通りを歩いて来た。

これは那珂郡山方村《なかぐんやまがたむら》に近い真弓山に庵《いおり》を作って住んでいる修験者で、中島祐水《なかじまゆうすい》という。

以前、この常陸国は佐竹家の領地だったが、佐竹家が東北の久保田（現・秋田市）へ移されてから、徳川家の領地となり、城主として水戸頼房が移って来た。

中島祐水は、もと佐竹家の旧臣で、三十を少し過ぎた、身体の大きな、たくましい顔つきをした僧であった。

人相をよく観るところから、天狗坊《てんぐぼう》祐水とも呼ばれ、水戸家の侍たちのあいだでも、この祐水は信頼を得ている。

粗末な竹の笠で陽ざしを避けながら、三木屋敷の門前近くまで来た祐水は、ふっと足をとめた。

長屋門の扉は大きく八文字に開かれ、門の内側で小さな子供がひとり、遊んでいる。家来と思われるふたりの侍、それに色の黒い三十年配の女が守《もり》をして、その子供を遊ばせていた。

子供は男の子で、四歳ぐらいであろう。髪を切禿《きりかむろ》にして、小袖を着ている。色の白い、ふっくらした下ぶくれの顔立ちで、際立《きわだ》って眼が大きい。

その男の子は、守の男女三人を対手《あいて》に、石蹴《いしけ》りをして遊んでいる。

中島祐水は笠の下から、じっとその子供の顔を見ていた。

「はて」

祐水は、笠を脱いでしまい、ひたとその男の子の顔に眼をつけながら、ひとりごとを言った。

「尋常の子ではない」

いつの間にか祐水は、門のほうへ近づきながら、大きな声を出した。

その祐水の姿に気がつくと、乳母《うば》と思われる色の黒い女は、いそいで男の子を抱きあげた。

続いてふたりの侍が、それぞれ脇差《わきざし》の柄《つか》に手をかけ、自分たちの身体を楯《たて》にして男の子を守る形を取った。

「早う、ご門を」

と色の黒い乳母は、門番小屋のほうへ声をかけた。

あわてて門番の小者が出て来ると、門を閉めそうにした。

「しばらく」

祐水は門の前に立って、声をかけた。

「しばらくお待ちを願いたい」

「なんのご用」

子供を抱きあげた乳母は、きつい眼で祐水を睨《にら》みつけた。

「それがしは、那珂郡山方村に近き真弓山に庵を結んで住む、祐水と申す修験者にござる」

と祐水は、ていねいに小腰をかがめて、

「人の相を観て、誤ったることがござらぬゆえ、天狗坊などと呼ばるる者にござる。ここは水戸様ご家老、三木仁兵衛どのがお屋敷と承知を仕《つかまつ》っておる。しかし、そなた様に抱かれておるお子は、三木様のご子息ではござるまい」

それへはなにも答えず、ふたりの侍は門番と一緒になって、門を閉めそうにした。

「しばらくお待ちを願いたい」

と祐水は、門の扉を両手で押さえるようにしながら、そこに坐ってしまうと、懸命に言った。

「そのお子は、三木仁兵衛どののご子息か。いや、そうではあるまい。このあたりにおいであるべきお子とは覚えぬ。もしも祐水が眼力《がんりき》の誤りなれば、この後は人相を観ること、われから断たずばなるまい」

言葉を続ける祐水にかまわず、門の扉はしまりそうになった。

その隙間《すきま》から祐水は、門の内へいそぎ足で去って行く乳母の背中へ、声をかけた。

「お教え下さい。そのお子、尋常の人相ではない。その小さなお顔の中に、一国を統《す》べる相がある」

その祐水の顔の前に、大きな音を立てて門の扉が閉まった。

なおしきりに祐水は、門の外からなにか言っているが、誰もそれに耳を傾ける者はいない。

小さい子を抱いた乳母と、それを守るふたりの侍は、門から玄関へはかからず、柴折戸《しおりど》をくぐって中庭へ入って行った。

「なんとした」

縁側に立って声をかけたのは、三木仁兵衛の妻の武佐《むさ》という女であった。

「申し訳ございませぬ」

男の子を抱いた乳母は、色の黒い顔に汗を光らせながら、

「ご門の内にて、長丸《ちょうまる》様のお対手《あいて》を致しておりましたところ、修験者の僧が通りかかりました。若様のお顔を見て、一国を統べたもうおん相、と申しましたが」

「小ごう」

と武佐は、乳母を呼んだ。

「他人の眼に若君をお見せすること、くれぐれも禁物《きんもつ》、と申し聞かせてあるはず」

「はい、申し訳ございませぬ」

と小ごうは、ていねいに詫《わ》びたあとで、自分の抱いている男の子に視線を向けると、色の黒い顔に微笑を浮かべた。

「奥様より、旦那《だんな》様へもお願い申し上げて下さりますよう。もはや若君様にとって、この

お屋敷のお庭は、いささか狭くなってござります」

「それは、ようわかっておりまする」

うなずいてから武佐《むさ》は、ふっと呟《つぶや》いた。

「一国を統べたもうおん相、とその修験者は申したか」

その日の夕方、水戸城から退《さが》って来た三木仁兵衛へ向かって、妻の武佐はその修験者の言葉を伝えた。

水戸家の侍の中でも、智恵者であり、温厚な人物と言われる仁兵衛も、そのときは難《むずか》しい顔つきをした。

「一国を統べたもうおん相、と言うたか」

「はい、このあたりにあるべきお子とは覚えず、とも申しましたそうな」

うなずいて仁兵衛は、溜息《ためいき》をついた。

「長丸様のこと、もはや殿に申し上げねばならぬな」

「わたくしも、さように存じまする」

この三木家の屋敷に養われている長丸と呼ぶ四歳の子は、あの中島祐水が見た通り、三木仁兵衛の子ではない。

まことは、水戸城のあるじ、徳川頼房《よりふさ》の実子であった。

もともと頼房は、正室《そくしつ》というのを迎えたことはなく、この水戸城にふたり、江戸の屋敷に三人、それぞれ側室を置いている。

頼房の側室のうち、水戸城にいるお勝《かつ》の方という女性は、亀麿《かめまろ》と呼ばれる男子を産んだが、それは二年前に四歳で世を去った。

ほかに江戸上屋敷にいる側室の耶々《やや》の方は、昨年の暮、男子を産み、お愛《あい》の方と呼ばれる側室にも、今年の春、やはり男子が生まれて、出雲《いずも》と名をつけられた。

側室の中でいちばん年の若いのは、水戸城にいるお久《ひさ》の方と呼ばれる女性であった。

お久の方は、上野国《こうずけのくに》佐野《さの》三万九千石を領していた佐野《さの》修理大夫《しゅりだゆうの》信吉《ぶよし》の家来、谷《たに》左《さ》馬助《まのすけ》重則《しげのり》の娘に生まれた。あるじの佐野信吉が将軍秀忠の勘当《かんどう》を受け、所領を没収されたあと、谷左馬助も浪人をした。その娘のお久は、水戸の家老のひとり芦沢《あしざわ》伊賀守《いがのかみ》の世話で、水戸城の奥勤めをすることになり、やがて頼房の側室に選ばれたのであった。

そのお久の方は、すでに頼房の男子を産み、竹丸《たけまる》と名づけて、ことし八歳になる。

四年前に、お久の方が再び懐妊《かいにん》したとき、お勝の方は頼房に迫って、お久の方の子を水に流すように言った。ただの女同士の嫉妬《しっと》だけではなく、大名の世子《せいし》の母になれば、家来たちの扱いも違うし、側室の中でも、もっとも大切な地位に置かれることになる。

それだけにお勝の方は、亀麿の死後、まだ男子を産んでいないし、ほかの側室たちに負けてはならぬ、という気持が強い。

家康の子の中でも、ことに気が強いといわれている頼房も、お勝の方だけは押さえ切れず、とうとうその言葉を容《い》れることになった。

頼房の命令で、お久の方はお腹《なか》の子を水に流すことになったが、その下知《げじ》を受けた三木仁兵衛は、内々で一策を案じた。

三木仁兵衛は、妻の武佐と相談をし、武佐の縁者に当たる書院番頭の伊藤玄蕃《いとうげんば》とも打ち合わせて、お久の方をいったん太田の城へ移した。

太田には、かつて佐竹家の旧城があり、いまでは水戸家の別屋形になっている。

佐竹家は常陸《ひたち》領内で善政を施《し》いたので、現在でも佐竹家の徳を慕《した》う者が多く、ことに太田付近にそういう人間たちが多い。

だから頼房も、太田の城へは行ったことは一度もない。

お久の方は、太田の城の中で子を産み、長丸と名づけた。

その後、お久の方は水戸へ戻って、柵町にある三木仁兵衛の屋敷で養生をし、城内へ戻った。

だが、長丸は三木屋敷で育てられ、無事に成人をしているのであった。

仁兵衛の妻の武佐は、夫よりも年上で、もと後陽成《ごようぜい》天皇の中宮《ちゅうぐう》に仕えて命婦《みょうぶ》となり、学問も積み、詩歌《しいか》の道にも長じていた。

その仁兵衛と武佐が、長丸のために見つけてきた乳母は、もと佐竹家に仕えた石堂八兵衛《いしどうやへえ》という侍の妻であった。

本名を阿古《あこ》と言ったが、この三木屋敷に来てから小《こ》ごうと名乗っている。

母と子

四歳といっても長丸は、普通の四歳の子よりも肩幅が広く、力が強い。色が白く、眼の大きなところは、母のお久の方とそっくりであった。

耳が大きく、鼻筋も通って、下ぶくれの顔の輪郭《りんかく》は、父の頼房《よりふさ》によく似ている。

自分の父と呼び、母と呼ぶ人がこの屋敷の中にはいない、というのが、このごろの長丸にはよくわかってきたらしい。

「やがて、おん父君、おん母上に、晴れてご対面のことがありましょう」

武佐がそう言い聞かせると、自分でも合点《がてん》をしたのか長丸は、黙ってうなずいた。

大名の子に生まれながら、まだ晴れて名乗りが出来ないだけに、長丸の遊び場所はこの三木屋敷の庭しかない。ときどき自分の力を持てあまし、長丸は門から外へ駆け出そうとする。それを乳母の小ごうや三木屋敷の家来たちは、懸命になって引きとめた。

「あの天狗坊祐水《てんぐぼうゆうすい》と申す修験者は、このご城下ばかりではなく、城内にても知られたる僧ゆえ、長丸様のこと、ほかへ洩《も》れることがあるやも知れぬ」

と三木仁兵衛は、妻の武佐へ言った。

「この三木屋敷にふさわしくない、一国を統《す》べる相を持ったおん子が住んでおらるる、と聞いただけで、人々は不思議に思うであろうからな」

その年が暮れて、あくる寛永九（一六三二）年正月二十四日、徳川秀忠は世を去った。

その年の四月、三代将軍家光は日光山東照宮へ詣《もう》でた。その供をした水戸頼房は、帰り道に家光から暇を貰い、江戸家老中山備前守《びぜんのかみ》以下を従え、久しぶりで水戸城へ帰って来た。

四月とはいっても、まだ水戸はときどき薄ら寒い風の吹くことがある。

出迎えた家来たちをはじめ、側室のお勝の方、お久の方などの挨拶を受けたあと、頼房は本丸の表御殿で家老たちと会った。

あらかじめ三木仁兵衛は、中山備前守と芦沢伊賀守の諒解を得て、はじめて今日は長丸のことをあるじの頼房へ言上するつもりであった。

「そのほう、なにかわしに申したいことがあるようだな」

と頼房は、じっと三木仁兵衛の顔を見た。

「おそれながら」

言葉を切ってから仁兵衛は、備前守と伊賀守がうなずくのを見ると、上段の間のほうへ膝を進めた。

「殿のおん下知《げじ》にては、お久の方様のおん子、水に流すようにとのことでござりましたが、わたくし、仰せ出だされに背《そむ》きました」

そう前置きして仁兵衛は、順序よく話をした。

お久の方が二番目の男子を出生したこと、仏門に入って養珠院《ようじゅいん》と名乗っている頼房の母にも相談をして許しを得たこと、そのお子はいま五歳、柵町の自分の屋敷で無事に成育をし、すぐれたお子になっていることなど、一気に仁兵衛は説明した。

「すべて、わたくし一存より考え出しましたること、いかようなお咎《とが》めを受くるもいといませぬ」

頼房は一言も問い返さずに、黙って聞いていた。

もちろん頼房としても、そういうことではないのか、と前々から考えていた。仁兵衛の言葉を聞き終わると、ふっと頼房はきびしい顔つきになった。

「すぐれた子、と申すのだな」

「はい」

「備前も伊賀も、それを知っていたのだな」

そう言われて中山備前守は、低く頭を下げると、

「言上《ごんじょう》の叶《かな》う機《おり》を相待ちおりました」

「出過ぎたことをするぞ、おのれたちは」

そう言った頼房の声は、怒ってはいない。

「その子と対面のこと、いましばらく待とう。名は長丸、と申すのだな。竹丸は十一歳、その長丸は五歳」

呟《つぶや》いて頼房は、明るい表情になり、三人の家老たちの顔を次々に見た。

「こたび水戸へ帰ったのを機に、竹丸に名を改めさせ、右京《うきょう》と名づける。その長丸と申す子も、名を変えてつかわそう。わが幼名の鶴千代《つるちよ》の二字を取って、千代松《ちよまつ》と呼ばせせい」

「有難きことにござります」

しかし、その年はまだ父子対面のことはなく、再び頼房は江戸へ戻った。

千代松と名を改めた長丸は、自分がこの城のあるじの子であり、母も城の中に住んでいる、と武佐から教えられた。

「さりながら、ご対面のことがあるまで、若君様は、おん父君、おん母君にお目にかかることは叶《かな》いませぬ。はれてその儀が取り行われたるのち、若君様はお城に移ってお暮らしになりまする」

そう教えられても千代松は、自分の父や母というのがどういう人たちなのか、まだ実感がわいてこないようであった。

「お長《ちょう》は、あの城に住むのか」

屋敷の縁のところに立って千代松は、頭上に見える水戸城を仰ぎ見た。

幼いころの習慣で、千代松は自分のことをお長と呼んでいる。

「あのようなところへ移れば、お長は小ごうや武佐たちと一緒に遊べぬことになるのだな」

武佐も小ごうも、顔を見合わせたきり、眼を伏せた。これまで手塩にかけて育てた千代松が城へ移ってしまえば、もうこの屋敷とは縁が遠くなる。あるじ頼房の子として、千代松は身分に応じた育てられ方をする。それがこの子の幸せになるのかどうか、気の強い武佐にも、はっきりした考えは出てこない。

あくる寛永十年の十一月、江戸家老の中山備前守が、不意に水戸へ下って来た。

それは、将軍家光の命もあり、頼房の後継者を選ぶためであった。

水戸城にある頼房の公子《こうし》は、お久の方から生まれた十二歳の右京、まだ三木仁兵衛の屋敷にいる六歳の千代松、それから一昨年、お勝の方の産んだ二歳になる児《ちご》と名づける三人であった。

そのころの千代松は、もうすっかりおとなびた口を利《き》くようになり、武佐から詩や和歌の手ほどきを受け、手習も六歳の子とは思えないほど上達している。

十一月に入ったある朝、さかんに水戸城下に雪が降った。

三木屋敷の庭にも雪が積もり、どこを見ても白一色であった。

縁側に立って雪を見ていた千代松は、急に小ごうに言いつけて、料紙《りようし》と硯箱《すずりばこ》を取りよせると、幼児とは思えない手つきで、すらすらと一首の和歌を認《したた》めた。

『降る雪が　白粉《おしろい》なれば手に取りて　小ごうが顔に塗りたくぞ思う』

それを詠《よ》まされた小ごうは、自分の色の黒さを詠まれたのも忘れ、うれしそうに笑った。

水戸城のあるじの子、と教えられても、千代松は少しも気持がおごるようなところはなく、玩具《おもちや》の類もごく粗末なものばかりを好んだ。

ことにその中でも、庭石の中から拾った白と赤ひとつずつの石を大切にして、自分の小さい手文庫の中へ入れ、なによりも大切にしていた。

「いよいよ、明日は備前守どのがご名代《みょうだい》として、お三方の中からお一人を選ばれることになる。養珠院《ようじゅいん》様にも、ご出座を願うことになろう」

屋敷へ帰って来た仁兵衛が、そっと妻の武佐へ言った。

三人の公子の成長ぶりは、いちいち芦沢伊賀守と三木仁兵衛の手で、これまで江戸の中山備前守のところへ報告を入れていた。

将軍家光の命令と、御三家の尾張義直《おわりよしなお》、紀伊頼宣《よりのぶ》、それに頼房の決心などがかさなって、水戸家としても後継者を選ばなければならない時期であった。

「明日はお城へあがり、おん母君とご対面のおんことがあります」

ていねいに両手を仕え、仁兵衛がそう言ったとき、対面という言葉が納得いかず、千代松は妙な顔をした。

「おん母君に、お眼にかかれまする」

改めて仁兵衛に言われ、ようやく千代松は笑顔を見せた。

「そうか、お長の母上にか」

六歳になって、はじめて母に会えるというのは、やはり千代松にもうれしい気がした。

あくる朝、千代松は小ごうの手で新しい小袖《こそで》をつけ、袴をはいた。その小袖には、葵《あおい》の紋がついている。

お城へあがるときの供は、乳母の小ごう、それに三木仁兵衛の家来で、千代松のお付《つ》きになっている望月庄左衛門《もちづきしようざえもん》のふたりであった。

「わしは、これを持って参る」

そう言って千代松は、床の間に置いてある自分の手文庫を取った。その中には、千代松の大切にしている赤と白の小石が入っている。

千代松としては、これきりこの屋敷を去るとは思わず、すぐにここへ帰って来るつもりであった。

三木屋敷の玄関先には、城から向けられた乗物が据《す》えられ、供の家来が十人ほど控えている。

「ご機嫌《きげん》うるわしゅうおわしませ」

式台に坐った武佐は、涙を見せまいとして挨拶《あいさつ》した。

「行って参る」

大切そうに小さな手文庫を抱《かか》え、千代松は乗物に身体を入れた。

公子三人の並ぶ場所は、城中の表御殿の大広間と決めてある。

千代松の乗物は、大手橋を渡り、大手門から表御門を入って、本丸の玄関へかかった。

このころの水戸城は、まだ後世のような大きなものではなく、表御門のほか、切手門を構え、二の丸に家来たちの屋敷があった。

表御殿の玄関へかかると、

「千代松君様、お上がりーい」

という声が聞こえ、大玄関の式台の前に乗物が据えられた。

小ごうが、乗物の戸を開いた。

裃《かみしも》をつけた立派な侍が、玄関から式台へかけて十人ほど並んでいる。そのほか乗物の左右にも大ぜいの侍が砂利《じゃり》の上に膝をつき、頭を下げている。

はじめて千代松は、城主の子としての正式の扱いを受けたわけであった。

ちょっと気おくれがしたが、小ごうが側にいるので、安心して千代松は乗物から式台へあがった。

「おん母上様、兄上様とご対面なされまするよう」

長い廊下を奥のほうへ入りながら、小ごうが言った。

自分には母のほか、まだ顔を知らない兄がいる、と千代松はゆうべ仁兵衛夫妻から教えられている。

廊下の突当たりのところに、侍や茶坊主たちを従え、裃《かみしも》をつけた三木仁兵衛が控えていた。

「ご案内を仕《つかまつ》りまする」

こんどは仁兵衛が先に立って、三つほど廊下を折れ曲がり、奥へ進んで行った。

そこは、水戸城内の奥御殿であった。

「千代松君様、お成りにござります」

と仁兵衛は、松と竹を描いた襖《ふすま》を開き、両手を仕えた。

小ごうに手を取られ、千代松は中へ入った。

床の間を正面にして、美しい女の人と、千代松より五つか六つ年上と思われる少年が坐っている。

「ご挨拶を」

小ごうに言われた言葉も、千代松の耳へは入らなかった。

この人が自分の母なのだ、と思うと、やはり懐《なつ》かしさがこみあげ、千代松は小ごうの手を振り払って、すすっとお久の方の前へ進んで行った。

母上、と呼ぼうとしたのだが、声が出ず、黙って千代松は立ったまま、お久の方の顔を見た。

にこり、と千代松は笑った。

「見《み》、見事《みごと》に成人なされて」

言ったかと思うと、お久の方は裲襠《かいどり》の裾《すそ》をさばき、膝ですり寄って来ると、不意に千代松の身体を抱きしめた。

泣声を耐えてお久の方はわが子の顔を胸に押し当て、髪をなでてやった。

当惑し、照れくさくなりながら、そのうちに、やはり千代松も涙が出てきて、母の胸にすがりついていた。

赤と白の石

大広間の正面に、頼房の生母養珠院《ようじゅいん》が控えている。

その右にお勝の方が、二歳になる児《ちご》を抱いて坐り、左にはお久の方と十二歳の右京、六歳の千代松が坐った。

中山備前守、芦沢《あしざわ》伊賀守、三木仁兵衛、三人の家老が下段の間に控え、挨拶が終わると、侍たちが膳部《ぜんぶ》を運んで来た。

この広間へ出て来てから、千代松は母のお久の方に教えられた通り、祖母の養珠院、それからお勝の方の前へ行ってきちんと坐り、挨拶をした。

祖母の養珠院にとっては、右京と同じく水子にされようとした千代松だけに、なおのこと不憫《ふびん》がかかるわけであった。若いころはお万《まん》の方と呼ばれ、亡《な》き徳川家康の側室の中でもいちばん年若であり、美人として聞こえた養珠院だが、こういうときは公私の区別を明らかにしなくてはならない。

無言で養珠院は、千代松の挨拶に会釈《えしやく》を返しただけであった。

養珠院が最初に箸《はし》を取り、それから三人の公子たちも膳部の料理を食べはじめた。

お勝の方は、二歳の児《ちご》に箸で料理を口へ運んでやっている。

備前守たち三人の家老はずっと退って、これもやはり膳部を前に置き、三人の公子たちの振舞いを見ていた。

いちばんおとなしく、行儀のよいのは十二歳になる右京であった。

そのうちに、黙って箸を動かしていた千代松が、はじめの気詰まりが解けるにつれ、だんだん自由に振舞いはじめた。

下段の間に坐っている三人の家老のうち、自分を育ててくれた三木仁兵衛のほか、ときどき芦沢伊賀守の顔を見ている。

だが、中山備前守は初対面であった。

三人の中でもいちばん気むずかしそうな顔をして、にこりともせずに備前守は、三人の公子を見ている。

「爺《じい》」

と千代松は、不意に声をかけた。

「はあ」

答えて仁兵衛は、膝を進めようとしたが、千代松は改めて呼び直した。

「その爺だ」

まっすぐに千代松が見たのは、三人の真ん中にいる中山備前守であった。

「これへ参れ」

「はっ」

膝で進み、備前守は千代松の前へ近づいた。

おぼつかない手つきで、千代松は箸を動かしていたが、面倒くさくなったと見え、いきなり手をのばして、膳の上のあわび熨斗《のし》をつかみ取った。

「これをつかわそう」

お久の方も小ごうも、いそいでとめようとしたが、千代松は頓着《とんじやく》しなかった。

「有難く存じまする」

懐紙を出して備前守は、あわび熨斗《のし》をそれに乗せ、押し頂いた。

養珠院もびっくりしたようだが、千代松の物おじしない振舞いが気に入ったと見え、はじめて笑顔を見せた。

やがて、養珠院とお勝の方、お久の方、それから三人の公子たちが奥御殿へ入るときになって、備前守は改まった形で言った。

「本日より千代松君様、おん母君のお手許《てもと》へお引き取りのこと、お願い申し上げまする」

「大儀《たいぎ》であった」

会釈《えしやく》をして養珠院が先に、それからお勝の方、お久の方、三人の公子などは席を立った。

小ごうも今日から、千代松づきの侍女として奥御殿に奉公することになるわけであった。

「爺」

廊下へ出かかってから千代松は、振り返って備前守を呼んだ。

「はあ」

膝で備前守が進むと、千代松はじっと対手《あいて》の顔を見ていた。

「そのほうは、気分が悪いのか」

「いえ、わたくしは」

「最前《さいぜん》より、一度も笑わぬな、そのほうは」

「おそれ入ります」

「これをやる」

それまで大切そうに自分で抱《かか》えていた小さな手文庫を、千代松は差し出した。

「忝《かたじけの》う存じます」

中になにが入っているのかわからないが、備前守は白扇をひろげ、うやうやしくそれを受け取った。

小ごうが、側から言葉を添えた。

「その手文庫のうちには、千代松君様が大切に遊ばされておわす赤と白の小石が入っておりまする」

「それはそれは」

はじめて備前守は微笑を浮かべ、うれしそうな表情をした。

「ご大切なるおん品を」

「うむ」

うなずいたまま千代松は、小ごうに手を取られ、母のあとから廊下を歩いて行った。

奥御殿へ入る人々を、御鈴廊下《おすずろうか》のところまで見送って、三人の家老は、表家老の間へ引き返した。

備前守は黙ったまま、懐紙に乗せたあわび熨斗《のし》と、白扇を敷いた手文庫を前に置き、じっと見ていたが、やがて手文庫の蓋《ふた》を取った。

べつに珍しくもない赤と白の小さな石がひとつずつ、手文庫の中に入っている。

江戸へ帰って頼房に、公子のうち誰を世子《せいし》として推すのか、と伊賀守も仁兵衛も、備前守には訊《き》かなかった。

ただ見ていると、枡形《ますがた》の中に月の入った紋をつけた備前守の肩衣《かたぎぬ》が、少しずつ震えはじめている。

備前守が泣いているのか、とふたりの眼には見えた。

しかしそうではなく、備前守は肩衣を震わせて、次第に笑い出したのであった。

「ご大切なる品を、わしに、わしに下された」

備前守は、本当にうれしそうに笑っているのであった。

「ご幼少にして、すでに人を統《す》べる器《うつわ》をそなえておわす」

伊賀守と仁兵衛は、備前守の肚《はら》がもう決まったのだ、と推察が出来た。

竜虎の話

あくる寛永十一（一六三四）年の正月、水戸頼房は自分の三人の公子のうち、七歳になった千代松を世嗣《よつぎ》にする、と定めた。

それは江戸家老中山備前守ひとりの計らいではなく、芦沢伊賀守、三木仁兵衛など国家老たちの言葉もあり、頼房自身も千代松を後継者として選んだのであった。

お久の方としては、自分の産んだふたりの公子のうち、弟の千代松のほうが選ばれたことに対して、少しも異存はない。兄の右京のほうは、やはり利発であっても、ずっと千代松よりもおとなしいし、水戸家のように内外にいろいろな問題を多く抱《かか》えた家の世嗣としては、ただおとなしいだけでは無理、とお久の方にもわかっている。

「そなた様が、殿様のおん後嗣《あとつぎ》に定められました」

母のお久の方に言われたとき、じっと千代松は考え込んでいたが、やがて母や侍女の小ごうを見渡して、真剣な眼つきで訊《き》いた。

「兄上の右京どのがおられますのに、お長がなぜ後嗣になりまする」

お久の方も小ごうも困ってしまい、顔を見合わせていたが、

「それはお殿様やご家老たちのお決めなされたることゆえ、わたくしたちにはわかりませぬ」

お久の方が答えると、合点《がてん》が行かないながら千代松は、それ以上は押して訊《たず》ねてはいけない、と察したらしく、黙ってしまった。

同じ正月、水戸家の世子と定まった千代松と生母のお久の方は、江戸へ迎えられることになった。

水戸から千代松について行くのは、お久の方と乳母の小ごう、それに三木仁兵衛から千代松の家来に決められた望月庄左衛門《もちづきしようざえもん》、ほかに召使いが三人であった。

二月になって、江戸から大番頭《おおばんがしら》の岡崎平兵衛綱住《おかざきへいべえつなずみ》が頼房の命を受け、千代松の迎えとして水戸へ下って来た。このとき平兵衛は四十六歳、母が頼房の乳母に当たるので、こういう役目には向いている。

すぐには小石川の上屋敷へは入らず、千代松は江戸で父と対面ののち、母と一緒に江戸城内の松原小路《まつばらこうじ》にある水戸屋敷に住むことになっている。

出立の朝、祖母の養珠院は奥御殿の御座の間で、千代松のために祝いの膳を共にした。祝い事が済み、千代松は芦沢伊賀守や三木仁兵衛に送られ、本丸の大玄関まで出た。

冷たい風が吹いて、薄曇りの朝であった。

右京も母や弟の千代松と一緒に江戸へ行くので、それぞれの乗物が大玄関の式台の前に据《す》えてある。

式台に立った千代松は、供廻りの家来たちを見渡したが、機嫌の悪い顔つきになると、岡崎平兵衛を呼んだ。

「岡崎」

「は」

乗物の側に膝をついていた岡崎平兵衛は、いそいで式台の前に進んだ。

千代松は、じっと平兵衛を見ると、

「供の者は、これだけか」

「御意《ぎょい》」

江戸から向けられた供廻りは、五十人ほどで、いずれも大玄関の前に片膝をついている。

と平兵衛は、なにげなく答えた。

「おん迎えとして、江戸より召連れましてござります」

「お長が迎えには、足りぬぞ」

「は」

千石取の岡崎平兵衛綱住も、次の言葉が続かず、式台に両手を仕《つか》えてしまった。

少し離れて立っていた三木仁兵衛は、くすりと笑い出しそうになった。

「では、直ちにおん供廻りの人数を増やしまして」

平兵衛が言いかけると、千代松は念を押した。

「父上よりのお迎えなのだな」

「さようにございます」

「ならば、これでよい」

そのまま千代松は、小ごうの揃《そろ》えた履物《はきもの》に足をのばした。

三つの乗物が陸尺《ろくしゃく》の肩で担《かつ》ぎあげられたころ、岡崎平兵衛は馬に乗り、三木仁兵衛のほうへ近づいて行った。

三木仁兵衛も騎馬で、国境まで見送ることになっている。

「おそれ入った」

と平兵衛は、低い声で、

「おそろしいご気力でござる」

うなずいたきり三木仁兵衛は、なにも答えなかった。

江戸へ到着した千代松は、小石川上屋敷で頼房《よりふさ》と正式に父子対面のことがあった。

自分の子が無事に育てられている、と知らされてから頼房は、二度ほど内々で水戸の三木屋敷の前を馬上で通ったことがある。あらかじめ教えられていた三木仁兵衛と武佐《むさ》は、屋敷の門前に敷物を敷き、その上に千代松を坐らせておいた。

だから、なにげなしにその前を馬で通るように見せかけ、頼房は自分の子を二度ほど見ている。

自分にも似ているし、母のお久の方にも似て、それでいて気の強そうな千代松の顔や態度を眼にし、頼房は満足をしていた。

だから父子対面の事も無事に行われ、これで千代松は正式に水戸家の後嗣《あとつぎ》、と内外へ発表されることになった。

しかし、江戸城内松原小路の水戸屋敷に住むようになってから、千代松はお久の方や小ごうが案じた通り、すぐに暴れん坊ぶりを発揮した。

ちょっと小ごうが眼を離しているうちに、奥御殿の玄関から走り出し、門外の掘割に石を投げ込んだり、作事方《さくじかた》の長屋をのぞき込んだりして、家来たちをあわてさせる。

そういう物にこだわらない千代松の振舞いを聞いて、頼房は気に入ったようであった。

小石川屋敷の奥御殿には、耶々《やや》、お愛、お玉、お俊《とし》などの側室がいるし、そこへお久の方と右京、千代松などを一緒に住まわせては、頼房にとってもわずらわしいことになる。

それに松原小路の屋敷は、手狭ながら、頼房が江戸城へ上《のぼ》るとき、装束《しょうぞく》を変えるために立ち寄るし、かえってほかの側室たちに気兼ねすることなく、お久の方や千代松に会うことが出来るわけであった。

十三歳になる兄の右京と一緒に遊んでいると、七歳の千代松のほうが、まるで年上のように、兄を馬にして乗り廻したり、庭の中を追いかけて泣かせてしまうことがある。

そういうとき小ごうは、はらはらして懸命に千代松を制した。

四月に入ってから、京都の呉服商人、松葉《まつば》乗九《じようく》という者がお久の方の衣服を作るため、松原小路の屋敷へあがったことがある。

京都では公家《くげ》の屋形へも出入りして、呉服商人としても信用はあるが、それとともに話上手で評判のある乗九であった。

お久の方の居間に、右京や千代松が出て来たので、乗九は得意になり、自分のこしらえあげた話を聞かせた。対手は十二歳と七歳の子供だし、さぞびっくりするだろう、という気持が乗九にはあった。

「わたくし、先年、唐《から》の国へ参りましたる節、竜と虎の闘《たたか》いを眼のあたりに見ましてござります」

と乗九は、手振りもまぜながら、

「竜は海より躍《おど》り出で、虎は山より飛びおりて闘いました。黒い雲が海の上をおおい、四里か五里ほどは、暗闇となり、風はすさまじく吹きすさび、波はわき立ち、ただ竜虎の相闘う姿のほかは見えませず、おそろしい有様でござりました」

話し続けるうちに、右京のほうは息を殺し、じっと身体を固くしていた。

だが千代松は、すぐに問い返した。

「竜と虎が闘《たたこ》うたのは、暗闇だと申したな」

「さようにござります」

「それが、そのほうの眼に見えたのか」

「はい、なにせ両方とも、神通力《じんつうりき》をおびたる竜と虎にござりまして、さながら身体より光を放つか、と思えました」

「そのほう、それをいずれより見ていたのか」

「は、はい」

乗九《じょうく》ほどの男も、どぎまぎして、

「船の上より眺めておりました」

「海上に波が立っていた、と申すゆえ、さぞ船が激しく揺れたであろうな」

「お言葉のごとくでござります」

「船の上におられるものか、そのほうが。偽りを申すな」

機嫌の悪い顔をして、千代松は乗九を睨《にら》みつけた。

「こ、これは、おそれ入りまする」

あわてて乗九は廊下へ逃げたあと、家来の望月庄左衛門をつかまえて、汗を拭《ぬぐ》いながら言った。

「いずかた様のお屋敷にても、あのお話を致しまするると、ご幼少のおん方々はたいそうお興深げにお聞き下さいまするが、はてさて、千代松君様は、こわい若様でござります」

おしゃべりな松葉乗九のことなので、その話は尾張《おわり》と紀州の江戸屋敷にもひろまった。

ちょうど出府していた尾張義直《よしなお》は、江戸城中で弟の頼房と会ったとき、こう勧めた。

「千代松どのというお子、なかなかのご気性らしい。もはや上様のお耳へも噂《うわさ》が達しているこどゆえ、ご謁見《えつけん》のことを願い出られてはいかがでござろう」

それが実現して、寛永十一年の五月下旬、千代松は将軍家光に拝謁《はいえつ》し、無事に式は終わった。

家光は、七歳の千代松が物おじしない態度に感じ入って、手ずから唐金《からかね》造りの文昌帝君《ぶんしようていくん》の像を賜《たまわ》った。

文昌帝君は、学問を司《つかさど》る星といわれる文昌星を神格化した像であり、右手に筆を持ち、左手に魁星《かいせい》、つまり北斗星をかかげている。

同じ日、家光は千代松に付添って登営《とうえい》した頼房へ、山野辺右衛門大夫義忠《やまのべうえもんだゆうよしただ》を水戸家の家老にするよう勧めた。

右衛門大夫義忠は、もと出羽国《でわのくに》最上《もがみ》五十七万石のあるじ最上出羽守義光《よしあき》の四男で、山野辺領一万九千三百石を領していた。

元和七（一六二一）年に、最上家に内紛が起こり、出羽国は徳川家に没収され、そのときから山野辺義忠は水戸頼房に預けられていた。名門でもあり、そのまま埋もれさせるには惜しい人物、という家光の考えからであった。

寛永十一年の六月下旬、将軍家光は参内《さんだい》のため、京へ上ると決まった。

水戸頼房も、その供をしなくてはならないし、江戸へ帰るのは八月の下旬になる。

その留守中、小石川の屋敷はあるじが留守になるので、頼房は思い切って千代松と母のお久の方、兄の右京、それに家来や侍女たちを松原小路から、小石川の上屋敷へ移すことにした。

六月二十二日、家光は江戸を出立、頼房は家光の後駆《こうく》として江戸を出発した。

頼房の供は、家老の中山備前守をはじめ一千人ほどで、東海道の泊まり泊まりでは将軍と同宿することになっている。

「千代松」

式台の上から乗物に入るとき、頼房は千代松を振り返って、笑顔を見せた。

「留守のうちのこと、頼みおくぞ」

あたりにいる家来たちには、まだ七歳のわが子に頼房が戯《たわむ》れを言ったように聞こえた。

しかし千代松は、きちんと両手を仕えて、

「お留守を承《うけたまわ》ります」

母のお久の方や家来たちに教えられた言葉ではない。千代松としては、懸命に心からそう答えた。

大きくうなずいて頼房は、また笑顔を見せた。小さなわが子に留守を托《たく》して、本当に頼房は安心して笑ったのであった。

肝《きも》試《だめ》し

その年の八月二十日、家光の供をして頼房は、無事に江戸へ帰って来た。

将軍の留守中、江戸城西の丸が炎上し、留守役の酒井雅楽頭忠世《さかいうたのかみただよ》は増上寺に入って罪を待つ、というようなこともあった。

「変わりたることもなかったか」

小石川上屋敷へ入り、表書院の間へ出迎えた千代松の顔を見ると、まず頼房は声をかけた。

「なにごともございませぬ。家中一同、無事にございます」

と千代松の答えたのが、気負ったところはなく、それでいて堂々としていた。

「ご苦労であった」

頼房も、千代松へ会釈《えしゃく》をして、そう言った。もちろん、父が子をからかっているのではなく、まだ七歳ながら水戸家の後嗣《あとつぎ》としての責任を今のうちから感じさせよう、という頼房の考えであった。

あるじが無事に江戸へ帰って来たのを祝って、三日ののち、小石川屋敷表御殿で能《のう》が催された。

お久の方も、ほかの側室たちと一緒に、頼房に従って正面の見所《けんしょ》で見物することになり、右京も千代松も母に従った。

その日、朝から行われた能の演目の中に、『春栄《しゅんねい》』という曲がある。それは増尾《ましお》の太郎という侍が、弟の春栄丸の身代わりになって斬罪《ざんざい》になろうとするが、敵の大将高橋権頭《ごんのかみ》が同情して兄弟を許し、その祝いとして男舞が舞われる、という筋であった。

直面物《ひためんもの》の一つで、これは能役者が面《おもて》をつけないで登場する。

シテの増尾の太郎が笠をかぶり、橋がかりから出て来たときは、誰も気がつかなかったが、舞台の真中で笠を取り、名乗りをするときになって、見物していた家来の中にざわめきが起こった。

それは、五年ほど前に水戸から逐電《ちくてん》（逃亡）した永野九十郎《ながのくじゅうろう》という侍であった。

水戸家の納戸方《なんどかた》を勤めていた九十郎は、公金を盗んで逃げ出したが、その後、能役者になっているという噂が伝わっていた。

しかし、まさか今日、観世《かんぜ》の能役者たちの中にまじって、水戸家の能舞台へ現れるとは、家来たちにも意外であった。

捕らえられたら、死罪になるのはわかっている。しかし、弟と共に罪を許されるという兄の増尾の太郎の役を演じているのは、水戸家への面当て、と受取れないこともない。

「不届至極《ふとどきしごく》ではないか」

「このままでは捨ておき難い」

などという侍の声を聞いて、江戸家老の中山備前守も黙ってはいられなくなった。

「お上《かみ》」

と備前守は、頼房のうしろからささやいた。

「永野九十郎が、舞台に立っておりまする」

だが、頼房はうなずきもせず、黙っていた。

さっきから頼房は、もう九十郎の顔に気づいていたが、騒ぎにならなければ見逃してやろう、という気持だったからであった。

だが、『春栄』が終わったころ、永野九十郎が舞台に立っていたことは、家中の者たちにも知れ渡ってしまった。

そうなると、頼房も黙視していられずに、

「永野九十郎を捕らえて、取り調べよ」

と、機嫌の悪い顔でそう言った。

すぐに九十郎は、楽屋で装束《しょうぞく》を換えたところを捕らえられ、目付役に取り調べられた。

ところが九十郎は、べつに悪びれた色もなく、こう言った。

「盗み取った公金はお返し致しますゆえ、いのちをお助け下され、もと通り家来の列にお加え下されまするよう」

それを聞いた頼房は、さすがにこわい顔つきになった。家来を罰することなど、めったにしない頼房だが、このときは怒りがこみあげて来た。盗んだ金を返しさえすれば罪が免れるだろう、という考え方は許せない、と思ったからであった。

「ほかの能役者に罪はない。永野九十郎は仕置《しおき》をせよ」

と頼房は、備前守へ命じた。

夕刻、永野九十郎は屋敷内の桜馬場に引き出され、斬首にされた。

その晩、お久の方の部屋で酒をのんでいるうちに頼房《よりふさ》は、永野九十郎のことが気持に重くのしかかり、だんだん酔いが内攻して来た。

盃を手に、頼房は右京と千代松を見ていた。兄の右京のほうは、もうすっかり睡くなったのであろう、とろんとした眼つきをしている。だが千代松は膝に両手を置き、睡気を我慢しているようであった。

「千代松」

いきなり頼房は、声をかけた。

「そなた、死人の首を持ち運んで参れるか」

千代松は、きょとんとした顔つきになった。母のお久の方と乳母の小ごうは、びっくりして頼房を見あげた。

「桜馬場にて本日、首を斬られたる者がある。その首を持って参れるか」

と頼房は、じっとわが子の顔を見た。

「首でござりますか」

そう訊《き》き返した千代松の顔に、恐怖の色はない。

「お上《かみ》」

中山備前守は、いそいで膝を進めた。

「お戯《たわむ》れを」

「戯れではない。この夜、しかも暗い。桜馬場までは、四丁はあろう。永野九十郎が死首、あれより奥御殿まで持ち運べるかどうか、千代松に訊ねておる」

「お上」

とお久の方が、取りすがるように言ったが、頼房は千代松の顔から眼を放さずに、

「こわいか」

「こわくはありませぬ」

はっきり答えて千代松は、備前守のほうを見た。

「爺、その首のあるところは」

「は、はい」

備前守ほどの人物が、あわてて唾《つば》をのみ込むようにした。

「唐御門《からごもん》を出ますると、西南のかた、樅木山《もみのきやま》の下、桜馬場にひときわ大きい松の木がござります。あの松の木の下にて、斬首《ざんしゅ》を行いました」

その松の木なら千代松は、なんべんも高いところまで登って、小ごうや家来たちをはらはらさせている。

「うむ」

うなずいて千代松は、父へ向かって両手を仕《つか》えた。

「行って参りまする」

「行くか」

頼房も、まさか千代松が承知をする、とは思っていなかった。ちょっと後悔したあとで頼房は、なおきびしくわが子を試してやろう、という気になった。

「そなた、ひとりで参るのだぞ」

「大丈夫でございます」

すぐに千代松は、立ちあがった。

「誰ぞ、唐御門《からごもん》を開《あ》けい」

そう命じた千代松の声は、まだ七歳とは思えぬくらい落着いている。

「は」

あわてて千代松づきの家来、望月庄左衛門が立ちあがった。

唐御門とは、表門のある曲輪《くるわ》から、西南の桜馬場へ出る門であった。

わが子の態度を見ているうちに頼房は、少し意地になって来た。やはり酒がそうさせたのであろう。

「門を開けるのみにて、誰もついて行くことはならぬぞ」

と頼房は、きびしい声で命じた。

お久の方や小ごうは顔色を失い、はらはらしているうちに、千代松はずんずんと表広間から出て行った。

望月庄左衛門は、唐御門番と一緒に提燈《ちょうちん》に火を入れ、千代松のあとについて行った。

「若君様、大丈夫でございますか」

門が開いてから、庄左衛門は千代松の顔を見た。

「うむ」

暗い中で、千代松は大きくうなずいた。

昼間は晴れていたのに、夜になると、雲がすっかり空をおおっている。ゆうべは細い月があったのに、今夜はそれも見えず、星明かりさえない。

「これをお持ち下さりませ」

手にしていた提燈を、庄左衛門は差し出した。

提燈を受け取り、千代松は門を出てから、まっすぐに暗い桜馬場へ入って行った。

死人の首

明るいときなら何度も遊びに来ている場所だが、夜は今がはじめてであった。

提燈《ちょうちん》の灯明かりの中に浮かびあがる馬場の柵《さく》、立木などが、奇怪な形に見えて、千代松に声をかけるかと思える。ぴたぴたと土を踏んで行く自分の草履《ぞうり》の足音が、耳について、ときどき千代松は、足をとめそうになった。

しかし、千代松は我慢をした。

父が自分を試しているのだ、とはっきりわかるし、ここで自分が逃げ帰ったりしては、水戸家の後嗣《あとつぎ》として面目にかかわる、という意識が、七歳の千代松に働いていた。

馬場の柵に沿って西南のほうへ進むと、やがて、樅木山《もみのきやま》が、ぼんやり黒く見えて来た。

山と呼んでいるが、丘であり、樅の木がいちめんに茂っているところから、そう呼ばれている。

一ぺんも千代松は振り向かず、松の大木を目標にして、同じ足の運びで進んで行った。提燈の灯明かりの中に、その松の木が見えて来た。昼間なら、枝ぶりも美しく見えるその松の木が、妖怪《ようかい》が腕をひろげているような形に見える。

根元に近いあたりに、白い物がある。それは、蓆《むしろ》であった。蓆の下に、なにか横たわっている。人間の身体だ、と気がついて千代松は、高く提燈をかかげた。

土を掘って土壇《どだん》が、こしらえてある。

蓆は、もう一枚あった。

その上に、赤茶けた色をした、丸い物が乗っている。

灯明かりに、じっとそれに眼をそそいでから、さすがに千代松は、足をすくませた。人間の死首であった。

首は横倒しになり、千代松のほうを向いている。眼を開き、唇のあいだから歯が見える。髪の毛は、あまり乱れていない。

しばらく千代松は、立ったまま、じっと死首を睨《にら》んでいた。恐怖が全身を駆けめぐり、すぐには動けそうもなかった。

しかし、だんだんと気持は落着いてきた。

提燈《ちょうちん》をかかげたまま、千代松は思い切って首のそばまで歩いて行った。

蓆ごと引きずって行こう、と思い、蓆に手をかけて引くと、首はぐらりと動いた。

ちょっと考えてから、千代松は提燈を持ちかえ、死首の髪に左手をかけた。髻《もとどり》は切れていないので、そこをつかんで引いて行けば、出来ぬことはないように見える。

だが、提燈が邪魔になる。それに片手だけでは、どうにも首は動きそうにない。人間の死首がこれほど重い物とは、千代松にも予想外のことであった。

もう地理の見当はついている。暗くとも唐御門まで、まっすぐ引き返せる自信はある。

千代松は提燈の灯を吹き消し、蓆の上に置いた。それから、草履《ぞうり》をきちんと揃《そろ》え、それも蓆の上に並べた。

両手で死首の髻のところをつかみ、千代松は力をこめて引いた。

不気味な感触が手から全身へ伝わってくる。だが、千代松は我慢をした。

懸命に首を引きずっているうちに、もう二、三間は動いた。汗が顔からしたたり落ちてくる。

「うん、うん」

いつの間にか声をかけ、千代松は死首を引きずって歩き続けた。ますます重くなり、腕が動かなくなって、ちょっと立ちどまっては千代松は息を休めた。自分の引きずっているのが人間の死首だということも、もう忘れた。

不意に木立の中から、ふくろうの声が聞こえた。いや、それまでも聞こえていたのだろうが、今になってはじめて千代松の耳へ入って来たのであった。

自分は落着いている、と気がつくと、千代松は自信が増して来た。

こわくはない、これはもう死んだ人間の首だ、となんべんも自分に言って聞かせた。

唐御門までは、来るときと違って、たいそう長い距離のように思えた。汗が全身から吹き出し、疲れてがくがくと足が震える。

提燈の灯が、いくつも行手に見えてきた。唐御門のところに、家来たちが出迎えているのであった。

「おう、若君様が」

と言う声が聞こえ、提燈をかかげて望月庄左衛門が走って来た。

「庄左衛門」

足をとめて、千代松は笑った。

提燈の灯明かりで見直すと、千代松の引いて来た死首は、泥まみれになっていた。

「首尾よう」

と言って庄左衛門は、坐ってしまった。

「首尾よう、なされました」

「重いぞ」

家来たちが見ている、と思うと千代松はちょっと得意になった。

「あとは、わたくしが」

庄左衛門が手を出そうとしたが、千代松は叱《しか》りつけた。

「御殿まで持ち帰れ、と父上の仰せであった」

その千代松も息が切れ、それだけ言うのがようやくのことであった。

「見事《みごと》に遊ばしました」

唐御門の下に中山備前守が立って、にこにこ笑っている。小ごうの顔も見える。

安心して千代松は、死首から手を放したくなったが、父に見て貰うまでは、と意地になった。

「うん、うん」

声をかけて千代松は、唐御門の下の敷石の上を死首を引きずって、表御門の庭の中へ入って行った。

その側を歩きながら、望月庄左衛門は泣いている。

表御門の庭に向かった高廊下に、人影と灯がいくつも見えていた。真ん中に、父の頼房《よりふさ》の顔があった。

もう手足がなえたようになり、動かなくなりそうなのを堪《こら》え、廊下の下まで千代松は、死首を引きずって行った。

「あっぱれぞ」

頼房は、足袋はだしのまま、高廊下にかかった階段をおりて来た。七歳のわが子が、四丁も離れた桜馬場からここまで死首を運んだ、と思うと、頼房は酒の酔いも覚《さ》めた。

「誰の力も借りず、おひとりにてなされてござります」

と備前守は、頼房に知らせた。

やっと死首の髻《もとどり》から手を放すと、千代松はよろめきそうになった。いそいで望月庄左衛門が、千代松の身体《からだ》をささえた。

「褒美《ほうび》につかわそう」

頼房は、自分の帯から脇差《わきざし》を抜き取り、千代松に手渡した。

それを受け取り、押し頂いたまま千代松は、疲れが一時に出てきて、急には物が言えずにいる。

「ほかに、なんぞ望みがあるか」

父に訊《き》かれて、千代松は坐り直すと、まるでおとなのような言い方をした。

「こののち、このようなことは家来たちにはお言いつけ下さりませぬよう」

「わかった」

うなずいて頼房は、中山備前守の顔を見ると、苦笑いを浮かべた。

「わが子に、しかもいまだ七歳のわが子に、たしなめられた形だな」

この小石川上屋敷に住むようになってから、小姓《こしょう》がふたり、千代松の側につくようになった。

ひとりは、家老の山野辺右衛門大夫の家来、寒河江《さがえ》久作《きゆうさく》の長男の大八《だいはち》という十二歳の少年で、もうひとりは持筒頭《もちづつがしら》、富田与右衛門《とみたよえもん》の孫で藤太郎《とうたろう》といい、十歳であった。

ふたりとも素姓の正しい家の生まれであり、水戸家の後嗣《あとつぎ》に仕える小姓としては、資格に欠けるところはない。しかし千代松は、ふたりをあまり気に入っていなかった。

庭の立木に登ろうとすると、寒河江大八がませた顔つきをして、

「さよう軽々しきおん振舞いは、なされぬものでござります」

と意見をしたので、千代松は腹を立て、大八を泉水の中へ突き落とした。

濡れ鼠《ねずみ》になった大八が、あわてて泉水から這《は》いあがろうとするのを、側役《そばやく》の望月庄左衛門が庭で見ていた。

あとで家老の中山備前守へ、庄左衛門は笑いをこらえている顔で報告をした。

「若君様と思うて、寒河江大八はわざと突き落とされたのではござりませぬ。いまだおん

年七歳ながら千代松君様のお力、なみなみならぬものがござります」

「岩本越中《いわもとえっちゅう》よりも、それは聞いた。もはや二年か三年ののちには、武術のお対手《あいて》は勤まるまい、とのう」

剣道の指南をしている岩本越中は、若いころたいへんな暴れ者で、弟の金兵衛と一緒に市中を喧嘩《けんか》して歩いたことがある。そのためいったん水戸家から追放され、やがて養珠院《ようじゅいん》の取りなしで再仕官をした侍であった。もともと頼房の生母養珠院の甥《おい》に当たり、家中でもすぐれた剣の使い手として聞こえていた。現在では水戸家の旗奉行《はたぶぎょう》を勤め、ことし五十を越している。

しかし千代松は、ただ乱暴なのではなく、腹を立ててはいけないと思うときは、顔を真っ赤にしてこらえている。それが小姓たちにわからないと、とうとう癇癪《かんしゃく》を起こして木太刀を取り、富田藤太郎を追いかけ、庭の中を走り廻ることもある。

それでも父の言葉を守り、千代松は学問をするとき、長いあいだ居住まいをくずさず、『論語』を読んだり、「唐詩選《とうしせん》」を筆写したりしている。まだ幼年なので、学問の師は水戸のころに引き続いて乳母の小ごうが勤めていた。

年が明けて寛永十二（一六三五）年の正月、国家老の三木仁兵衛は主君へ拝賀のため出府したが、そのとき妻の武佐も同行した。

頼房《よりふさ》への拝賀が終わってから、千代松は三木夫婦を自分の居間へ呼んだ。

「ご機嫌うるわしく、恐悦《きょうえつ》に存じ上げまする」

新年の挨拶をのべたあと、仁兵衛はそう言ったきり、千代松の顔を仰いだ。そのうしろで、気丈な武佐も、もう泣きそうな顔をしていた。

久し振りに見る千代松が、身体つきも一段と大きくなり、顔の引きしまっているのが、ことさら仁兵衛夫婦にはよくわかる。

いわば、自分たちの手で取りあげた、といってもいい千代松であった。このお子が水に流される運命にあった、と思うと仁兵衛と武佐の胸の中には、それを大きな声で自慢したいような気持が動いた。

その夜、表の白書院で江戸家老中山備前守、山野辺右衛門大夫が同席して、頼房から御《ご》酒下《しゅくだ》されのことがあったとき、備前守が言った。

「千代松君様も、おん年八歳におなり遊ばされ、明年あたりご元服のことがあろうと存ずる。さて、その後のご養育が難しい」

三木仁兵衛も、それは覚悟していた。

中山備前守は三木仁兵衛の人物を、情に厚すぎる、と言って批評したことがある。その中山備前守は、家康から頼房につけられた家老、という責任もあるが、なにごとにつけても慎重であり、いささかでも水戸家の家風を乱すようなことは許さぬ、といった風であった。

この二人に比べて、山野辺右衛門大夫は、また違っている。

出羽の最上義光《もがみよしあき》の四男として生まれ、家格としては水戸家よりも名門であり、年も頼房に長ずること十五歳であった。現在、右衛門大夫が頼房の補佐役を勤めているのは、年下ながら頼房の人物に惚《ほ》れ込んでいたためであった。

その代わり、水戸家に仕えるようになってから山野辺右衛門大夫は、政治向きのことに対して自分から口を出す、ということをしない。頼房に相談を受け、はじめて短い言葉で的確な意見をのべる、というのが常であった。

「いかがかな、おふたりとも」

と中山備前守は、あるじの前で三木仁兵衛と山野辺右衛門大夫へ言った。

「千代松君様のお守役《もりやく》として、山野辺氏がご次男、弥八郎《やはちろう》どのはいかがでござる」

「義堅《よしかた》を」

と右衛門大夫は、問い返した。

右衛門大夫の長男内蔵助《くらのすけ》義致は病身なので、ほとんど屋敷内にこもっている。次男の弥八郎義堅は二十二歳。父の知行から一千石を分けられ、水戸家の小姓頭《こしょうがしら》として仕えていた。

山野辺家は、朝廷から賜った菊の御紋を肩衣《かたぎぬ》につけ、桐を替紋にしている。もともと源氏の正統を継ぐ家柄であり、その血を引いた弥八郎義堅なら、千代松の守役としては最適任、と仁兵衛も考えた。

「結構なことと存ずる。それがしよりもお願い仕《つかまつ》りたい」

「即答は致しかねる。しばらく考えさせて頂きたい」

と、無表情で右衛門大夫は答えた。

あくる日、また三木仁兵衛は妻の武佐とふたり、揃《そろ》って千代松の前へ出た。

「ときどき、水戸へ帰りたいと思うぞ」

と言って千代松は、にこりと笑うと、

「のう、仁兵衛。この江戸の家老どもはな、お長が高いところへ登ると、なりませぬ、なりませぬ、と申す」

「しかしながら、あまり粗暴なるおん振舞いは遊ばされませぬよう」

「うむ。しかし、なりませぬ、なりませぬと申すゆえ、やってみとうなるのだ」

武佐は仁兵衛のうしろで、くすりと笑いかけ、あわてて顔を伏せてしまった。

まだ形にはなっていないが、なんとなく大きなものが、すでにこの千代松の顔から感じ取れる。

だがそれも頭を押さえられれば、かえって反撥《はんぱつ》して、横へそれるかも知れない。

千代松の顔を仰ぎ見ながら、三木仁兵衛はそんなことを心配していた。

その正月の二十五日、まだ夜明け前、江戸に大地震があった。

ごうっと遠くから地鳴りが聞こえたかと思うと、不気味な音がして、御殿の建物は上下に揺れた。どこかで物が落ちたり、倒れたりする音がした。

千代松の寝室の隣で、不寝番《ふしんばん》を勤めていた寒河江《さがえ》大八は、いそいで寝間へ入って行った。

枕許に、丸い行燈《あんどん》がぼんやりと光っている。その灯明かりの中で、もう夜具をはねのけ、白い寝間着のまま坐っている千代松の姿が見える。

「大八か」

千代松の声は、しっかりしていた。

「灯を消せ」

「は」

いそいで大八は、行燈の灯を吹き消した。

廊下を、望月庄左衛門が走って来た。

「若君様、ご安泰にござりますか。早う、お庭へ」

「あわてるな」

大八に抱きかかえられるようにしながら、千代松はゆっくりと廊下へ出た。

「屋根の瓦《かわら》が落ちているぞ」

千代松に言われて、はじめて庄左衛門も大八も気がついた。すさまじい音を立てながら、屋根瓦が庭へ落ちているのであった。

うかつに庭へ飛び出しては、瓦で頭を打たれるおそれがある。物に慣れた、胆《きも》の据《すわ》っている望月庄左衛門や、年上の寒河江大八よりも、八歳の千代松のほうが先に気がついていたのであった。

雨戸を開くと、もう庭に暁の色がひろがっているが、かえって不気味な明るさに見える。

「父上と母上はご無事か、うかごうて参れ」

千代松に命ぜられ、また揺り返しのはじまった中を望月庄左衛門が、奥御殿との境の御《ご》錠口《じょうぐち》まで走って行った。

厚い板戸のところに坐って、庄左衛門は声をかけた。

「千代松君様よりのおん見舞にござります。おん母上様のご安否、ご案じなされておわします」

御錠口番も逃げてしまったと見え、しばらく答えはない。なんども庄左衛門が同じ言葉をくり返しているうちに、板戸の向こうから小ごうの声が答えた。

「こなたは、いずれ様もご無事。千代松君様には」

「ご安泰でござる」

「そのお声は、望月庄左衛門どのか」

「小ごうどのか」

ほっとして、こんどは表御殿の庭のほうへ庄左衛門は走って行った。

頼房も家来につき添われ、表御殿の庭に出ていた。

「よしよし、わしも無事と申せ」

千代松からの見舞の口上《こうじょう》を聞くと、うれしそうに頼房《よりふさ》は庄左衛門へ言った。

この地震のときの千代松の態度が、よほど頼房には気に入ったと見える。あくる日、頼房のところから千代松へ乗馬が一頭贈られた。栗毛の二歳駒であった。

「うむ、お長《ちょう》が馬か、これは」

庭へ曳かれて来た馬を見ると、やはり子供らしく千代松は上機嫌であった。

この年、千代松の兄の右京は元服し、父の頼房の一字を貰《もら》い、頼重《よりしげ》と名乗っていた。十三歳になった頼重は、これまでの女ばかりの奥御殿から、侍たちのいる表御殿へ移された。同じ奥御殿の生活だが、水戸家の世子の千代松と、兄ながら公子の頼重との区別は表御殿の中でも、はっきりと分けられている。

毎朝、父のいる御座《ござ》の間へ行って挨拶《あいさつ》をするときも、千代松のほうが先で、側に仕える家来の数も千代松のほうが多い。

自分は水戸家の後嗣《あとつぎ》なのだから、大名の家としてはこれが当然、と教えられていても、やはり千代松はときどき気になった。

「父上よりお長は馬を賜《たまわ》ったが、兄上はまだのようだな」

桜馬場へ出かけて行くとき、ふっと思い出したように家来たちへ言った。

「お長も馬術を学ぶのゆえ、兄上もさようなされればよいに」

水戸家の書院番頭で内藤儀左衛門《ないとうぎざえもん》という侍が、頼重の学問と武術を見ている。だが学問のほうはとにかく、頼重はあまり武術には身を入れていないらしい。

「若君様」

千代松の乗った馬の轡《くつわ》を取り、桜馬場のほうへ出て行きながら、思い切って望月庄左衛門は意見をした。

「もはや若君様は、おん年八歳におなりなされました。ご幼少のころと同様おん自ら、お長とお呼びなさるること、いかがかと存じまするが」

「そうだな」

鞍《くら》の上で千代松は、素直にうなずいた。

「こののちは、よそう」

それきり千代松は、自分をお長と呼ぶことはやめてしまった。

地震のときの振舞いを褒《ほ》められ、父から贈られた馬に、千代松は自分で飛竜《ひりゅう》と名づけた。

竜という字と竜の絵が、ことに千代松は気に入っている。自分の居間にも、竜を描いた屏風《びょうぶ》が置いてあるほどであった。

兄の頼重が、まだ頼房から馬を貰ってないことを千代松が気にしている、と望月庄左衛門を通じて中山備前守から聞き、すぐに頼房は月毛《つきげ》の馬を頼重に与えた。

しかし、すぐに頼重は馬に慣れそうにもない。内藤儀左衛門の介添《かいぞえ》で鞍に身を乗せても、顔をこわ張らせ、おどおどしている。

そういう兄の態度は、やはり千代松にも歯がゆいことなのであろう、表御殿の庭に頼重をさそい出し、相撲《すもう》を挑《いど》むことがあった。

身体つきから言えば、ずっと頼重のほうが大きい。だが、千代松が力いっぱい取り組んで行くと、頼重は押しまくられ、突き倒されたりすることがある。

兄弟ながら頼重と千代松の性格の相違は、そのころからすでにはっきりと差が出来てしまっていた。

この年、水戸家にはふたりの家老が増えた。松平《まつだいら》壱岐守《いきのかみ》正朝《まさとも》と、弟の志摩守《しまのかみ》重成《しげなり》であった。

兄弟とも徳川家の旗本で、兄は書院番頭《しょいんばんがしら》、弟は徒士《かち》組《ぐみ》頭を経て、大坂二度の陣にも戦功があった。三代将軍家光の弟、駿河大納言忠長《するがだいなごんただなが》に仕えていたが、忠長が罪を得て上州高崎で自害をしたあと、兄弟とも、それぞれ他家へお預かりの身になっていた。

しかし、兄弟ともにすぐれた侍であり、それは頼房も知っていたので、幕府から勧められると、ふたりを家老として召抱《めしかか》え、どちらにも一千石の禄を与えることになった。

同じこの年、幕府は諸大名の参覲《さんきん》の制度を確立したが、水戸頼房は定府《じょうふ》（参覲交代をせずに江戸に定住すること）ということに決まった。

将軍家光も、老中たちも、政治の参与役として、頼房の実力を必要としたからであった。

このとき以来、水戸家のあるじは江戸屋敷に住み、用があったときだけ水戸城へ帰ることになった。俗に言う副将軍という呼び方をされたのは、これからであった。

あくる寛永十三（一六三六）年、千代松は九歳になった。

その年の四月、将軍家光は日光の東照宮へ詣《もう》で、いつものように水戸頼房は後駆《こうく》として従った。

水戸城へ帰って、久しぶりに頼房は生母の養珠院と会った。

同じ水戸城の奥御殿に住む養珠院とお勝の方とのあいだは、うまく行っていない。それは国家老の芦沢伊賀守《あしざわいがのかみ》も三木仁兵衛も、ひどく心配していた。

お勝の方から生まれた公子の丹波《たんば》は、無事に成長しているが、大きくなっても、せいぜい水戸家の分家のあるじとして二万石か三万石の領主にしかなれない、とお勝にもわかっている。

水戸家の後嗣《あとつぎ》となった千代松の成人ぶりは、この水戸へも聞こえているし、丹波とのあいだに大きな差が出来ているので、なおのことお勝は神経に障《さわ》るのであろう。

母の養珠院が江戸へ戻り、千代松の成人ぶりを側で見ていたい、と望んでいるのがわかると、すぐに頼房はそう許らった。

同じその年の七月六日、千代松は将軍家光の前に呼ばれ、父の頼房と共に江戸城へあがった。元服のためであった。

家光は、自分の名の一字を与えて、千代松に徳川左衛門督光国《さえもんのかみみつくに》と名乗らせた。

光圀《みつくに》、と名乗りが変わったのは、ずっと後年のことになる。

家光の前で前髪を落とすと、九歳の光国は身体つきも大きく、色も白いだけに、たいそうおとなびて見えた。

家光は、手ずから備前長光《ながみつ》の短刀を光国に与えた。

小石川の水戸屋敷へ帰ると、光国は大玄関の式台の前で乗物から出た。

それを迎えていた中山備前守たちは、夏の暑い陽ざしの中に、新しい光を見たような気がした。

前髪を落とした千代松の顔が、少年ではなく、もう青年のように見えたからであった。

「お目出度う存じまする」

あとの正式の祝儀《しゅうぎ》の席で述べるべき言葉を、中山備前守ほどの落着いた人物が式台に坐ったまま、先に口に出してしまった。それは本当に、備前守の腹の底から出た言葉であった。

自分の眼は狂っていなかった、このお方こそ水戸家のおん後嗣なのだ。あのように立派になられたではないか、と備前守は声に出して自慢をしたくなった。

その日、表御殿の大広間に集まった家来たちの前で、頼房は光国が無事に元服の済んだことを告げ、披露をした。

家中一統に祝酒が振舞われ、祝儀が済んだ。

自分の居間へ戻ってから、光国は寒河江《さがえ》大八、富田藤太郎などの小姓、それに望月庄左衛門たち家来から、改めて祝いの言葉を受けた。

鏡を取りよせ、自分の顔を映して見た光国は、

「似合うか」

と家来たちへ声をかけ、急に笑い出した。

今日からは子供の千代松ではない、おとなの左衛門督光国になったのだ、と思うと、光国はいくらか得意になった。

その寛永十三年の秋になって、頼房の生母養珠院は、水戸城から江戸の上屋敷へ移った。

祖母として養珠院は、光国と名乗るようになった千代松にも、久しぶりで会うわけであった。

背も高く、色も白い。澄んだ大きな眼をしていて、肩幅も広いし、九歳の少年とは思えなかった。

「そなた様も、見事《みごと》にご成人にて」

挨拶《あいさつ》をした光国へ、震える声で養珠院は言った。

この子が水子《みずご》にされるべき運命にあったのだ、と考えると、今さらのように新しい感慨が養珠院の胸にこみあげてきた。

あくる寛永十四年、光国は十歳になった。

その正月から、光国には新しい学問の師がつくことになった。書院番頭《しょいんばんがしら》で三百石取の、熊沢半右衛門《くまざわはんえもん》という侍であった。

半右衛門守久は、はじめ福島正則《ふくしままさのり》に仕えていた。元和五（一六一九）年、正則が安芸《あき》と備後《びんご》の二ヶ国を没収され、信濃国《しなののくに》高井郡高井野村に蟄居《ちっきょ》させられたとき、それに従って行った侍であった。寛永元（一六二四）年、正則が六十四歳で世を去ったあと、熊沢半右衛門は諸国を浪人して歩き、水戸に移り住んでいた。

それを国家老の芦沢伊賀守に認められ、水戸家の侍として召し抱えられた。和漢の学問に通じ、性質も誠実なので、光国の師としては適任、と江戸家老たちも認め、頼房へ推挙したのであった。

十歳になった光国には、乳母の小ごうでは学問の師として荷が重くなり過ぎていたし、頼房も承知をしてくれた。

五十を過ぎ、色の黒い、身体つきの大きな、無表情で行儀の正しい熊沢半右衛門を、はじめ光国は好きになれなかった。学問を教えているとき半右衛門は、水戸家の世子《せいし》だといっても遠慮はしなかった。

それが次第に、光国には気に入るようになって来た。

乗馬の飛竜を馬場へ曳《ひ》き出し、乗り廻しているときなど、うっかりと側役の望月庄左衛門が褒《ほ》めたりすることがある。

「ますますのご上達、とお見上げ申し上げまする」

それを光国は、鞍《くら》の上から睨《にら》みつけ、すぐに言い返した。

「上達しようと思うゆえ、励んでおる」

それは底意地の悪い言葉ではなく、お世辞めいたことを言われるのが、光国は嫌いだからであった。

その年の春のある日、朝食が終わるとすぐに、光国は側役の望月庄左衛門へ言った。

「わしは、外へ出ることがならぬのか」

「は」

光国の言葉の意味がすぐにはわからず、庄左衛門は、あるじの顔を見た。

その日は、熊沢半右衛門が進講に来るのは午後、となっているので、午前中は馬術と剣術の稽古《けいこ》に費やしてもよいわけであった。

「たまには、屋敷の外へ出てみたい」

と光国は、縁先へ立って行って、春の陽の溢《あふ》れる庭を見ながら、

「馬で、屋敷の外を一廻りしてみたい」

「御意《ぎょい》」

側役の自分一存では許れないことなので、庄左衛門は即答をしなかった。

江戸城へあがったとき以外、光国はこの小石川上屋敷の外へ一度も出たことがない。江戸城の曲輪《くるわ》うちにある松原小路の屋敷には、しばらく住んでいたこともある。だが、いかめしい大名屋敷の外の空気に触れてみたい、という光国の気持は望月庄左衛門にも合点《がてん》の行くことであった。

それを庄左衛門から聞いた中山備前守は、ちょっと困ったようだが、屋敷の外を一廻りするだけなら、と考え直し、大番頭《おおばんがしら》の岡崎平兵衛《おかざきへいべえ》へ指図をした。

この七万六千余坪の水戸屋敷は、もと本妙寺と吉祥寺《きちじょうじ》のあった跡で、建築以来八年になる。まわりには次第に町家も出来、道路も整備され、ずいぶん賑《にぎ》やかになっている。

江戸の繁華の中心地の日本橋や京橋あたりから、小石川方面に町をひろげようという幕府の方針は、的を射たわけになる。やはり御三家のひとつの上屋敷があるというのは、周辺の町家にとっても、商売がやりやすいことになるわけであった。

中山備前守は、あるじの頼房の居間へ行って、光国が屋敷の外を一廻りすることについ

て、許しを求めた。

しばらく考えていた頼房も、ようやく承知をして、

「警固は、怠りなく行うよう」

と、備前守へ念を押した。

その日の昼過ぎ、光国は馬場へ行くのと同じ姿で、乗馬の飛竜の背にまたがった。

望月庄左衛門が馬で先に立ち、徒歩で供をするのは小姓の寒河江《さがえ》大八、富田藤太郎、そしてあとから馬で岩本越中が従う、と決まった。

巷《ちまた》の空気

大玄関の横から表門へはかからず、その横の猿楽《さるがく》御門を出て行くとき、さすがに光国も馬上で興奮した顔つきになっていた。

正式の外出ではない。しかし、わずかの家来をつれてだが、こうやって自由に外へ出られるということに、やはり、解放されたうれしさを感じたからであった。

門を出ると、広い空地の右に、旗本屋敷が並んでいる。そのあたりに六尺棒をついた侍たちが、ひとり、ふたりと立って、光国の姿を見ると、道にしゃがんで礼をした。

「庄左」

光国は、馬の轡をとった望月庄左衛門に声をかけた。

「あれは、どこの家来か」

「お家の侍にございます」

「わしのための警固か」

「御意にございます」

「誰の言いつけだ」

「殿のおん下知《げじ》にございます」

「父上のおん下知か」

つぶやいて光国は、我慢をした。

父や家来たちに知れぬうち、屋敷の外を一廻りしてみたいというのが、光国の少年らしい望みであった。だが、旗本屋敷から西長屋の塀外へ廻ると、そこにも徒士《かち》たちが警固に当たっている姿を見て、光国はあきらめた。

中山備前守としても、警固の徒士を屋敷の塀外に配置しただけで、通行人の制限はしていない。

狼藉者《ろうぜきもの》が現れても、世子《せいし》の身に危険がないよう、短い時間に万全の手配がしてある。

道を歩く者たちも、物売りも、騎乗で進んで来るこの少年が、水戸家の世子光国だとは気がつかない。

わずかに道をよけて、黙礼をする者もある。

しかし中には、光国の着衣の三つ葉葵《あおい》の紋を眼にして、あわてて片膝をつく者もあった。

それへ自然に、光国は馬上から会釈《えしやく》を返した。

馬上に胸を張ったまま、通行の者たちを無視してもいい身分なのだが、はじめてじかに見る庶民の姿に、光国は親しみを覚えた。

七万六千余坪の屋敷外を一廻りするのは、容易な道のりではない。

御成《おなり》御門の前を過ぎ、石橋を渡って御切手門《ごきつてもん》までかかったとき、満足そうに光国は鞍の上から望月庄左衛門へ言った。

「毎日一度は、この道を通ってみたいな」

「は」

「だが、家来たちに骨を折らせることになるな」

御切手門を入ると、塀のところに家老の中山備前守、大番頭の岡崎平兵衛、ほかに重臣たちが光国を出迎えていた。

「若君様」

すぐに備前守が馬のそばへ寄って来ると、光国を見あげるでもなく、ひとりごとのように言った。

「下々の有様、ご覧になるのはよろしけれど、それになずんではならぬものでございまする」

黙って光国は、鞍《くら》の上でうなずいた。

大名の暮らしと庶民の暮らしのあいだに、はっきり一つの線を引かなくてはならない。それが大名になるべく生まれついた人間の在《あ》り方なのだ、と備前守は教えた。

それが光国にも、おおよそ納得が行ったようであった。

それからあと、一ヶ月に一度くらい光国は、正式に父の頼房の許しを受け、屋敷の外を馬で廻った。

水戸屋敷周辺の町家の者たちも、それに慣れて、光国の馬が通ると、家から駆け出してきて光国に礼をするようになった。

光国もまた、それに対して会釈を返すのが、うれしくてならない。

「あまり軽々しきおん振舞いがあっては」

同じ家老の山野辺右衛門大夫が心配して、そう言うと、中山備前守は答えた。

「若君様にとって、ただ一つのお気晴らしでござれば」

いつまでも屋敷うちに暮らしていては、塀の上を走りあるいたり、高いところへ登ったりするだけでは済まなくなるだろう、と備前守は光国の性格を見抜いたからであった。

その寛永十四（一六三七）年の十月、遠く九州の肥前島原《ひぜんしまばら》の城主松倉勝家《まつくらかついえ》の領内に百姓騒動が起こり、それが吉利支丹《キリシタン》宗徒の蜂起《ほうき》を伴って、次第に騒ぎが大きくなってきた。

十一月に至って、幕府は、三河額田《ぬかた》の城主板倉内膳正重昌《いたくらないぜんのしょうしげまさ》を将とし、目付の石谷十《いしがいじゅう》蔵貞清《ぞうさだきよ》を副将に、征討軍を九州へ向けた。たかが吉利支丹宗徒の暴動、と幕閣はあまく見ていたからだが、十二月に入って、一揆《いっき》の首領益田《ますだ》（天草）四郎時貞《しろうときさだ》が、原の古城に立籠《たてこも》って以来、一揆の勢いはますますさかんになり、包囲軍も手を焼くようになってきた。

ついに幕閣は、老中松平《まつだいら》伊豆守《いずのかみ》信綱《のぶつな》を征討使として九州へ派遣することに決まり、信綱は十二月三日、江戸を出立した。

それを聞いて憤激した板倉重昌は、あくる寛永十五（一六三八）年の正月一日、自ら兵をひきいて原城の二の丸に迫り、敵弾を受けて討死をとげた。

松平信綱が戦場に到着したのは、それから二日の後であった。

正月から二月にかけて、信綱は、原城攻略の作戦を練り、二月二十七日、総攻撃を加え、あくる日、城を陥《おとしい》れた。

そのとき、肥前佐賀《ひぜんさが》の城主鍋島信濃守勝茂《なべしましなののかみかつしげ》の勢《ぜい》が、軍令を無視して抜け駆けを行い、討死百六十人、負傷六百八十人を出したが、それが味方勝利の原因を作ったことになった。

松平信綱が江戸へ凱旋《がいせん》したのは五月十二日で、直ちに将軍家光へ征討の始末が復命された。

合戦のときの鍋島勢の抜け駆けを聞くと、家光は立腹し、鍋島勝茂に江戸へ来るように、という急使を立てた。

六月五日に、勝茂は佐賀を発し、二十三日に江戸へ到着した。

軍法に背《そむ》いたことをとがめられ、鍋島勝茂が、改易《かいえき》、閉門の沙汰《さた》を受けた、ということを聞くと、水戸頼房は、直ちに江戸城へあがり、家光に謁見《えっけん》を願い出た。

「伝え聞き候《そうろう》に、鍋島がご軍法に背きたりとて、改易になされ候よし。あれほどの戦功を立てたる者に、さようなるお沙汰を下し賜《たまわ》ること、合点《がてん》参らず」

頼房は、老中たちも居並んでいる前で、家光に進言した。

「軍法に背きたりとて罰すること、大名に対して下さるる沙汰には候わず。ただいまは泰平の御代にて、島原の乱の如きこと、再び起こるとは思われ申さず。一片の軍法を重んじて、戦功ありし大名を罰しては、この後、ただ法のみをおそれて、主人と家来のあいだに融和を欠き、和合の妨げと相成り申すべし」

頼房の諫言《かんげん》を、家光はすぐに容《い》れた。

蟄居《ちっきょ》の沙汰だけで、改易のことは取り消され、鍋島信濃守勝茂は、よろこんで九州へ帰って行った。

水戸頼房の取りなし、と聞いて、江戸を出立する前、鍋島勝茂は、小石川の水戸屋敷を訪ね、礼を言ったが、頼房は、通り一ぺんの受け答えしかしなかった。

しかし、勝茂としては、よくよくうれしかったのであろう。佐賀へ帰った後、家来たちを集め、水戸頼房の取りなしのことを告げて、

「この後、水戸殿にて何事かあらば、こたびのご恩に添い奉るように努むべし」

と言ったという。

鍋島勝茂の蟄居が解けたのは、その年の暮であった。

ようやく島原の乱が終わって、江戸の上下にも落着きが戻って来た。

それまで一ぺんに値段の上がっていた兜《かぶと》や鎧《よろい》、刀や槍《やり》の値段も普通に戻って、遠く九州で起こった戦いの噂《うわさ》も、次第に消えていった。

あくる寛永十六（一六三九）年、光国は十二歳になった。

二月一日、旗本肝煎《きもいり》として上は将軍家から諸大名、誰にでも我儘《わがまま》を通しながら、庶民からも親しまれていた大久保彦左衛門忠教《おおくぼひこざえもんただたか》が、八十歳で世を去った。

その年の夏は、ことに雨が多く、諸国では飢饉《ききん》があり、江戸でも米の値段は騰《あが》っている。

それも、水戸家の屋敷内で暮らしている年少の光国には、まだまだ縁の遠いことであった。

去年あたりから光国は、家来たちの手引きを受け、屋敷内にある堀で水練の稽古《けいこ》をはじめている。

水戸家の大番《おおばん》組の侍に、島村孫太郎《しまむらまごたろう》という二百石取の水練の達者があり、自分で水府《すいふ》流《りゅう》と名づけ、家中の侍に教えている。

光国は、その島村孫太郎や剣道師範の岩本越中につき添われ、水のきれいな堀で水練をはじめ、ようやく泳ぎも一人前になっていた。

雨の晴れた日、頼房は急に思いついて、光国を連れ、家来たちを従え、馬で浅草川のあたりへ出かけて行った。

隅田川は、浅草三股河岸《みつまたがし》のあたりでは浅草川と呼ばれ、それから下流は大川という俗称で呼ばれている。

浅草川の水も増して、赤く濁り、水面に上流から流れて来る死体が浮きつ沈みつしている。飢饉のために死んだ者たちを、弔《とむら》いをする費用もなく、そのまま川へ流したのであろう。

三股のあたりで馬をとめ、頼房はじっと川面《かわも》を眺めていたが、

「小舟を集めて参れ」

急に、中山備前守へ言いつけた。

なんのためかわからないが、備前守はすぐに手配をし、近くから小舟を五艘《そう》ほど集めて来た。

「お長《ちょう》」

舟が河岸に着けられると、頼房は光国を呼んだ。

光国が自分でも、お長と言うのをやめているのに、ときどき頼房はわざとお長と光国を呼ぶことがある。わが子が可愛いのと同時に、暴れ者の光国をからかう意味もあるのであろう。

「ともに、舟に乗れ」

「はあ」

すぐに光国は馬からおりた。

一艘の舟に頼房と光国、中山備前守と小姓の寒河江《さがえ》大八、富田藤太郎、それに側役の望

月庄左衛門が乗り、ほかの舟には家来たちが分かれて乗った。

不気味な姿をした死体が、ときどき川面に姿を見せている。ゆっくりと小舟は浅草川を横切り、西から東の岸へ着いた。

雲が低く、また降り出しそうな、むし暑い日であった。

いったん、東の岸まで着いてから、いきなり頼房は言った。

「お長、水練《すいれん》の手並、試してみるか」

「はい」

この川を泳げ、という意味なのだと察し、ためらいもせずに光国は答えた。

「お試し願いまする」

「最前《さいぜん》の岸までぞ。泳ぎ切れるか」

「大丈夫でござります」

「よし、父も共に泳ごう」

言うなり頼房は、脇差《わきざし》をはずし、袴《はかま》を脱ぎはじめた。

まさかあるじがそういう態度に出る、と思っていなかっただけに、さすがに中山備前守も狼狽《ろうばい》した。

「さようなるおん振舞い、いかがかと存じまする。おとどまり願いとう存じまする」

懸命にとどめたが、頼房は聞き入れなかった。

「お長の水練の手並を見たい。お長も着衣を脱げ」

「心得ました」

光国も小姓たちに手伝わせ、着物を脱ぎはじめた。

「お上《かみ》」

下帯ひとつになった頼房を、備前守はまだ制止しようとした。

「かまうな」

頼房の顔に、笑いがあった。

「軽々しき振舞い、と思うまい。獅子《しし》はわが子を谷底へ落として試す、と言うが、それとこれとは違う。父と子にて、浅草川を泳ぎ比べをする。そのほうたちは、舟にてついて参れ」

そう言ってから、下帯ひとつの裸になった光国を見た。

「よいか、お長」

「はい」

光国の身体は色が白く、手足ものびのびしている。

まず頼房は、小舟から赤く濁った水の中へ身体を入れた。すぐに、光国が続いた。

水戸屋敷の中にある堀は、上水から水を引いているし、堰《せき》も設けて、汚れないように気をつけてある。だが、この浅草川は大水のあとなので赤く濁り、異様な臭いがした。

「水をのまぬようにせよ」

光国より一間ほど先を、あざやかに抜手を切って泳ぎながら、頼房はときどき声をかけ、わが子を励ました。

　ゆっくりと抜手を切って、光国は泳いでいる。いざ水へ入ってみると、舟で横切ったよりも、ずっと川の幅が広く感じられる。それに、予想外に流れの勢いが激しい。

加えて、大水や飢饉のあとなので、川上から不気味な形をした溺死体《できしたい》が流れて来る。根のついたままの木、障子、箱など雑多なものが、水面をただよっている。

　それを避けて泳がなくてはならないので、なおのこと骨が折れる。

「大丈夫でござりますか」

　舟の上から望月庄左衛門や小姓たちが、たえず川上のほうへ眼をやって、

「木の株が流れて参ります」

　などと、光国へ注意をした。

　中山備前守たちを乗せた小舟五艘は、ふたりを囲んで漕《こ》ぎ続けている。

　死体が流れて来ると、家来たちは水棹《みさお》をのばし、それを押しやって、頼房や光国のほうへ流れて行かぬようにした。

　だが、波をくぐって、いきなり光国の前へぽかりと浮きあがってくる死体もある。

　髪の毛がまつわり、大きくふくれあがった顔は、人間とは思えないようなすさまじさであった。しかし光国は、恐怖の色を見せるでもなく、ゆっくりとその死体を避けて泳ぎ続けた。

　激しい水の勢いに流され、頼房も光国も、ずんずん川下のほうへ流されて行くが、すで

に川の半ば以上には達している。

さすがに光国も疲れてきたようだが、歯を食いしばり、まっすぐに眼を前方に向け、抜手を切っていた。

ここらで小舟へあがるのではないか、と思い、中山備前守は頼房《よりふさ》へ声をかけた。

「お上《かみ》」

だが頼房は、ちらりと光国のほうを見たきり、泳ぎ続けた。

「若君様、いま少しでござります」

備前守は小舟の舷《ふなべり》から、光国へ大きく声をかけた。

梅の木

ただの強情や意地だけで光国は泳ぎ続けているのではない。おのれに信ずるものがあるからであり、それが明らかに顔に出ている。

その光国の色の白い顔は、水に濡《ぬ》れた上に、草や藁《わら》などがこびりつき、汚れている。しかし、その顔から光を放ちそうなほど、中山備前守には立派に見えた。

ほかに家来たちがいなかったら、小舟の上で備前守は泣き出したかも知れない。

「着いたぞ」

頼房に声をかけられたとき、もう光国は、自分の身体だという感覚が失《う》せかけていた。

眼の前に、岸が見える。

すでに小舟の二艘は岸に着いて、上流の三股河岸から馳せ下って来た家来たちが、頼房や光国を引きあげる用意をしていた。

まず頼房が、家来の手を借りて岸へあがった。

続いて光国も、望月庄左衛門の手につかまって、岸へあがった。

家来たちは近所の百姓家へ行って、手桶《ておけ》に水を入れ、運んで来ていた。

「よう致したな」

家来たちに身体へ水をかけさせながら、頼房は光国を見た。

光国の唇は、少し紫色がかり、息を切らしている。父にそう声をかけられると、急に気落ちがして光国は、よろけそうになった。

あわてて望月庄左衛門がささえようとしたが、すぐに光国は立ち直り、家来たちに身体を拭《ふ》かせた。

「蔵屋敷へ参って、水を浴びよう」

そう言って頼房は、三股河岸を前に臨む水戸家の蔵屋敷へ入った。

蔵屋敷には、水戸領内から江戸へ送られてきた米や物産を入れておく蔵と、それを管理する役人たちの住居がある。主君を迎える設備など出来ていないが、頼房が水練をすると言い出したあと、すぐに中山備前守は小舟の一艘を蔵屋敷へいそがせておいた。

すでに湯がわき、新しい下着が用意してあった。

「途中にて、舟に引きあげらるるかと思うていたぞ」

蔵屋敷の庭へ出て、扇子で風を入れながら頼房は、光国をかえりみて笑った。

そのころになると光国は、本当に疲れが出てきて、立っているのもようやくのことであった。

「褒美《ほうび》につかわそう」

と言って頼房は、自分の帯から小鍛冶宗近《こかじむねちか》の脇差を抜き取って、光国へ与えた。

「有難う存じまする」

きちんと坐り直し、光国はその脇差を押し頂いた。

その日の水練を無事に果たしてから、光国も懸命にやればなにごとも成就《じようじゆ》が出来る、と身をもって悟った。

同じ寛永十六年の八月十一日、江戸城の本丸から火を発し、炎上した。将軍家光は、西の丸へ移った。

火の手を見るとすぐに、頼房は馬に乗って登営し、そのまま三日ほど江戸城曲輪《くるわ》うちの松原小路の屋敷に留まり、焼跡の始末に当たった。

老中松平《まつだいら》伊豆守信綱《いずのかみのぶつな》が、十四日に本丸造営の総奉行を命ぜられてから、はじめて頼房は小石川の屋敷へ帰った。

ちょうど水戸城の石垣工事のため、伊豆から大石が海路を船で運ばれ、いったん水戸家の浅草蔵屋敷の中に納められていた。まだ水戸城は石垣を使わず、土手《どて》をめぐらしてあるので、それは将軍家光の命で行われる工事であった。

しかし頼房は、

「ご本丸の造営の成るまで、水戸城の工事は中止にするよう」

と家老たちへ命じた。

あくる寛永十七（一六四〇）年、光国は十三歳になった。

この年の正月から、かねての話が実現して、江戸家老の山野辺右衛門大夫の次男、二十八歳になる弥八郎義堅《やはちろうよしかた》が、新しく光国の守役となった。すでに小姓組頭を勤め、知行一千石を受けている弥八郎だが、特に頼房の命で、光国の側に仕えるようになったのであった。

名門の出だけに、学問や武術にもすぐれている代わり、僅《わず》かなことも許さず、弥八郎は光国の側近にいる者たちを叱《しか》りつけた。美男だが色が黒く、背も高いし、光国に対してお世辞などひとつも言わぬ弥八郎だけに、はじめは光国も、ちょっとなじめないようであった。

「こたびの守役は、ちと手きびしいな」

小姓たちへ光国は、そう言ってくすりと笑った。

二月に入って、将軍家光は、はじめて小石川の水戸屋敷を訪ねることになった。

光国の叙官《じょかん》のことにつき、家光から朝廷へ願い出ている、と聞いて頼房は、家光に自分の屋敷に臨んでもらい、礼を述べようと思ったのであった。

水戸屋敷を訪ね、十三歳になった光国の成人ぶりを見て、家光はびっくりしたらしい。

「水戸どのが、ご自慢なさるほどのことはある」

と言って、家光は笑った。

まだ家光は、江戸城本丸の再築が完成していないので、西の丸に住んでいるが、この水戸家の小石川屋敷を見て、構えは立派ながら、質素なのを案外に思ったようであった。

それでも家光は、頼房をはじめ水戸家の侍たちの心からの歓待を受け、満足して江戸城へ帰って行った。

三月になって、光国は従四位上《じゅよんみのじょう》に叙せられた。父頼房は、その礼を言上するため、家老の中から松平壱岐守《いきのかみ》正朝《まさとも》を京へのぼらせた。

光国は父に連れられ、将軍家光へ挨拶のため江戸城へあがった。その帰り道、ちょうど出府していた伯父《おじ》の尾張義直《おわりよしなお》を市ヶ谷の屋敷に訪ね、叙位の挨拶をした。

義直も、水戸の後嗣《あとつぎ》は暴れ者と聞いていたようだが、そういう挨拶をするときの光国の折目正しい態度を見て、意外に思ったらしい。

「武術とともに、学問も励んでおらるるそうの」

義直に訊《き》かれて、光国は、

「国史をよく読みたい、と存じておりまするが、伯父君のご出府中、おひまあらば、たびたびお目通りをお許し下さりましょうや」

と願った。

義直が神道の研究に通じ、国史にも明るい、と聞いて光国は、この伯父の教えを乞《こ》いたい、と前々から考えていたのであった。

義直は、うれしそうに答えた。

「よろしゅうござる。いつにてもお訪ね下さるよう」

そのときから、尾張義直と光国との交渉が伯父甥《おじおい》という関係以上に、密接になったわけであった。後世の光国が送った精神生活は、父の頼房や側近の家来たちの感化もあったが、伯父の義直から受けた影響がいちばん大きかった、と言ってもよい。

しかしまだ十三歳の光国は、学問だけに専心しよう、という気持はなく、やはり剣術や馬術の稽古をするほうに張合いを覚えていた。

叙位に続いて、光国は右近衛中将《うこんえのちゅうじょう》に任ぜられた。

五月には、それを祖父家康の霊前に報告するため、日光東照宮に詣《もう》でることになった。

水戸家の世子として、はじめての公式の旅であり、供廻りは三百人を超える。

守役の山野辺弥八郎、望月庄左衛門、それに小姓の寒河江《さがえ》大八、富田藤太郎なども従うが、ほかに伊藤玄蕃《げんば》友玄、小野角右衛門言員《ときかず》、内藤儀左衛門高康《たかやす》の三人が供の中に加えられ、守役を命ぜられた。

伊藤玄蕃は、はじめ越前宰相《えちぜんさいしょう》結城《ゆうき》秀康《ひでやす》に仕えていたが、のちに家康の命令で頼房に仕えた。このころ水戸家の書院番頭を勤め、禄高は二千百石、四十八歳。妻は、国家老三木仁兵衛の娘であった。

そのほか、供の中に岩本越中も加えられ、道中の宰領役《さいりょうやく》として、江戸家老のひとり、松平壱岐守正朝が勤めることになった。

「行って参りまする」

大玄関まで見送ってくれた父頼房に向かって、光国は晴れがましい顔つきで挨拶をした。

東照宮に参詣《さんけい》したあと、光国は水戸の城へ立ち寄り、二泊して、領内を巡視することになっている。

父の頼房としても、水戸城にいる家来たちに、はじめて正式に光国を見せておきたい、領内の若者たちにも、いまから光国に親しみを感じておいてほしい、と考えたからであった。

十三歳の光国は、堂々とした振舞いで、東照宮の参詣を終わり、帰り道、水戸城に立ち寄った。

水戸の城下へ入ると、光国は乗物の戸を開け放たせ、出迎えた城下の者たちへ、会釈《えしゃく》を送った。

城の大手門を入り、光国は国家老芦沢伊賀守や三木仁兵衛たちの出迎えを受けた。

表御殿の大広間に、国詰の家来たちがずらりと並んでいる。

伊藤玄蕃《げんば》から正式に、若君様とどこおりなく日光ご参拝を終えられた、と告げられ、ふたりの国家老はよろこびを述べた。

光国から家来たちへは、こういう場合、なにも言葉をかけなくてもよい習慣になっている。

しかし、家来たちの挨拶が済むと、光国は上段の間から家来たちの顔を見渡して、大きな声で言った。

「光国である」

家来たちは、しいんとして、光国の顔を仰いだ。

七年前、この城の、この同じ場所で、中山備前守から水戸家の後嗣《あとつぎ》として披露《ひろう》されたとき以来、はじめての主従の正式の対面であった。

背も高く、肩幅も広く、見事《みごと》に成人した光国を仰ぎ見て、中にはそっと眼を押さえる侍たちもいた。

「父上に劣らぬよう、よい侍になりたいと思う。そのほうたちの力添えを頼むぞ」

そう言って光国は、にこりと笑った。

三木仁兵衛は、微笑を浮かべながら、眼にはいっぱい涙を溜めていた。

その日、奥御殿からお勝の方も、わが子の丹波を連れ、光国へ挨拶に来た。

腹違いの弟を、光国はねぎらい、お勝の方へもていねいに言葉を述べた。

あくる日、光国は自分から言い出し、馬に乗って、供も二十騎ほどにとどめ、領内の巡視に出かけた

領内の農作物やその他の生産物について、父や家来たちが頭を悩ませているのは、光国

も知っている。

馬上から見る領内の風景が、あまり豊かでないのを、ひしひしと光国は感じた。

その日の帰り、城の大手門へ入ってから光国は、伊藤玄蕃へ断り、不意に三木屋敷を訪れた。

自分の生まれた三木仁兵衛の屋敷を、外観だけでも見て来るように、と出立の前、生母のお久の方が言ってくれた。だが光国は、屋敷の中を見たいと思ったのであった。

仁兵衛の妻の武佐《むさ》や家来、奉公人たちが、あわてて門前へ迎えに出て来た。

「達者か」

馬をおりながら光国は、武佐へ声をかけた。

「は、はい」

まさか光国が、馬をおりるとは思っていなかったので、気丈な武佐も、どぎまぎしていた。

「茶を馳走になろう」

そう言って光国は、門を入りながら、家来や奉公人たちの顔を見廻した。

幼いころ、この屋敷から江戸へ連れて行かれたので、みんなの顔に記憶はない。しかしこの屋敷の者たちは、懐かしそうに光国を見あげ、中には泣いている者たちもあった。

玄関の式台へあがりながら光国は、ちょっと照れたように武佐へ言った。

「この家の勝手を、忘れてしもうた」

「は、はい」

武佐も、涙声になっている。

「わしの生まれた部屋は、そのままか」

「はい、そのままにしてございます」

「見たい」

武佐に案内され、縁側の奥へ通りながら光国は、ふっと足をとめた。

にぶい五月の陽の光の中で、庭の中央あたりに立っている梅の古木が眼についたからであった。

「あの梅は」

庭の梅の古木に眼をとめたまま、光国は武佐に訊いた。

「わしの生まれたときよりあったものか」

「はい」

武佐は、縁側に手を仕えて、

「殿様のおん供仕《つかまつ》って、夫仁兵衛、太田のお城へ参りましたる節、殿様より拝領して、この庭へ移したるものにございます」

「では、わしの生まれたるとき、すでにあったのだな」

「さようにござりまするる」

「そうか」

懐かしそうに光国は、その梅の古木を眺めていたが、

「部屋は」

「ここでござりまする」

武佐は、障子を開けた。

十三年前、お久の方の出産のため模様替えした二部屋つづきの奥座敷であった。ここだけ独立し、外部からのぞけないように仁兵衛夫妻が気を配って、中庭に竹垣をめぐらし、母屋《おもや》とは渡り廊下でつないである。

「ここか」

十畳に八畳のつづいた奥座敷へ、光国は入って行った。

三木仁兵衛も武佐も、お久の方が出産したときのまま、屛風《びょうぶ》や小簞笥《こだんす》も置いて、毎日の掃除《そうじ》をするだけで、この座敷二つはあれ以来、一度も使っていない。

「ここか、わしの生まれたところは」

座敷の中を見廻し、光国は、ひどく気難しい顔つきになった。

小石川の屋敷の広さと、比べているのではない。

自分が生まれたときは、三木夫妻のほか、水戸城にいる家老の芦沢伊賀守が知っているぐらいで、父の頼房《よりふさ》にも隠していた、と光国は聞いていた。

誰も告げ口をしたわけではないが、自分は水子にされるべき運命にあったのだ、と光国は承知をしている。

そのときの生母のお久の方の気持、三木夫妻の心づくしが思いやられ、ふっと光国は涙を落としそうになり、それを隠すために気難しい顔をしたのであった。

「ここで、わしは生まれたのか」

また呟《つぶや》いてから光国は、武佐を顧《かえり》みて、くすりと笑った。

「妙な心地がするものだな」

「はい」

光国を仰いだまま武佐の眼から、涙が溢《あふ》れそうになっている。

「お見事《みごと》に、ご成人遊ばしました」

「ここで、茶を貰おう」

「只今《ただいま》」

武佐は光国に褥《しとね》を勧め、母屋のほうへ引き返して行った。

光国について来た家来たちは、縁側に並んでいる。

しきりに座敷の中で、開け放った障子の外を光国は見廻していた。七歳まで、この屋敷の中で育てられていたあいだの記憶を、光国はたどっているのであった。

「玄蕃《げんば》」

不意に光国は、新しく自分の守役になり、こんどの旅に従って来た伊藤玄蕃へ声をかけた。

「は」

敷居のところから入って来て、玄蕃は両手を仕えた。

「そのほうの屋敷は、この隣であった、と聞いている」

「仰せのごとくにござります」

「幼いころのわしは、いまと同じように暴れ者であったか」

光国に訊かれて、玄蕃は絶句してしまった。

「わしは高いところへあがるのが好きで、武佐や小ごうを困らせたというが」

「おそれながら」

ようやく、玄蕃は答えた。

「そのころ、わたくしは江戸詰めでござりましたゆえ」

「そうか」

それ以上、光国は訊こうとしなかった。

伊藤玄蕃は、まだ光国の性格に慣れていない。江戸にいたときでも、国表《くにおもて》の噂を聞いたことがあるし、率直に答えたほうが、光国は喜ぶに違いない。しかし、まだ玄蕃は遠慮をしているのであった。

やがて武佐が茶をささげて来たとき、光国はそれを喫《きっ》し終わって、

「少しずつ、幼いころのことを思い出した。本日一日ここにおりたいが、そうもならぬ。たびたび水戸へ帰ろうと思うても、自由には振舞えぬ。そなたも達者でいるよう。江戸へ参ったら、すぐに訪ねよ」

「有難う存じまする」

武佐に見送られ、光国はその奥座敷に心を残しながら、母屋《おもや》のほうへ出て行った。

いったん水戸城へ帰ったあと、光国は江戸からついて来た家老の松平壱岐守《いきのかみ》を通じて、三木屋敷の家来や奉公人に、と言って金一封を与えた。

それが、水戸家の後嗣《あとつぎ》と決まってから、はじめて光国が、三木屋敷の者へ公式に礼をしたことになる。

「みなの申しますには」

光国へ礼を述べ、城から退って来た三木仁兵衛へ、妻の武佐は言った。

「わたくしどもにて頂戴《ちょうだい》仕《つかまつ》るより、この金子《きんす》にて奥座敷二間、庭の梅の木の手入れなどを致し、ご誕生のときのままにていつまでも残したい、とのことにござりまする」

「さようか」

仁兵衛は、うれしそうな顔をした。

「明日は江戸へお帰りゆえ、その由、言上《ごんじょう》仕ろう。さぞお喜び下さろう」

光国が江戸に住んでいても、光国の生まれた三木屋敷とのつながりは、そのために絶えず続くわけであった。

あくる日、光国の行列が水戸城を出るとき、三木屋敷の者たちすべてが大手門外の道端に坐って、光国を見送った。

乗物をおろさせ、戸を開けて光国は、武佐たちへ声をかけた。

た。

「そなたたちの志、忘れぬぞ」

武佐のうしろのほうに、色の黒い四十年配の女が坐って、声を殺して泣いている。急に衣裳《いしょう》をつけたと見えるが、手も太く、農家の女だな、と光国にも察しのつくことであった。

「あの女子《おなご》は」

光国に訊《き》かれて、武佐は答えた。

「ご誕生のときより、乳母として傭《やと》い入れ、若君様へお乳を差しあげたる者にござります。只今《ただいま》ではご領内の生まれ在所へ戻り、百姓をしております」

「そうか」

うなずいて光国は、その女へ大きく声をかけた。

「わしに乳をくれたこと、礼を申すぞ。この通り、わしは健《すこ》やかにてまかりある」

それを聞くと、かつて乳母を勤めていた百姓女は、ちらりと顔をあげたきり、声をあげて泣き出した。

改めて、国家老の芦沢伊賀守から、光国の志という言葉と一緒に、金一封がその百姓女のところへ届けられた。

江戸の大火

この寛永十七（一六四〇）年の十月十九日、将軍家光は武州小金井の野で鷹狩《たかがり》を行ったが、その日、水戸頼房はわが子の光国を連れて、家光に従った。

光国にとっては、はじめて鷹を扱うわけなので、数日前から鷹匠《たかじょう》に鷹の扱いを教えられ、桜馬場へ出て稽古《けいこ》をしていた。

ことしから伊藤玄蕃のほか、小野角右衛門《おのかくえもん》、内藤儀左衛門《ないとうぎざえもん》などが新しく守役になったし、学問の師としては、幕府の儒官の林道春《はやしどうしゅん》と、その弟の永喜《えいき》が、一日おきに小石川屋敷へ進講に来ている。そのほか、軍学は甲賀流《こうがりゅう》の小幡勘兵衛《おばたかんべえ》とその高弟の北条安房守《ほうじょうあわのかみ》が教授に来るし、馬術、砲術、柔術などの師は、それぞれ頼房が選んで、光国につけてある。

だが放鷹《ほうよう》は、光国にもはじめてであった。

水戸家の鷹匠頭が頼房に命ぜられて、頼房の使っている鷹のうち、多聞《たもん》というのを選んで、光国に扱わせてくれた。

その鷹が、光国には気に入ったようであった。

「父上は、この鷹を貸して下されたのか。わしに下されるのか」

ようやく鷹の扱い方を覚えてから光国が訊くと、鷹師は困って、すぐに返辞が出来ないでいた。

それを中山備前守から聞くと、頼房は大きな声で笑った。

「お長《ちょう》なれば、さようなことを申すであろう。父からとはいえ、借りるのはいやなのであろう。よしよし、あの多聞は将軍家より拝領の鷹なれど、お長につかわそう」

自分のものになった鷹の多聞を、その十月十九日、光国は拳《こぶし》に据《す》え、小金井の野に立ったのであった。

鉄砲の稽古はしているが、鷹に獲物をとらせるのは、ひどく光国の気に入ったらしく、将軍の前だということも忘れて自由に振舞い、父の頼房まではらはらさせるほどであった。

その日は、光国の乗馬飛竜も、小金井の野へ連れて来られていたが、鷹狩の終わったあと、光国は飛竜に乗り、秋草の茂る野を駆け廻った。

守役たちも馬で従ったが、そのうちに光国はだんだん興が増してきて、手綱《たづな》をつかんで鞍の上に立ち、あるいは馬をおどりあがらせたりして、野を駆け廻っている。

遠くから、床几《しょうぎ》にかけてそれを眺めていた将軍家光は、そばにいた老中の松平伊豆守信綱を顧《かえり》みて、

「東照宮様には、水戸どののことを称せられて、切れ味よき刀ゆえ、鞘《さや》走らぬようにさせよ、とご遺命があったそうなが、光国どのも父君に劣るまいな」

ささやいて、くすりと笑った。

そのうちに、光国の馬はもぐらの穴に足を突っ込み、はね飛ばされるようにして倒れた。野の諸方から、叫び声が起こった。

鞍の上に、ほとんど腰を浮かしていた光国が、大きくおどりあがって地面へ叩《たた》きつけられた、と見えたからであった。

だが光国は、馬の頭を越え、地面に両足をつけて立っていた。

「馬を」

すぐ、光国は叫んだ。

飛竜は、水戸家の侍たちの手で引き起こされたが、足を折っている様子はない。首を振ると、面目なさそうに馬は光国の側へよって来た。

「お怪我《けが》は」

頼房の供をして来た家老の山野辺右衛門大夫が、黒い顔を緊張させて走って来た。

光国は、飛竜の首を叩きながら、

「誰も叱《しか》るな」

にこりと笑って言った。

「わしが悪い」

だが、頼房の休息しているところへ戻ったとき、頼房は、はじめて光国にこわい顔を見せた。

「無態《むたい》なる真似して、怪我したらなんとするぞ」

「申し訳ございませぬ」

素直に光国は、父に詫《わ》びた。

だが、小石川の屋敷へ帰ってから、光国は守役たちへ言った。

「あれほどのことにて怪我するくらいなれば、光国に武運そなわらず、と思わねばなるまい」

誰かが、それを頼房へ告げたが、頼房はかすかに笑ったきりで、なにも言わなかった。

そのころから、光国の乱暴ぶりはますます激しさを加えて行くようであった。

兄の頼重と相撲《すもう》を取っても、勝つまではやめようとしないし、奥御殿にいる幼い異母弟たちを引っ張って来て、表御殿の中を走り廻るし、その騒ぎが父の頼房のところまで聞こえることがある。

それまで月に一回、騎馬で屋敷のまわりを歩くようにしていたのが、気が向くとすぐに乗馬を引き出させ、家来たちの支度が出来ないうちに、ずんずん表門から出て行くこともあった。

守役の中で小野角右衛門が、いちばん光国の素行についてはきびしい意見をのべ、膝をつけ合うようにして、諫言《かんげん》をするときもある。

あるとき、剣道の対手《あいて》をした岩本越中が、手加減をしたというので、光国は怒って、木太刀で力まかせに越中の頭を殴《なぐ》りつけた。

越中は若いころは放埒無頼《ほうらつぶらい》で、弟の金兵衛と共に市中を暴れ廻ったことがあり、そのためいったん水戸家から追放され、養珠院の取りなしで再仕官をした侍だが、このごろは人間がねれてきて、若いころのようなことはない。

「いや、若君にはたいそうなお力でござる」

笑いながら越中は、頭を押さえていたが、その手の下の皮は破れ、血が流れ出していた。

そのときも小野角右衛門は、光国の前にまっすぐ坐って、意見をした。

「家来を打擲《ちょうちゃく》あそばすこと、名君のおん器《うつわ》たるおん方のご所業とも存ぜませぬ」

「稽古に手加減無用、と申してある」

光国は角右衛門を睨《にら》みつけ、言い返した。

「家来にあまやかされること、わしは嫌いじゃ。それを知らぬ越中ではあるまい」

自分でもよほど口惜しかったのであろう。色の白い顔を紅潮させ、光国は激しい声を出した。

あとでそれを聞いて、岩本越中は角右衛門のところへ行って、しばらくうなだれていた。

「若君様の仰せあること、ごもっともでござる」

頭に膏薬《こうやく》を貼《は》りつけた越中は、大きな身体を縮めるようにして言った。

「さりながら、若君様はご存知ござらぬ。このごろのそれがしは、もはや若君様へ対し奉って、手加減は仕っておらぬのでござる。木太刀をはね返し、打ち込んで参られるときのおん勢い、いまだおん年十三とは思われぬお力ゆえ、そろそろそれがしには、お対手が勤まらぬよう相成り申した」

その越中の言葉は、小野角右衛門から中山備前守を通じて、頼房《よりふさ》の耳へ入った。

「暴れ馬は、あまり手綱《たづな》を締めぬほうがよい」

頼房は、気にもしていないらしく、備前守へ命じた。

「お長が剣術の師は、柳生《やぎゅう》どのに頼もう」

それは、内々で備前守から柳生家へ申し入れが行われた。

柳生家のあるじ但馬守宗矩《たじまのかみむねのり》は、もう七十歳に近く、ほとんど江戸木挽町《こびきちょう》の屋敷にいる。

大和国柳生で、一万二千石の知行《ちぎょう》を有し、現在は第三子の主膳宗冬《しゅぜんむねふゆ》が江戸と領地のあいだを往復している。

光国の剣道の師としては、ことし二十六歳になる主膳宗冬が最適任だが、宗冬も対手が御三家の世子であり、まだ十三歳なので、

「いずれよき機《おり》もござれば」

と、中山備前守へ答えただけであった。

あくる寛永十八（一六四一）年、光国が十四歳になった正月二十九日の夜に、江戸に大火があった。

京橋桶町《きょうばしおけちょう》から起こった火は、南は増上寺《ぞうじょうじ》の近くまで延び、東は木挽町の海辺、北は江戸城の御成橋の袂《たもと》、西は麻布まで燃えて、九十七町、千九百二十四戸が燃えた。

出火の知らせを聞くとすぐ、水戸頼房は家来たちを従え、馬で江戸城へいそいだ。

小石川屋敷は、家老の山野辺右衛門大夫の采配《さいはい》で、すでに火消しの用意が出来ている。

火はこのあたりまで拡がってくる気づかいはないが、三股河岸《みつまたがし》の江戸蔵屋敷はすでに類焼中だという。

「家中の者に、怪我《けが》さえなければよい」

火事装束《しょうぞく》を着け、寒い風の吹く表庭に出ていた光国は、右衛門大夫からの報告を聞くと、こともなげに言った。

父の頼房が登営した留守、まだ十四歳でも水戸家の世子として、小石川屋敷を預かる責任が光国にある。

三股河岸の蔵屋敷を心配しては、山野辺右衛門大夫が消火のため、上屋敷から侍や小者を急行させるに違いない、と光国は思ったからであった。

おそらく市中はたいへんな雑踏であろうし、すでに火のついている蔵屋敷を守ろうとすれば、犠牲者《ぎせいしゃ》が出るに違いない。風は強くなる一方だが、江戸城にまで火は及ぶ気づかいはない、と光国は報告を受けている。この上屋敷は安全だし、余計な犠牲を払う必要はない、と光国は判断をした。

その夜の大火で、市中の者たちの焼死者も、数百にのぼったという。

大目付の加々爪民部少輔《かがづめみんぶしょうゆう》は、消火の下知《げじ》をしているうち、煙に包まれて死んだという。

火事の晩、将軍家光は江戸城表御殿の大玄関まで出て、次々に駆けつけて来る諸大名の見舞を受けた。水戸頼房は絶えず将軍の側にあり、その身を守った。

あくる日、御三家をはじめ消火に当たった諸大名や旗本たちへ、将軍は感状を授けた。

直ちに幕府の手で、お救い小屋が設けられ、この寒空に家を失った罹災者《りさいしゃ》たちを収容し、無料で米を配給した。

頼房も、蔵屋敷の焼け落ちたことについては、一人も責任者を出さなかった。

世子の光国が、蔵屋敷などは犠牲にしても、家中の侍の中から死傷者を出すまいと計ったことは、たいそう頼房を満足させた。

ようやく火事騒ぎが鎮《しず》まってから、頼房は光国を連れて、小金井にある狩場へ放鷹《ほうよう》に行った。

光国は、父から取りあげた形の鷹の多聞で、この日、鴨《かも》と雁《がん》を五羽ずつ捕らえた。

「本日は、父よりもお長のほうが獲物があったような」

と、頼房が笑うと、光国もにこにこしながら言った。

「鴨と雁を一羽ずつ、祖母君様へ献上致そうと存じまする」

頼房の生母で、光国には祖母に当たる養珠院は、昨年の暮、水戸家の上屋敷から麹町《こうじまち》にある紀伊家の上屋敷の奥へ移っていた。

紀伊家のあるじ頼宣《よりのぶ》は、頼房より一つ年上で、同じ養珠院の腹から生まれている。生母を引き取るのは、前々から頼宣が頼房へ言っていたことであった。

養珠院としても、水戸屋敷の奥御殿にあって、側室同士の暗黙の睨《にら》み合いを見ているのに、たえ切れなくなった形であった。ただ、光国と離れて住むのは、祖母としてはいやなので、紀伊家へ移るのをしぶっていた。

だがこのころの光国は、出府中の伯父《おじ》尾張義直を訪《たず》ねては、学問を教えてもらうことも多いし、同じ伯父の紀伊頼宣を訪ねることもある。だから、いつでも光国が自分を訪ねて来るのは自由なのだ、と納得してから養珠院は、ようやく紀伊家へ移るのを承知したのであった。

その祖母に、狩場の獲物を口実にして光国が会いたがっている、と頼房は察した。

「この狩場の帰りに、そのまま紀伊どのが屋敷を訪ね、祖母君様をお驚かせ申すがよい」

「さよう致しまする」

と光国は、すぐに祖母へ贈る雁《がん》と鴨《かも》を選びはじめた。

頼房は、供をしていた中山備前守へ、光国の気のつかぬように言いつけた。

「紀伊どのは、ご帰国中ゆえ、お留守だ。家中の人々へ、わが家の暴れ者、これより推参《すいさん》仕《つかまつ》る、と前触れを出せ。ただし、大仰なる出迎えは無用のこと、不意を打たれたるごとくに取りつくろうてくれるように、と挨拶を致せ」

「心得ました」

にこりとして、備前守は答えた。

小金井の狩場からの帰り、頼房は小石川屋敷へ帰って行ったが、光国は馬に乗ったまま狩装束《かりしょうぞく》で、守役の山野辺弥八郎以下十人ほどの供を連れ、麹町《こうじまち》の紀伊家へ向かった。

紀伊の松姫

「水戸右近衛中将光国公、養珠院様へご対顔の儀、お願い仕りたし」

山野辺弥八郎が、門番へ申し入れた。

あらかじめ、水戸家の使者が来ていたので、大玄関のほうから紀伊家の江戸家老三浦長門守為春《とのかみためはる》をはじめ、使番福岡大膳《つかいばんふくおかだいぜん》以下の家来たちが裃《かみしも》姿で、門のところまで出迎えた。

「中将様には、ようこそのお越し。早速に養珠院様へ言上仕ります。しばらく、表御殿にてご休息を願いまする」

と、長門守は挨拶をした。

国家老の安藤帯刀直次《あんどうたてわきなおつぐ》、水野出雲守直仲《みずのいずものかみただなか》と同様、長門守は家康から紀伊頼宣へつけられた家老であった。

昨年の五月、頼宣は紀州へ帰って、江戸屋敷は三浦長門守が留守をしている。

紀伊家の表御殿は、水戸屋敷と同じくらいだが、調度などは水戸家などよりも奢《おご》っている。

それを見ただけで、紀伊家と水戸家の経済状態に差のあるのがわかる。だが光国は、そういうことは気にもとめず、狩装束のまま、表御殿へ通され、茶菓の接待を受けた。

普通、こういう場合は、狩装束から正式の訪問に使う裃に取り替えるのだが、狩場の帰りなのでその用意はない。

「では、お奥へお通りを」

長門守に案内をされ、光国はいくつも廊下を折れ曲がって、表御殿と奥御殿の境の御《ご》錠口《じょうぐち》まで行った。

大名屋敷も旗本屋敷も、侍たちのいる表と、奥方をはじめ女中たちのいる奥とは、はっきりと区別がされ、自由に往来するわけには行かない。境に御錠口というのがあって、そこへいちいち用件の申し入れをして、取り次いでもらってから、往来をするのが武家の世界での定めであった。

「ようこそ、おわせられました」

御錠口のところに、小鬢《こびん》の白くなった老女が出迎えに来ていたが、懐かしそうに光国を見あげた。

「そなたか」

にこりと笑って、光国もうなずいた。

その老女は、養珠院が水戸城にいたころから側近にあった志茂《しも》といい、光国もよく知っている。

「養珠院様にも、お待ちかねにござりまする」

立派に成人した光国を見あげ、いまにも泣きそうな顔をして志茂は言った。

光国は、紀伊家から借り受けた三宝《さんぽう》に鴨《かも》と雁《がん》を一羽ずつ乗せ、小姓の寒河江《さがえ》大八にささげさせて、志茂のあとから奥御殿へ入って行った。

養珠院は、居間で光国を待っていた。

「祖母君様には、ご機嫌うるわしく、大慶に存じます。狩場の戻りゆえ、このままの姿にて失礼を仕ります」

挨拶をして光国は、鴨と雁を祖母の前へ差し出した。

喜んで養珠院は、それを納めてから、

「狩場のお帰りなれば、お腹《なか》がおすきではないか」

「いささか空腹でござります」

光国も、素直に答えた。

「では、支度を」

と養珠院は、志茂へ言いつけた。

くつろいだ気持になり、光国はその後の話などを養珠院とかわした。

しばらくして、十二歳か十三歳かと思われる姫が、奥女中たちにつき添われ、養珠院の部屋へ入って来た。

「紀伊家ご息女にて、松姫《まつひめ》と申される」

と養珠院は、光国に引き合わせてくれた。

かぼそい感じはするが、美しい少女であった。

ことし四十歳の紀伊頼宣《よりのぶ》には、十五歳になる世子《せいし》の常陸介光貞《ひたちのすけみつさだ》、茶々姫《ちゃちゃひめ》、松姫、それにこの正月に生まれた久松、と四人の子がいる。

光貞は光国と同様、すでに将軍へ謁見《えっけん》のことも済み、ほかの弟妹たちとこの奥御殿の中に住んでいるが、養珠院は松姫をいちばん可愛がっていた。

松姫は、祖母に勧《すす》められ、光国のために茶を点《た》ててくれた。

作法通り、茶を喫し終わってから、

「結構なお服《ふく》加減でござった」

光国が挨拶をすると、松姫は眼を伏せ、赤くなっていた。

その松姫を、美しいな、と光国は感じた。

母以外の女性に美しさを感じたのは、光国にとって、はじめてであった。

志茂の用意してくれた食事を、光国が遠慮なく食べ終わったところへ、従兄《いとこ》の光貞が挨《あい》拶《さつ》に出て来た。

父の頼宣に顔立ちも似ているし、光国同様、なかなかの暴れ者らしい。

だが、光貞と松姫の顔立ちは似ていない。母が違うのだな、と光国にも察しのつくことであった。

「ご馳走でございました」

時の経ったのに気がつき、光国は祖母や光貞、松姫などに挨拶をして、養珠院の居間を出た。

三浦長門守たちに見送られ、紀伊家を騎馬で出た光国は、小石川の屋敷へ帰る途中、眼の前に松姫の面影を浮かべていた。侍らしくないことだ、と自分を叱《しか》りつけ、その面影を払いのけようとしたが、たえず松姫は光国の眼のうちに浮かんで、そっと微笑を送った。

小石川の屋敷へ帰ると、光国が湯浴《ゆあ》みの済んだところへ、養珠院がさっきの鴨と雁の返礼に、という使者の口上と一緒に、硯《すずり》が届けられた。

石眼《せきがん》の斑紋《はんもん》のある、端渓《たんけい》石の硯であった。

「書道を怠るな、という祖母君様のご意見であろう」

と光国は言ったが、贈物はそれだけではない。

松姫から、という口上が添えられ、桐の箱が届いた。

開けてみると、赤い錦《にしき》の守袋で、中に紀州熊野神社の守護札が入っている。

「庄左」

光国は、側役の望月庄左衛門を見て、ちょっと当惑した顔つきになった。

「なんのおつもりかな、松姫どのは」

「若君様のおん身ご安泰に、とのお考えにござりましょうな」

庄左衛門が答えると、光国はくすぐったそうな顔つきをした。

「よくよくの暴れ者、とわしのことを聞いておられたのであろう。だが本日のわしは、紀伊家お屋敷にて尋常に振舞うたぞ」

「はい、お見事《みごと》でございました」

「あの姫は」

言いかけて光国は、黙ってしまった。その光国の白い顔に、薄く血の色が浮きあがっている。

あのかぼそい感じのする、しかし美しい松姫の顔が、新しく光国の眼によみがえってきた。

「さて」

改まった表情になり、光国は、

「紀伊家の使者は、もはや帰ったか」

「いいえ、使者の間にてお待ちでございます。若君様より、お礼の口上をお伝え下さりまするよう」

と、側から山野辺弥八郎が言った。

光国は、ちょっと考えていたが、

「祖母君様に、わしは狩場の獲物を献上したが、松姫どのへはなにも差しあげておらぬのに」

「お礼のお言葉のみにてよろしいか、と心得まするが」

「いや、それでは済まぬ」

光国は居間の中を見廻したが、松姫へ贈るようなものは、なにも見当たらない。

「大八」

いそいで、光国は命じた。

「母上が許へ参り、なんぞ女子の喜びそうなものを、頂いて参れ」

「は」

面くらって寒河江《さがえ》大八は、弥八郎の顔を見た。

弥八郎は、苦笑いをしていた。

「仰せ出だされの通り致すよう」

望月庄左衛門に言われて、大八は御錠口《ごじょうぐち》へいそいだ。

御錠口番へ申し入れ、大八は、お久の方づきの小ごうの局《つぼね》を、御錠口へ呼び出してもらった。

光国の言葉を伝えると、いつもは無表情な黒い顔に小ごうは、ふっと笑い出しそうな色を浮かべた。

「お待ち下さるよう」

と小ごうは、お久の方の居間へ引き返して行ったが、やがて、金蒔絵《きんまきえ》の美しい箱を袱紗《ふくさ》に乗せ、両手にささげて来た。

「これなれば、松姫様のお気に召しましょう」

寒河江大八は、大切にそれを光国の居間へ持って来た。

光国が開いて見ると、それは貝合《かいあ》わせの道具であった。

美しく金泥《きんでい》を塗った貝の中に、和歌が書き入れられ、風景や人物が描いてある。その貝を合わせて遊ぶのが、女たちの遊戯のひとつであった。

それなら光国も、ときどき母のお久の方が奥女中や侍女たちと遊んでいるのを見たことがある。

「よし、これを松姫どのへご返礼、と申し、紀伊家の使者へ渡せ」

と光国は、上機嫌で弥八郎へ命じた。

その日の夜、それを耳にした頼房は、

「お長も、女子《おなご》が眼につくようになったか」

笑ってから、ちょっと眉《まゆ》をしかめ、中山備前守へ言った。

「松姫どのは、母上がお気に入りという。同じお気に入りのお長と、末は夫婦《めおと》に、などと、母上は考えておわすのではあるまいの」

「御三家のあいだにて、ご縁組はならぬはずでござります。それが法度《はっと》でござります」

「孫可愛さに、母上がご一存にてさよう計らわれてはならぬ。したが、お長に、こののちは紀伊家へ参ること無用、とも申せまい」

「三浦長門守《ながとのかみ》どのと、それがし内々にて、談合を仕りましょうや」

「さよう事を大仰にせずともよい」

と言ってから、ふっと気がついたように頼房は訊《き》いた。

「お長が身のまわりには、まだ女子はおらぬのだな」

「御意《ぎょい》」

「腰元をつけてやれ」

「お上《かみ》」

「思い違いをすまい、備前。あのような暴れ者には、まわりに女子がついておれば、いくらかおとなしゅうなるものだ。わしもあの年ごろはそうであった」

「はあ」

とは答えたが、備前守は不服そうな顔をした。

身体つきは大きいとはいえ、まだ十四歳の光国の身辺に女をつけることなどもってのほか、と備前守は考えていたのであった。

翌日、光国は松姫から貝合わせの贈物に対しての礼状を貰い、照れたような顔をした。

だが光国も、まだ女に対して特別な関心を持つ、というところまでは行ってはいない。

この時代、侍《さむらい》の子が十五歳になれば、妻を迎える、ということが普通に行われていた。

光国も、そろそろ異性に対して興味を持ちはじめてきたのではないか、と父の頼房や生母のお久の方は心配をした。

しかし、光国が松姫に好意を抱いたのは、おとなのそれとは違って、まだ少年らしい無邪気な感情であった。

その年の暮、紀伊家から使者が来た。

松姫の贈物、という口上で、きれいな手文庫が光国のところへ届けられた。いつぞや贈ってもらった貝合わせの返礼というのであろう。

開けてみると、大小さまざまの美しい折鶴が入っている。これだけの鶴を折るのには、相当な日数を費やしたに違いない。

「大八」

照れたような顔つきになり、光国は寒河江《さがえ》大八へ言った。

「松姫どのへ、またなんぞ贈物をせねばならぬの」

「それがよろしいか、と心得まする」

と大八も困った表情になり、そう答えた。

旗《はた》本《もと》奴《やっこ》

寛永十九（一六四二）年、光国は十五歳になった。

この正月から、表御殿の中の光国の住居に奥女中が一人、腰元が三人、つけられることになった。

お付きの女中も、家中の名門から選んである。腰元三人も、家中の娘たちの中から、中山備前守以下が人選した結果であった。

あらかじめ、備前守からその許しを乞《こ》われて、光国は苦《にが》い顔をした。

「なぜ、わしのまわりに女子をつけねばならぬぞ」

「殿の仰せ出だされでござります」

中山備前守が答えると、なおのこと光国は機嫌の悪い顔つきになって、

「わしが暴れ者ゆえ、という思《おぼ》し召《め》しからだな」

「さようか、と心得まする」

備前守も、遠慮のない答え方をした。

「ふむ」

しばらく光国は、黙り込んでいたが、

「女中は、どのような者が参るぞ」

「家中にても、由緒《ゆいしょ》正しき血筋の者を選び、若君様のお付きとして」

と備前守が言いかけるのを、光国はしまいまで聞かずに、

「母上に願い、小ごうを表へつれて参れ」

「は」

「小ごうなれば、わしの頭の押さえ人になろう。父上にもお願い申せ」

それは、さすがに備前守も気がつかぬことであった。

光国の生母で、奥御殿にいるお久の方づきの老女、という意識でいただけに、小ごうを表御殿へ連れて来ることは、誰も考えていなかった。

「かしこまりました」

すぐに備前守は、頼房の前へ出て、光国の意向を報告した。

「なるほど」

頼房は、笑い出した。

「お長も、おのれの苦手《にがて》を存じておる。苦手ながら、幼少のころより育ててくれた小ごうは、親しみやすいのであろう。久へ伝えよ」

と備前守へ命じた。

その頼房の言葉は、奥御殿にいるお久の方へ伝えられた。

すぐに、お久の方は小ごうと相談をした。

「そなたが光国どのの側へ参ってくるるのなれば、わたくしも安堵《あんど》の心地がする」

「若君様おん直々の仰せ出だされとあらば、喜んで参りまする」

と、小ごうは承知をした。

十五歳になった光国の側近に、腰元を置く、と聞いただけでお久の方は母として、小ごうは乳母《うば》として、それぞれ心配をしていたのであった。

小ごうは、正式に光国づきの女中として、表御殿へ移ることになり、侍たちからも小ごうの局《つぼね》と呼ばれることになった。

選ばれた腰元三人は、佐和《さわ》、まさ、於常《おつね》といって、いずれも家中の侍たちの姉、妹、娘であった。

佐和は、いったん家中の侍に嫁いだが、不縁になって実家へ戻っていた女であり、三人の中でもいちばん年かさで、顔にあばたがある。美人とはいえないが、人間はしっかりしている。

於常は、いちばん年が若く、十五歳であった。牧野弥左衛門《まきのやざえもん》という馬廻役《うままわりやく》の末娘で、細面の、おとなしい顔立ちをしている。

小ごうに連れられ、三人の腰元は光国に目通りをした。

「わしは我儘《わがまま》だぞ」

三人の挨拶が終わるとすぐ、光国は言った。

「その覚悟で仕えよ」

光国が臥《ね》るとき、小姓が宿直《とのい》をするのは、いままでと同じであった。

寝間着に着替えるとき、小ごうの指図で三人の腰元が、交替で光国の介添《かいぞえ》をした。

「臭い」

枕に頭をつけてから、光国は怒《おこ》ったような声で言った。

「部屋のうちに、女の匂いがするぞ」

それは、男ばかりに取り巻かれて暮らして来た光国にとって、大きな変化であった。

家来たちが、光国の側近くで女の話をする、ということはない。だが十五歳という年齢にふさわしく、光国は女性に関心を持ちはじめていた。

その内心の興味とは反対に、光国は腰元たちにやさしくしようとはせず、叱《しか》りつけたり、わざと乱暴に振舞ったりすることが多い。

「本当にお怒りになっているのではない」

叱りつけられたまさが泣いていると、小ごうはそっとなぐさめてやった。

「お心のうちでは、そなたたちがやさしくして差しあぐるのを、喜んでおわすなれど、そのようにはお振舞いにはならぬ。世間の子と同じ、若君様もおん年ごろゆえじゃ。本当に若君様がお怒り遊ばされたるときは、あのようなお小言では済まぬ。侍衆だとて、庭へ投げ出されてしまうであろう」

それを聞いた三人の腰元は、びっくりしたように顔を見合わせ、やがて微笑を浮かべた。

幼少のころから光国を育てて来ただけに、小ごうは光国の性格をよく知っている。

腰元たちを叱りつけることはあっても、光国の周囲が華やかになり、なんとなくなごやかな空気に包まれて来たことは事実であった。

その寛永十九年の正月から、柳生主膳宗冬《やぎゅうしゅぜんむねふゆ》が、光国のために水戸家へ稽古《けいこ》に来るようになった。

父の柳生但馬守宗矩《たじまのかみむねのり》の所領一万二千石のうちから、宗冬は四千石を分けてもらっている。

「倅《せがれ》主膳のこと、江戸にまかりあるあいだは、若君のお稽古に通わせましょう」

去年、中山備前守が柳生屋敷を訪ねて、光国への剣道指南を頼んだとき、但馬守宗矩は自分は老齢《ろうれい》だから、と断って、そう約束をしてくれたのであった。

宗冬は父に似て丸顔の、背の低い、柔和な相をしているが、長兄の十兵衛《じゅうべえ》三厳《みつよし》の剣が激しいのと反対に、宗冬の刀法は柔軟《じゅうなん》だと言われている。

しかし、はじめて水戸家の表庭で、光国に手ほどきをしたとき、主膳宗冬は光国の闘志には意外な思いをしたらしい。

対手《あいて》が将軍家光の剣の指南番だ、ということも遠慮せず、光国は木太刀を構えて、積極的に打ち込んで行った。

もちろん宗冬の身体に、光国の木太刀が当たるはずもなく、宗冬は光国の木太刀をあしらっていたが、はじめての指南を終わって、頼房の前で膳を共にしたとき、宗冬はたのもしそうに若い光国を見た。

「上様へ対し奉っても、それがしは世辞を申し上げませぬ。ただいまも同様、とご承知おき下さるよう。このお子は剣法者の家に生まれておわさば、一流の剣士となるべきお人にござります。水戸家のご嫡子《ちゃくし》のご身分でござれば、剣のみに励まることもなりますまいが」

その年の三月になったころ、居間にいた光国は、不意に思い出したように言った。

「正月に宗冬どのの申されたこと、いまだに合点《がてん》が参らぬ」

側にいたのは望月庄左衛門と小姓寒河江《さがえ》大八のふたりで、次の間では小ごうが光国の衣服をたたんでいた。

「大名たるべき者が、天下の一流の剣士であってはならぬのか。また、天下一流の学者であってはならぬ、というのか」

「いえ」

と庄左衛門は困ってしまって、

「さようにてはこれなく、お大名は政道に励まるること第一にて、文武の道はほどほどになさるるがよい、という意味ではないか、と心得まするが」

「それがわからぬ」

光国は、じっと庭を見つめながら、

「文武の道を修《おさ》むるのなれば、天下一流の者になりたいと思うぞ。そのために政道をないがしろにするようでは、よい大名と申せぬ道理ではないか」

「はあ」

返辞に窮して、庄左衛門は黙り込んでしまった。

同じ年の四月、水戸家の侍が江戸市中の遊所で、旗本たちに喧嘩を売られる、という事件が起きた。

そのとき、旗本奴《やっこ》の頭領といわれる水野出雲守が中に入り、旗本たちを叱《しか》りつけ、事は丸く納まった。

その話を、光国も耳にした。

水野出雲守成貞《なりさだ》の妻は、阿波《あわ》徳島二十二万五千石の領主、蜂須賀《はちすか》阿波守忠英《ただひで》の姉であった。ふたりのあいだに生まれた十郎左衛門成之《なりゆき》が、旗本の白柄《しらつか》組の頭領になったのは、後年のことになる。

出雲守成貞の本家は、備後福山十万石の水野家であり、父の日向守勝成《ひゅうがのかみかつなり》は、戦場往来の勇名高い武将であった。

出雲守成貞は、もと前将軍秀忠の小姓衆を勤めていたが、将軍に楯《たて》をつき、それが因《もと》で成貞は無役の寄合席に列せられている。

その喧嘩の仲裁について、水戸家から正式に礼の使者が麹町《こうじまち》の水野屋敷へおもむいた。改めて出雲守成貞も、水戸家へ返礼に来た。

ちょうど馬場へ出ていた光国は、表御殿へ帰る途中、大玄関の前に立っている出雲守の姿を見た。

大名屋敷の大玄関には全く不似合な姿で、出雲守は大音声《だいおんじょう》に口上を述べている。

「わざわざのおん礼にて、いたみ入ってござる。本日、かようご返礼のためにまかり越してござる。このままにて失礼を仕る」

ことし三十五歳、髪を糸鬢奴《いとびんやっこ》に結って、たくましい身体つきで、異様な模様のついた袷《あわせ》を着ている。

鼠色の地に、袖《そで》には右に花切鎌《はなきりがま》、左に輪違《わちがい》、背中は定紋の水沢瀉《みずおもだか》の代わりにしゃれこうべを白く抜いてある。糸鬢奴の奴を、ぬの字に利かせ、右から左へ鎌輪奴《かまわぬ》、と読ませようという手の込んだ趣向であった。

色の白い、肉の豊かな美男だが、突っ立っている着物の裾《すそ》は、脛《すね》が出るほどであった。

「さらば、これにて」

応待に出た侍たちが、返辞も出来ないでいるうちに、さっさと出雲守は大股に表門のほうへ向かった。

ちょうど馬を進めて来た光国と、出雲守の視線が合った。

「これはこれは」

出雲守は、にこりと笑い、ていねいに一礼した。

「水戸家の若殿とお見受け仕る。武道にも学問にもご鍛練のよし、天晴《あっぱ》れよき大名となられよう。文武の修業もよろしいが、たまには市中を出歩き、庶民たちの暮らしもご覧なさるるよう」

そう言って出雲守成貞は、また一礼した。

光国も作法通り、片方の鐙《あぶみ》から片足をはずし、馬上で会釈《えしゃく》を返した。

にこりと笑って出雲守は、大股に水戸家の大門を出て行った。

八文字に開いた門扉の外に、それぞれ派手な姿をした奴《やっこ》たちが十人ほど、槍《やり》をささげ、馬の轡《くつわ》を押さえて待っていた。

「若君様」

旗本奴などの姿を見せてはよくない、と考えたのであろう、山野辺弥八郎が馬の下から光国をうながした。

「うむ」

うなずいて光国は、馬首をめぐらしながら言った。

「噂とは違うて、水野出雲守成貞というお旗本、なかなか面白いお人らしいの」

「はあ、さりながら」

「わしに対して、よいことを言うて下された」

そのときの光国が、なにを考えたのか、山野辺弥八郎たちには見当もつかなかった。

同じ年の四月、将軍家光は日光東照宮へ詣《もう》でることになったので、水戸頼房も供をした。

こんどは光国は、留守居であった。

このころ、頼房の側室のうち、江戸に置いてあったのは、お久の方のほか、耶々《やや》、玉、七の四人で、そのうち耶々の方は大塚の中屋敷《なかやしき》に住んでいる。

お愛の方は、水戸へやってあったので、水戸城にいる側室は、お勝の方と合わせて三人になる。

もちろん、側室同士の葛藤《かっとう》が、さすがに頼房にもわずらわしいためであり、それぞれの側室の腹から生まれた公子や女子は、母につけて江戸と水戸に分けてあった。

この寛永十九年で、頼房が側室たちに産ませた子は、世子の光国をはじめ男子が七人、女子が八人にもなっている。

こんども、頼房は、日光山参詣《さんけい》の帰途、水戸へ寄って、領内の政治について国家老の報告を聞いたり、巡視をしたり、側室たちにも会う、という内外ともに多忙な日が待っているわけであった。

父頼房の留守を守っているあいだ、五月に入ってから光国は、なにを考えたのか、不意に小ごうの局《つぼね》に言った。

「大名たるべき者は、政治の表ばかり見ていてはならぬものだな」

「は」

光国がなにを言い出すのか、と思い、小ごうはあるじの顔を見た。

「下々《しもじも》の者が、どのような暮らしをしているか、それを知らねばならぬな」

「おそれながら」

利巧《りこう》な小ごうは、光国が屋敷の中の生活で退屈をしている、外へ飛び出したがっている、と察して懸命になった。

「それは、おいおいでよろしいか、と心得まする。若君様はいまだおん年十五歳ゆえ、文武の道に励まるることこそ肝要でござります」

「学問は、書物の中にのみあるものではない。世の中を見ねばならぬ」

「そのために、若君様はときおり、お屋敷のまわりを馬でおめぐりなされ、道行く者たちの姿をご覧なされておわしまする。あれも、ご学問の一つでござりましょう」

「屋敷のまわりを同じように歩いたとて、世の中を見たことにはならぬ」

「若君様」

「もうよい」

うるさそうに、光国は顔を横に向けてしまった。

それから二日ほどして、小姓組頭の山野辺弥八郎が、光国の前へひとりだけ呼ばれた。

「弥八郎、相談がある」

「は」

光国の眼の中に笑いがあるのを見て、弥八郎は用心をした。思いがけぬことを言い出すのではないか、と察しがついたからであった。

「そのほうと」

と、光国は続けた。

「岩本越中、望月庄左衛門、寒河江《さがえ》大八、富田藤太郎の五人に、供を申しつくる」

「いずれへお出ましにござりまする」

「市中を出歩こう」

「えっ」

びっくりして弥八郎は、膝を進めた。

「出歩く、と仰せござりますは」

「庶民の暮らしが見たい。もちろん微行《しのび》にて、水戸の光国とわからぬよう、供廻りは遠くに伏せる。出かけるときは馬、それよりは笠にて顔を隠して歩いてみたい」

「おそれながら」

「案内は、江戸の地理、人情、風俗に詳しい者を選べ」

「若君様、そ、その儀は」

「そのほう、ひとり決めにもなるまい。備前たちの許しを得て参れ」

「は」

「ただし、これはわしが、急に思い立ったることにてはなく、前々より考えていたことゆえ、どのように言葉をつくせばとて、心はひるがえさぬぞ」

「は」

「直ちに、備前へ相談をせい」

追い立てられるように言われて、山野辺弥八郎はいそいで光国の居間を出て行った。

その報告を、弥八郎から受けると、中山備前守は家老の山野辺右衛門大夫をはじめ、岡崎平兵衛、伊藤玄蕃《げんば》などの重臣を集めて相談した。

「このようなことを仰せ出されぬよう、若君様の側近に腰元たちをつけ参らせたのではないか」

山野辺右衛門大夫は、息子の弥八郎を叱《しか》りつけた。

だが備前守は、それを制して、

「いや、これは若君様が不意のお思いつきではあるまい。お言葉のごとく計らわねば、あとがこわいな。一の力で押さえれば、十の力ではね返さるる若君様ゆえ」

「しかし、殿のお留守中に」

「その責めは、わしが取る」

いつも慎重派であり、こういうことには真先に反対しそうな備前守が、そう言った。

こんどは家老のうち松平壱岐守《いきのかみ》が、あるじの頼房の供をして日光山参詣と、水戸領内巡視の供をしているので、留守中の全責任は中山備前守にあるわけであった。

備前守がそう言い出したので、ほかの重臣たちは、顔を見合わせただけで黙っていた。

「弥八郎」

と備前守は、声をかけて、

「若君様仰せ出されのごとく、計らうよう」

「大事ござりませぬか」

「考えようによっては、水戸家のおん後嗣《あとつぎ》が、すでにおん年十五歳になっておわすのに、江戸市中をご見物になったこともないは、かえってよろしくあるまい。ただし、仰せ出されのごとく、供廻りの人数を選ぶのが大事。手の利きたる者を二十人ほど蔭供《かげとも》につけ、仰せ出されのごとく、おぬしと岩本越中、望月庄左衛門、小姓のうちより寒河江《さがえ》大八、富田藤太郎の五人、若君様のお身のまわりを守るよう」

「はい」

責任が重大なので、弥八郎は真剣な顔つきをした。

「まず、どのあたりより、若君様ご見物になりまするか」

「それが大事。道筋をよう相談して、町奉行所へも手配を頼もう」

備前守を中心に、日をいつに選ぶか、道順をどうするか、という相談に移った。

「まず千代田のお城のお曲輪《くるわ》外を、ひとめぐりなさるのもよいことだな」

江戸の絵図をひろげ、重臣たちと相談をしながら、中山備前守は楽しそうな表情になっていた。

主君の頼房の留守中のことだし、自分が全責任を取ると言った以上、備前守は自ら人選をし、蔭供の人数も守役小野角右衛門に計って、ひとりひとり腕の立つ侍たちを選りすぐった。

市中出歩き

光国の望む通り、大げさな行列は作らず、光国をはじめ、供の山野辺弥八郎、岩本越中、望月庄左衛門は馬、小姓ふたりは徒歩、その数間あとから三人ずつ七組、蔭供の侍たちがついて行く、ということになった。

光国が江戸市中を見物に出る、というのは、備前守から小ごうの局《つぼね》を通じて、奥御殿にいる生母のお久の方の許しを得た。

お久の方としても、わが子が自分から市中の庶民の生活を見たい、と言い出したのだし、反対する理由もない。大名たるべき人物に必要な経験だ、と思う一方、やはり光国を市中へ出すことについて、不安を感じないわけではなかった。

「くれぐれも、供の者に気をつけさせるよう」

お久の方が言うと、小ごうは微笑を浮かべて、

「ご安堵《あんど》のほど、願わしゅう存じまする。備前守どのが万端《ばんたん》の手配を致されてございますし、また若君様おひとり、たとえ江戸市中をお歩きなされたとて、ご心配は要りませぬ」

と答えた。

光国の側づきの女中になってから、小ごうは光国の日常を、朝から夜まで見ている。

普通の大名の嫡子《ちゃくし》と違って、光国ならひとりで市中を出歩いたとて大丈夫、と小ごうは見ていたからであった。

「あまり人の出盛るところへは、参らぬよう」

「はい。さよう備前守どのへ伝えまする」

と答えたが、光国が望むのは、ただの市中見物ではなく、人の多く出歩いているようなところを見たがっているのだ、と小ごうは知っていた。

しかし、それを言っては、なおお久の方を心配させることになる、と思い、小ごうは黙っていた。

備前守から、今月の月番の北町奉行《ぶぎょう》、朝倉石見守在重《あさくらいわみのかみありしげ》のほうへ、当家ご嫡男右近衛《ちゃくなんうこんえの》中将《ちゅうじょう》光国君、市中をご見物なさるゆえ、と伝え、道筋を通達して、手配を頼んでおいた。

四月十五日の朝、光国は第一日目の市中見物に出かけることになった。

今日の道順は、江戸城の外濠《そとぼり》に沿って一めぐりを致しまする、と中山備前守から聞かされたが、光国はそれで満足した。

市中の見物は、今日が第一日で、第二回、第三回のときには道順を変えさせ、知らないところを歩こう、という気持でいたからであった。

騎射笠《きしゃがさ》をかぶり、薄い袖無《そでなし》羽織で、衣服の三つ葉葵《あおい》の紋を隠すようにして、袴《はかま》をつけ、光国は目立たぬ服装をしている。乗馬は飛竜で、轡《くつわ》を取るのは、力の強い身体の大きな足軽だが、轡の両側に徒歩で寒河江《さがえ》大八、富田藤太郎のふたりがついている。その前を、山野辺弥八郎が馬で先導し、光国の馬の側を望月庄左衛門が、やはり馬で従って、途中の町筋を説明することになっている。うしろからは岩本越中が馬で続く、という、それだけの供廻りであった。

しかし、途中での危険など、光国はなにも感じていない。万一、狼藉者《ろうぜきもの》が現れたとて、弥八郎も越中も武芸には長じているし、また光国自身としても、曲者《くせもの》のひとりやふたり、斬って倒すだけの自信はある。

その日は、薄曇りで風のない日だが、むし暑い。

上屋敷の大玄関をおり立つとき、中山備前守はじめ家老や重臣たちが、光国を送りに出た。

「くれぐれも、お気をつけ下さりまするよう」

と備前守は、馬に乗った光国を、式台に坐って仰ぎ見ると、

「もしものことがありますると、爺《じい》は、これでござります」

扇子で腹を切る手真似をして、にこりと笑った。

「安心をしておれ」

馬上から光国は、笑いながら言った。

ちらっと見ると、供侍小屋の中に、二十人ほどの軽装の侍たちが控えている。

眼につかぬように供をするのだな、と気づいたが、要《い》らざることをする、と口まで小言が出かかってから、光国は押さえた。中山備前守の配慮を一概にしりぞけてしまってはならぬ、と考えたからであった。

「行って参る」

鷹狩や野駆けへ出かけるときとは違った、いそいそとした声で、光国は馬を進めはじめた。

小石川からまっすぐに、人目には旗本の微行《しのび》とでも見えようこの一行は、外濠《そとぼり》へ向かった。

江戸城内の松原小路にある水戸屋敷には、光国も元服前にしばらく住んでいたことはあるが、外濠の道から江戸城を仰ぐのははじめてであった。

「これが一つ橋御門にて、次に見えまするが雉子橋《きじばし》御門にござります。あの中に、松平伊豆守どののお屋敷がありまする」

などと、望月庄左衛門は馬を寄せて来て、騎射笠《きしやがさ》の下から説明をした。

大炊殿橋《おおいどのばし》のところまで来ると、光国はあまり江戸城を見ようとはせず、道を往来する者たちや、左側に並んでいる旗本屋敷のほうを面白そうに眺めた。

小石川屋敷の周囲を歩いているときとは違って、水戸家の世子と知って土下座をする者もない。

気がらくで、光国は騎射笠の下で機嫌のいい顔つきをしていた。

ちらりと振り返ると、いつの間にか十間ぐらいうしろのところを、三人一組ずつの水戸家の侍たちが、眼につかぬように四組ほどついて来る。三人一組というのは、敵が現れたとき、各組で即座に対手《あいて》になれる備えであった。

前を見ると、近道をしたのであろう、三人一組の侍たちが三組、光国とはおよそ十間の距離を置いて、よそ眼にはなにげない足取りで歩いている。だがこれも、うしろから来る蔭供と同様で、敵に備える戦闘準備は十分してあるのであった。

大炊殿橋から、外濠沿いの道を少し左へ曲がると、右側はもう町家であった。

「あのあたりが石町《こくちょう》一丁目、それから本町一丁目となりまする」

と、望月庄左衛門が説明をした。

光国は、その町家の並んでいるほうへ馬を進めたかったのだが、今日の道順の中には、それは入っていない。次の日にしよう、と思い、光国は我慢をした。

だが、大手橋御門の前あたりまで来て、はじめて光国が気がついたのは、水戸家の蔭供のほかに、道端にふたり、三人と軽装の侍たちが、六尺棒を抱《かか》え、往来の者たちへ眼を光らせていることであった。

光国の一行が進んで行くと、その侍たちは、そっと黙礼を送った。

「一石橋《いっこくばし》と申しまする」

庄左衛門が説明をした橋を渡ったときも、その橋の両袂《りょうたもと》に、これも袴《はかま》の股立《ももだち》をとった侍が三、四人ずつ固めていたが、光国のほうへていねいに黙礼をした。

「庄左衛門」

橋を渡ってから、機嫌の悪い声で光国は言った。

「あれは何者たちか」

「は」

困った顔つきになり、庄左衛門はすぐには返辞が出来ずにいる。

その声を耳にして、山野辺弥八郎が馬を引き返して来ると、

「お眼ざわりにておそれ入りまする。あれは、町方《まちかた》の役人にござります」

「町奉行所に頼んだのか」

「はあ」

要らざることをする、と言いかけて、光国は黙った。

中山備前守の計らいであろうが、これほど警固を厳重にされるのは、光国の望んでいたことではない。

むしろ途中で馬をおり、道を歩く庶民たちをつかまえて話しかけてみたい、という光国の気持なのであった。

「これより左は、日本橋の大きな町家の並んでいる町にござりまして」

庄左衛門の説明を半分まで聞いて、光国は馬をいそがせはじめた。

蔭供のほか、町奉行所の人数まで警固している中を、いくら微行《しのび》で市中見物をしたとて面白くはない、と思ったからであった。

外濠をひとめぐりしてから、麹町《こうじまち》御門まで来ると、かねて水戸家から通達が行っていたのであろう、門番の士たちが走り出て来て、光国に一礼した。

「松原小路のお屋敷にて、ご休息の用意を致してございます」

と言った弥八郎を、光国は睨《にら》みつけるようにしたが、黙って麹町御門へかかる橋を渡りはじめた。

松原小路の水戸屋敷へ入ると、家来のほか腰元の佐和、まさ、於常《おつね》の三人も来ているし、湯殿の準備も出来ていた。これまでで相当の道のりになるし、光国は汗もかき、空腹も覚えていた。

湯へ入り、着替をしてから、光国は怒っているような顔で、昼食の膳《ぜん》に向かった。

「弥八郎」

二膳ほど代わりをしてから、光国は弥八郎に声をかけた。

「わが家の侍たちなればよい。町奉行所の人数にまで骨を折らせて、このような市中見物しようとは思わぬ」

「は」

「この次は、文字通りの微行ぞ。よいな」

「さりながら」

「わしは庶民の姿を見て、庶民の言葉を聞きたいのだ」

第二回目の光国の市中見物は、父の頼房が日光から帰って来るまで行われなかった。留守中のことを聞くと、頼房は光国を呼びよせた。

「あまりわやくを申して、家来たちを困らせまい」

「わやくではござりませぬ」

すぐに、光国は言い返して、

「わたくしは、江戸の庶民の姿をありのまま見たい、と存ずるからでござります」

「そなたは」

と頼房は、珍しくこわい顔をして、

「わが身分を考えての上のことであろうな」

「無論でござります。さりながら、市井《しせい》の中にて、わたくしに害を加えようとする者があるなど、考えられませぬ。万一、そのような者たちの手にて害を受けるほどなれば、わたくしも水戸家を継ぐ値打ちのなき人間か、と心得まする」

「逆《ぎゃく》を申す」

と頼房は、苦笑いをして
「そなた、手綱《たづな》を放せば、悍馬《かんば》に等しくなる、と知っておるか」

「屋敷の中だけにて暮らしては、大名の学問はならぬもの、と心得まする。生きたる学問がしたいのでござります」

「それだけだな」

「わたくしも、おのれはよう知っているつもりでござります」

「うむ」

頼房は、根負《こんま》けのした形であった。

光国のそういう不羈《ふき》奔放《ほんぽう》な性分《しょうぶん》は、頼房の同じ年齢のころとよく似ている。それだけに頼房は、頭から光国を叱《しか》りつける気にはなれなかった。

「では、どのようにして市中を出歩きたい、と申すのだ」

「供は、父上がお留守に致したるごとく、山野辺弥八郎、岩本越中、望月庄左衛門それに寒河江《さがえ》大八、富田藤太郎の五人のみにてよろしゅうござります。ただ、備前たちに心痛をさせぬよう、蔭供をおつけ下さるはかまいませぬ」

父の許しを受ける、というのではなく、光国は強引に自分の言い分を押し切った形であった。

「よしよし、では備前守たちと計ろうて仕わそう」

頼房の言葉を聞いて、光国は、

「お願い申し上げまする」

自分の居間へ退って行った。

頼房から光国の望みを伝えられると、さすがに中山備前守、山野辺右衛門大夫、松平壱岐守たち家老は、賛成をしなかった。

「若君様お望みのごとくに致しましては、水戸家おん世嗣《よつぎ》として、あまりに軽々しきおん振舞いになるか、と心得まする」

と備前守は反対をして、

「やはり、はじめのごとく、人の出盛るところは避け、町奉行所にも手配を頼んだほうがよろしきか、と心得まする」

「備前」

しばらく考えていた末に、頼房は言った。

「わしが水戸に封ぜられたるときは、いまだ七歳であった。九歳のとき、大坂陣の折は、駿府城《すんぷじよう》の留守を命ぜられ、その後は水戸と江戸のあいだを往復した。台徳院《たいとくいん》（秀忠《ひでただ》）どのに従い参らせ、京都へ参ったることもあるが、お長と同じ年のころ、わしは庶民の声をおのれの耳に聞きたいと思うたこと、同様であった。いまのお長が望み、無理からぬことのように思われる。微行《しのび》にて市中へ入り、そのためよからぬことを覚えるほど、お長は物事をわきまえぬ子ではない。めいめいの存念もようわかるが、思い切ってお長が望みのごとく許ろうてはどうか」

子に甘い、というのではなく、光国に絶対の信頼を置いているからこそ、頼房がそう言ったのだ、と家来たちにもわかることであった。

それに、光国を屋敷の中に閉じ込めたきりにしておいては、発散する場所がなく、かえってよくない結果になるのではないか、と備前守も考え直した。

「では、お言葉のごとく計らいまする」

頼房の前を引き退ってから備前守は、光国の守役のうち、山野辺弥八郎と小野角右衛門を呼び出して、頼房の命を伝えた。

「若君様のおん仰せのごとく、微行にて市中見物のお供を仕るよう」

「はあ」

弥八郎は、第一回目の市中見物のときの光国の不満をよくわかっているだけに、すぐ承知をしたが、小野角右衛門は不満そうであった。

「さようなる軽々しきおん振舞い、それがしには、いかがかと存じられまするが」

「そのほうも、お供をするよう」

押さえつけるように、備前守は命じた。

第二回の市中見物からは、光国の希望が入れられて、町奉行所への通達もなく、文字通りの微行であった。

茶店の団子《だんご》

まず小石川の上屋敷から、騎射笠《きしやがさ》で馬に乗って出かけ、馬で供をするのは山野辺弥八郎、岩本越中、望月庄左衛門それに守役の小野角右衛門が加わり、徒歩で小姓の寒河江《さがえ》大八と富田藤太郎が続いた。

ただ、二十一人の蔭供が三人一組になって、前後をそれとなく警戒しながら従うというのは、第一回目と同様であった。

神田口から筋違橋《すじかいばし》御門をわたり、神田白壁町《しらかべちよう》と鍋町《なべちよう》と辻《つじ》になっているあたりで、光国の一行は馬をおり、騎射笠を普通の目塞笠《めせきがさ》(顔を隠すための編笠)に替え、徒歩で日本橋のほうへ向かうことになった。

もちろん、光国の乗馬飛竜や家来たちの馬は、それぞれの足軽が曳《ひ》いてあとからついて来る。

そろそろ暑くなっているころなので、光国は薄い袖無羽織《そでなしばおり》を着ていた。三つ葉葵《あおい》の紋が目立つので、わざと無紋の単衣《ひとえ》を、生母のお久の方が用意してくれた。光国はその単衣の下に袴《はかま》、大小も普通の作りのものを差していた。

これなら水戸家の世子の微行、とは道行く誰も気づかないだろう、と思うと、光国は満足であった。

事実、道を往来する庶民は、供がいるだけに、大身の武家の通行か、と思い、道をよけ、お辞儀をしてやり過ごした。

それへ光国は、ときどき笠の下から黙礼を返しながら歩いた。

「これが日本橋にござります」

望月庄左衛門に言われ、日本橋の真ん中あたりで足をとめたころは、ひどく上機嫌であった。

「この橋が、全国の里程《りてい》の起点、東西への旅の第一歩になるわけでござります」

庄左衛門に言われ、光国はうなずいた。

「わしも、はじめて第一歩より踏み出したわけだな」

橋の下の日本橋川を、舟が往来している。川筋に向かって、白壁の大きな商家の土蔵が並んでいる。

江戸の町造りも、ようやく第一期を終えて、ここらが江戸の商業の中心地になるのだな、と光国にも合点《がてん》の行く風景であった。

「角右衛門」

と不意に光国は、小野角右衛門を呼んで、

「そのほう、わしが微行《しのび》で出歩くのを好まなんだそうな」

守役の中でもいちばん光国の躾《しつけ》にはきびしい角右衛門だけに、笠の下から一礼して、

「は」

「それがしのその考えに、いまも変わりはござりませぬ」

「では、おいおいにわかるであろう。わしが、生きた学問をしている、と思うて喜べ」

頭から光国にそう言われると、角右衛門も返す言葉がなかった。

光国の一行は、それから日本橋を渡って、両側に商家のある広い道を通り、中橋へかかった。

中橋一丁目から二丁目へかかる辻は、賑《にぎ》やかで商家の数も多く、芝居小屋も並んでいる。

「ここは」

と光国に訊《き》かれて、庄左衛門は、

「中橋広小路と申し、賑やかなところにござります」

「ふむ」

面白そうに光国は、あたりを見廻していたが、

「のどがかわいたな」

「は」

庄左衛門は、眼顔で寒河江《さがえ》大八に合図をした。

大八は腰に瓢簞《ひょうたん》をさげ、それには光国の飲料として水が入っていた。

「いや」

と光国は、大八の差し出した瓢箪には見向きもせずに、

「あれにて、茶をのませておる」

顎《あご》をしゃくった。

広小路の角に、大きな茶店があって、茶汲女《ちゃくみおんな》たちの立ち働いている姿が見えるし、縁台が道のところまで張り出して、そこで客が茶をのんでいた。

「あれへ参ろう」

「おそれながら」

と小野角右衛門は、あわてて、

「あのような場所は、卑しき者の入り込みますれば」

「さようなところを見たいのが、この微行《しのび》の目当てではないか」

言うなり光国は、ずんずんとその茶店のほうへ歩き出した。

いそいで山野辺弥八郎と望月庄左衛門が、その左右についた。

なまじ人の往来の激しいところで、光国に意見などしては、かえって人目につくと思い、弥八郎は責めを一身に引き受ける覚悟をした。

「許せよ」

笠のまま、弥八郎は先に茶店へ入った。

「おいでなされませ」

よい客と見て、茶汲女たちは、

「二階もあいておりまする」

と言ったが、光国はさっさと店先の縁台に腰をおろした。

ここなら、表を通行する者たちの姿も見える、と光国は考えたからであった。

仕方がないので、小野角右衛門、望月庄左衛門は光国の両側に立ち、寒河江《さがえ》大八と富田藤太郎は、その縁台をはさんで四方に眼を配った。

蔭供の人数たちも、まさか光国が茶店に入ると思っていなかっただけに、狼狽《ろうばい》したようだが、それでも機敏に動き、この茶店の前と両側に、それとなく、三人一組ずつ、立ったりしゃがんだりして、警固に当たっている。

「さよう堅苦しくするな」

と光国は、笠の下から小声で、

「わしのそばに腰をかけ、笠を取って、くつろげ」

言いながら、自分も笠の紐《ひも》を取ろうとした。

「若君様」

ほかの客には聞こえぬように、角右衛門は小声で、

「若君様おひとりは、お笠をお取り下さりませぬよう。なにびとが見るやも知れませぬ」

「そうだな」

素直にうなずいて光国は、笠を外すのだけは断念したようであった。

家来たちは、みな笠を外して、縁台の端に腰をおろしたり、あるいは立ったままでいる

が、光国を守ろうという気持が、表情にも態度にも出ているだけに、なんとなくこの一行は殺気立った感じがする。

それだけに茶汲女《ちゃくみおんな》たちは、茶を運んで来るのもおそるおそる遠慮をしながらで、光国の横に盆を置いたひとりの女は、笠のうちの光国の顔をのぞこうとして、

「これ」

縁台の端に腰をおろしていた小野角右衛門から、睨《にら》みつけられた。

この一行の中で、のびのびとした態度で広小路の人の往来を眺めているのは、光国ひとりであった。

「若君様」

光国が茶碗《ちゃわん》へ手をのばそうとすると、小野角右衛門が小声でたしなめた。

諸人の口に触れた茶碗だから、という意味であろう。

それに気がつくと、やはり光国にも、ためらう気持が起きた。その次に、すぐ反撥《はんぱつ》する気持がわいてきた。

大名の子であろうとも、諸人の口に触れた茶碗を汚ない、と言っていては、合戦のときはどうする、と角右衛門に訊き返したくなった。

「かまわぬ」

低く言うと、光国は茶碗を取りあげ、一口のんだ。

もちろん、御殿の中でのんでいる茶とは違い、うまくはない。

だが光国は、茶碗を手にしたまま店の中を見廻し、ほかの客が団子《だんご》を食べているのを見ると、

「あれを参れ」

わざと角右衛門に言いつけた。

角右衛門は、しぶい顔になって、

「なりませぬ」

と答えたが、押し返して光国は言った。

「参れと言うに」

角右衛門は、山野辺弥八郎や望月庄左衛門と顔を見合わせていたが、

「お咎《とが》めは、それがしが負いまするる」

弥八郎が言って、その団子を持って来るように言いつけた。

だが、その団子も光国にとっては、美味なものではなかった。

ただ、諸人の口にするのと同じ物を食べた、という満足があるだけであった。

こうやって、賑《にぎ》やかな人の往来を眺めているうちに、十五歳の光国はだんだんと孤独感に陥《おちい》っていった。

いくら自分が庶民の生活に親しみ、いくらその中へ溶《と》け込もうとしても、大名の嫡子《ちゃくし》という一線は、はっきりとそのあいだに引かれている。それを踏み越えて、庶民の中へ入って行くのは、よほどの覚悟が必要であった。

しかし、さかんに光国の体内から、ふつふつと音を立てて、たぎってくるものがある。それは、十五歳という若さから来るだけのものではなかった。

自分は、水戸家のあとを継がなくてはならない。そう決まっていても、光国はただ表御殿の中に住み、家来たちにかしずかれて世の中も見ずに、無事泰平に大名になりたい、とは思っていない。

文武の師も、父の頼房《よりふさ》が、すぐれた人々を自分につけてくれているし、大名学というものがあれば、自分が育って行く上に少しも欠けたところがないが、光国はもっと庶民の生活と直結した生きた学問をしたいのであった。

おそらく父の頼房が、いまの自分の立場でいまの年齢でいたら、同じことを望んでいたに違いない。だから、今日のような微行《しのび》の外出も許してくれたのだ、と思われる。

だが、大名の、しかも御三家の一つである水戸家の後嗣《あとつぎ》と、普通の一般の生活とのあいだには、はっきりと一線が画され、へだたりからいえば遠いものだ、と光国は覚悟をしている。

それを破って、向こうへ入って行くには、家老たちの反対もあろうし、第一に、父の思案も考慮に入れなくてはならない。

十五歳の光国は、はじめて自由に巷《ちまた》の生活を眺めているうちに、庶民の生活を知る、というのは、ただ表面だけ見ていては駄目だ、と悟った。

平気で茶店の茶をのみ、団子《だんご》をうまいと思って食べられるところまで行かなくては、本当に自分に覚悟が出来た、とは言えない。いま感じている孤独感は、庶民の生活を理解して行くうちに薄らぐに相違ない、と考えた。

「参ろう」

急に言って、光国は立ちあがった。

望月庄左衛門が、紙入れから小さい光る金を一つ出して、茶汲女《ちゃくみおんな》に渡している。

「このように頂きまして」

と茶汲女たちの恐縮している声が聞こえる。

金というものを眼にし、金というものを使っているところを見たのは、光国には初めてのことであった。

中橋広小路から光国を守った一行は、京橋のほうに向かった。

「弥八郎」

光国は、声をかけた。

「今日のことは、ありのまま父上へ申し上げよ。家老たちへもさよう伝えるがよい。そのほうが責めを取るなどは、要らざることだ」

「はあ、さりながら」

「世間では、男は十五歳になれば一人前、と言うぞ。わしは、もはや子供ではない。承知で無理を申しているのだ」

「は」

光国の顔を見て、弥八郎は、ふっと笑い出しそうな顔になった。

自分たち家来をかばってくれる光国の気持がうれしかったのと、自分たち家来も、いつまでもあるじを子供と思っていてはいけない、と気がついたからであった。

その日、光国の一行が京橋から外濠へ出て、数奇屋橋御門の枡形《ますがた》（城の門と門の間の広く平らな方形の地）の中で馬に乗り、目塞笠《めせきがさ》を騎射笠《きしやがさ》に取り替えた。

それからあとは、曲輪《くるわ》の中を、

「水戸右近衛中将《うこんえのちゆうじよう》様お通り」

と望月庄左衛門が露払いの声をかけながら、光国の一行は雉子橋《きじばし》御門へ抜け、小石川上屋敷へ帰った。

「お帰りーっ」

という声を聞いて、いそいで中山備前守たち家老や重臣などが、大玄関まで出迎えた。

もちろん先に、蔭供の中から光国の帰邸を馬で知らせてあったのだが、光国が無事で帰るまで、やはり備前守たちは気が気でなかったのであった。

「お帰りなされませ」

式台に坐った備前守が挨拶《あいさつ》をすると、馬をおりた光国は、藤太郎へ騎射笠を渡しながら、

「面白かった」

と言った。

光国の顔は汗ばみ、上気したようになっている。

父の頼房は、登営する日だったが、不快につきという名目で、今日は屋敷にいた。もちろん、わが子のはじめての微行《しのび》の外出が、どういう結果か、それが気になるからであろう。

大玄関からまっすぐに、光国は父の居間へ行った。

「ただいま戻りました」

光国は父の前へ進み、坐って一礼した。

「学問をして来たか」

わが子の顔に満足そうな色のあるのを見ると、ほっとして頼房は訊《き》いた。

「はい」

すぐに光国は答えた。

「この後は、気が向くたびに出かけることに致しまする。父上も、あまりお気をお使い下さりませぬよう。家来たちへも、さよう仰せ出されのほど、お願い仕りたいと存じまする」

光国が、茶店へ入って茶をのんだり、団子を食べたりしたことについて、べつに供の者たちへの譴責《けんせき》はなかった。そういうことで、いちいち供の者を咎《とが》めていたら、第三回目の市中見物のときから、かえって光国が逆になにをするかも知れない、と家来たちは案じたからであった。

この年の九月、頼房は鎌倉へ行って、義母英勝院《えいしょういん》の法事をすることになっている。英勝院は、寛永十一年に将軍家光から鎌倉扇谷《おうぎがやつ》に土地を賜《たまわ》り、英勝寺という寺を建てて移り住んでいたが、その年の八月二日に六十五歳で世を去った。

九月には、光国も父の供をして鎌倉へ行くことになっているので、それまでに第三回目の市中見物をしたい、と光国は考えていた。

七月末の暑い日、光国は父の許しを得て、第二回と同じ供揃いで、市中へ出かけて行った。

暑い盛りなので、こんどは中山備前守たちも趣向を考え、いったん浅草橋まで出て船に乗り、それから大川口まで下って、引き返して水戸家の蔵屋敷へあがる、そこで休息したのち、馬で小石川へ帰って来る、という道順を作った。

父とともに浅草川の三股のところで泳いだことはあるが、船上から江戸の町を眺める、というのは光国の気に入ったようであった。

一度、火災にかかった蔵屋敷も、このころでは新しく建て直されている。

大川口まで船で下ってから、光国は蔵屋敷で休息をし、馬に乗った。

蔵屋敷を出て、土井大炊頭《どいおおいのかみ》の屋敷の前から、一行は夏の陽盛りの下を堺町《さかいまち》のほうへ曲がった。江戸の盛り場の一つを、光国に見せたほうがよい、と山野辺弥八郎たちは考えたからであった。

芝居小屋も並んでいるが、中橋広小路とも違い、色めいた感じのする堺町から右手の禰《ね》宜町《ぎまち》の町筋は、光国に奇異の思いを感じさせたらしい。

吉原を見物したい、などと光国が言い出すのではないかと思い、小野角右衛門や山野辺弥八郎はひやりとした。

だが、そのまま黙って光国は馬を進めた。

横町へ出ようとする角のところで、向こうから、やはり馬に乗った異様な姿の一行が来かかった。熊谷笠《くまがいがさ》（深い編笠）をかぶり、めいめい帷子《かたびら》の裾《すそ》から脛《すね》を丸出しにし、長い大小を差している。旗本奴《やっこ》の一団であった。

六人ほどの、その先頭のひとりが水野出雲守成貞《なりさだ》、と気がついて寒河江《さがえ》大八と富田藤太郎は、どきっとした。

向こうも、光国の一行を見ていたが、出雲守は急に馬を近づけて来ると、笠を供の者に渡し、馬をおりて光国のほうへ歩みよって来た。

すわと思い、弥八郎や角右衛門は、光国を守る態勢を取ったが、出雲守の顔には笑いがある。

「水戸右近衛《うこんえの》中将様とお見受け仕る」

通行の者には聞こえぬように言って、出雲守は光国の顔を見あげると、一礼した。

「市中ご見物の由、結構なることと存じ申す。たまには吉原などというところへ、お出かけになるのもよろしきか、と心得まする」

それへ光国は、気押されずに鐙《あぶみ》の片足を外して、礼を返すと、

「先日は家来儀、お助けを頂き、有り難く存ずる」

「いやいや、さようなことは知り申さぬ」

「いずれ吉原と申すところへ、ご案内願うやも知れませぬ」

「さまざまに世の中をご覧なされ、お父上以上の名君とおなり下さるよう。御免」

頭をさげ、出雲守は自分の馬のほうへ引き返して行った。

光国の噂を聞いて、好意を持っていたらしいが、こういうところで出会って、出雲守はうれしかったのであろう。

光国が大伝馬町を曲がるまで、出雲守は馬をとめ、にこにこしながら見送っていた。

「水野どのとお会いでござりましたか」

小石川屋敷へ帰ってから、光国がその話をすると、中山備前守は顔をしかめて、

「あまりかのご仁へは、お近づきにならぬほうがよろしいか、と心得まするが」

「肝《きも》の太い、面白そうな人であった」

と、光国は言った。

話に聞いていた旗本奴の頭領《とうりよう》で、江戸で評判の暴れ者も、会った感じは光国には悪いものではない。

ああいう寛闊《かんかつ》ないで立ちをして、江戸の町をのし歩いたら、さぞ面白かろうと光国は思った。

表御殿の中の居間で、光国は着替をした。

侍女のうち、いちばん年の若い於常《おつね》が、膝をついて光国の前へまわり、袴《はかま》の紐を解い

ている。

その細く白い襟《えり》から耳朶《みみたぶ》のあたりを、なにげなく見おろしているうちに、光国はふっと女の肌《はだ》の匂《にお》いをかいだ。

それは、母のお久の方や小ごうとも違う、光国に女というものを感じさせる肌の匂いであった。

柳生道場

「お長《ちょう》」

その寛永十九年の夏、ふっと思い出したように頼房は、わが子の光国へ言った。

「そなた、江戸より西のかたは、まだ知らぬのだな」

「はい、西へは行ったことはござりませぬ」

「九月には、英勝院様の法事があるゆえ、鎌倉へ参る。そなたも供をするよう」

「有難う存じまする」

頼房の義母、英勝院は鎌倉で仏門に入り、英勝寺という一寺を建立《こんりゅう》して、尼と同様の生活を送っていたが、ほとんど俗界と縁を断ったままで世を去っていた。

九月に頼房は、供廻りをととのえ、江戸を出立して鎌倉へ向かった。

光国も、小野角右衛門、山野辺弥八郎、それに小姓たちを従え、父の行列に加わった。

はじめて光国は、江戸から西のかたへ旅をしたわけであった。

法事が目的なので、頼房の一行は程ヶ谷（現・保土ヶ谷）に一泊し、鎌倉に着いてからは、法事の前後二日だけ英勝寺に滞在し、また帰りは同じ順序で江戸へ戻った。

しかし、品川と戸塚のあいだ僅《わず》か十里ほどの距離だが、東海道の風景は光国に強い印象を与えた。

「弥八郎」

小石川上屋敷へ帰ってから、光国は山野辺弥八郎へ言った。

「東海道と水戸街道を比べてみるに、乗物の中より見たるのみにても、趣《おもむき》が違うな」

「は」

弥八郎は、光国の顔を仰いだ。

「水戸街道より見ゆる田畑と、東海道より見ゆる田畑とは、たいそうな違いがある。心づいたか」

「御意《ぎょい》」

ようやく光国の言おうとしていることがわかって、弥八郎は顔を伏せた。

光国の声が、低くなった。

「東海道のほうが、豊かに見ゆる。水戸領内はいかにも貧しげだな。父上のご苦労が、改めて思い当たるぞ」

弥八郎をはじめ、側についている家来たちも、なにも言えず、みな無言でいた。

その言葉は、山野辺弥八郎から山野辺右衛門大夫へ、そして右衛門大夫から頼房へ、という順に伝えられた。

それを聞いたとき、ちょっと頼房は眉《まゆ》をひそめたが、やがて大きな声で笑い出し、右衛門大夫へ言った。

「お長へ申してやれ。領内の豊かさと貧しさは、通りすがりに見たるのみにてはわからぬものだ、とな。わが家は、お長の案ずるほど貧しくはない。さようなことを気にせず、思うままに振舞え、と申せ。いずれ水戸の領主になってより、それは改めてお長が苦労すればよいことだ」

その頼房の言葉は、中山備前守から光国へ伝えられた。

「要らざることを、父上に告口《つげぐち》するな」

と光国は弥八郎を睨《にら》みつけ、機嫌の悪い声で言った。

「父上のご苦労を、わしは案じたからだ。水戸の家がそれほど貧しいとは、わしも思うておらぬ。水戸は御三家のひとつではないか」

暴れ者で、自分の思ったことは通さずにはおかぬという光国にも、そういう神経の細かいところがあった。この二年か三年のうちの光国のそういう成長ぶりを、はっきりと父の頼房も気がついた。

「お長の好きなようにさせてやれ。わやくを申しても、当人はなにごとも承知の上で我儘《わがまま》を言うておるのゆえ、みなもそのように心得るよう」

と頼房は、家老たちの集まっているところで言った。

この年、右京大夫に任ぜられていた頼房の長男の頼重《よりしげ》は、将軍家光の命で、常陸下館《ひたちしもだて》五万石の城主になった。

水戸家の老臣、彦坂織部《ひこさかおりべ》、興津所左衛門《おきつしょざえもん》のふたりが、家老並びに城代を命ぜられ、頼重に従って下館《しもだて》の城に移った。頼重は、光国より六歳上の二十一歳であった。

相変わらず光国は、外出も自由にやっているし、途中で往来の者たちの装束《しょうぞく》を見覚え、自分の身なりを派手《はで》にさせた。

剣道の指南役の柳生主膳宗冬《やぎゅうしゅぜんむねふゆ》は、去年の冬、父の所領地の大和柳生の庄へ帰っていたが、ことしの夏、江戸へ出て来て京橋木挽町《こびきちょう》五丁目の屋敷にいる。

三日に一度ずつ水戸屋敷へ来て、光国に剣道の指南《しなん》をするのが、二十九歳の宗冬にとっても楽しみになっているようであった。

しかし宗冬は、光国に向かって、上達したなどとは一度も言わず、黙って対手《あいて》をしている。

光国とすれば、去年、宗冬が水戸家のご嫡男《ちゃくなん》ゆえ一流の剣士になる必要はない、と言ったことに、まだ反撥《はんぱつ》を感じている。

武道でも学問でも、大名が天下一流になっていけないわけはない、という気持であった。

だから、宗冬が稽古《けいこ》をつけてくれるとき、光国は懸命になって宗冬へ打ち込んで行った。

だが、どうしても光国の木太刀《きだち》は、宗冬の身体にさわるところまでは行かない。

ただ、光国の木太刀を払いのける宗冬の力が、次第に強くなって来ている。木太刀を伝わって、びいんと自分の手から全身へ響いてくる力を耐えるのに、光国は懸命であった。家来たちの見ている前で、木太刀を取り落としたりしてはみっともない、という気持がある。


ときどき、父の頼房も表庭へ出て来て、宗冬に稽古をつけてもらうことがあった。

頼房も、宗冬を打ち込むなどということは出来ないが、しかし大名の、ことに御三家の中では、頼房の腕前は格別にすぐれているらしい。

「宗矩《むねのり》どのにお眼にかかりたい」

と光国が言ったとき、主膳宗冬は、

「屋敷へお越し下さらば、さぞ父も喜びましょう」

そう答えたが、それが実現したのは、三日の後であった。

「明日は、柳生どののお屋敷へ参る」

と光国が言い出したとき、中山備前守はすぐに頼房の前へ出た。

「よろしかろう。但馬守《たじまのかみ》宗矩どのにお眼にかかるのも、お長にとって修業になる」

と頼房は、承知をしてくれた。

朝早く、主膳宗冬が水戸屋敷へ来て、光国に稽古をつけてくれた。それが済んだあと、光国は宗冬と連れ立って、柳生家へ行くことになった。宗冬は、三人の供しか連れていない。光国も守役ふたり、小姓ふたりを連れただけであった。

こういう外出のしかたは、光国にも気に入ったようであった。もちろん中山備前守の計らいで、従前通り二十一人の蔭供がついて行った。

宗冬と馬を並べ、笠の下から江戸の晩秋の町を眺めながら、光国は上機嫌であった。はじめて訪ねる木挽町の柳生家は、造りは質素ながら、きびしい空気が隅々《すみずみ》にまでただよっている。

七十歳になる柳生但馬守宗矩が、玄関まで光国を出迎えてくれた。

宗冬が年を取ったらこうもなろうか、と思われる丸顔の、背の低い柔和《にゅうわ》な相で、白くなった髪の毛もひとつかみほどしか残っていない。当代天下一流の剣士とは思えぬほど、おだやかな眼つきをしていた。

「中将様には、ようこそのお越し、忝《かたじけの》う存じまする」

ていねいに挨拶をして宗矩は、光国の手を取るようにして、書院へ案内した。

柳生宗矩の前にいる、と思うと、さすがの暴れ者の光国も固くなった。

だが宗矩は、剣道についての話をするでもなく、世間の出来ごとを語ったり、光国の気をほぐすような当たりさわりのない話をした。

ようやく気詰まりのとれた光国が、気がつくと、屋敷の中はしいんとしている。道場のほうからは、人の声も聞こえない。

「本日は、稽古はおやすみでござりますか」

と光国が訊くと、宗矩は笑った。

「いやいや、中将様のお越しゆえ、しばらく門弟たちに稽古を控えさせております る」

「さようなご遠慮には及びませぬものを。是非に稽古を見せて頂きとう存じまする」

「中将様のお言葉なれば、稽古をごらんに入れるがよい」

と宗矩は、宗冬を見た。

すぐに、宗冬が、先に道場のほうへいそいで行った。

「ご案内仕ろう」

ゆっくりと宗矩《むねのり》が膝をあげたので、光国も続いた。

母屋から渡り縁を行くと、がっしりした大きな造りの道場がある。

その道場の上段の間の横から、先に宗矩が入って行った。

広い、一本の柱もない道場に、三十人ほどの侍たちが坐っていたが、いずれもていねいに光国へ向かって一礼した。武者窓から外光がさし込み、おごそかなまでの空気であった。

光国は、宗矩と並んで上段の間に坐った。

板敷の道場に、主膳宗冬がおりて行って、門弟たちへ声をかけた。

「水戸中将光国どのへ、稽古をごらんに入れる」

侍たちは、道場の左右に分かれて坐った。

柳生の道場へ稽古に来るのだから、門弟といっても旗本たちが多いに違いない。

ふたり一組ずつ宗冬にまねかれて出て来ると、光国と宗矩のほうへ挨拶をして、稽古をはじめた。

このころの武道の稽古は、まだ面《めん》や胴《どう》、籠手《こて》などは使っていない。素面素籠手で、柳生流では袋竹刀《ふくろしない》を使用した。

竹刀の上に革の袋がかぶせてあり、それで直接に対手の面や胴、籠手などに打ち込む。

もちろん光国も、主膳宗冬からそういう袋竹刀で教えられることのほうが多い。

去年まで宗冬は、木太刀を用いて組太刀の型などを示し、光国の身体に木太刀が当たらないよう気をつけていた。しかし今年あたりから柳生流の袋竹刀を用いて、光国に稽古をつけている。

柳生流では、上段に構えた太刀を、まっすぐ振りおろすというのが第一の修業になっている。一本の竹を立てておいて、それを真向から真二つにする。それで対手の刀の鍔《つば》ごと、指を落として抵抗力を失わせる、というのが目的であった。

この時代の試合は、真剣を用いることが多く、対手《あいて》のいのちを奪うかも知れないので、それを避け、立ち向かう対手の指を落とし、あるいは対手の踵《かかと》のうしろ、およそ一寸ぐらい上に一撃を与えれば、対手は立っていられなくなる。

人のいのちを奪わずに屈服させる、というのが柳生流の稽古の目的であった。

だから、光国や宗矩の前で試合をする門弟たちも、いずれも着衣のまま襷《たすき》をかけ、袴《はかま》の股立《ももだち》を取って、袋竹刀を使っている。

それでも、対手の袋竹刀を額《ひたい》に受けると、そこのところが薄く赤くなるが、血がにじむというほどのことはない。

試合をしている門弟の中に、光国は、水野出雲守成貞の顔を見つけた。

こちらの視線に気がつくと出雲守は、親しみのこもった笑顔を見せ、一礼した。光国も黙礼を返した。

自分の順番になったとき、出雲守成貞は、袋竹刀を揮《ふる》って、続けざまに三人の対手の得物を巻き落とし、的確に対手へ一撃を与えた。

その態度は、折目正しく、市中の盛り場や遊所で暴れている旗本奴《やっこ》の頭領とは思えない。

稽古を見せてもらってから、もとの書院へ戻ると、宗矩は訊《き》いた。

「中将様には、水野どのをご存知でござりますか」

「はあ、家来儀、水野どのに救うてもろうたこともあり、小石川の屋敷へもおいでなされたこともあります。もっとも、玄関にて口上を述べられたのみでござりますが」

あのとき馬上で見た出雲守成貞の、派手《はで》な着流し姿を思い出し、光国は微笑を浮かべた。

「只今《ただいま》の水野出雲守どのが振舞い、どのようにご覧なされました」

宗矩に訊かれて、光国は言った。

「あっぱれ、と存じました」

「あれが、あのご仁の本当の姿でござります。世間にては、やれ暴れ者の、旗本奴の頭領の、と言われておりまするし、旗本が世に用いられぬための不満もござろうが、剣道に励んでいる姿にはあの通り、偽りも見栄《みえ》もござりませぬ。生地のままが出るのでありましょう」

世間の評判などを気にせず、一つことに懸命になっている姿には真実が現れる、という宗矩の言葉の意味であろう。

「わたくしも」

と、光国は言った。

「水戸の世嗣《よつぎ》という見られかたをせず、思うままに振舞うてみたいと思いまする」

「おやりなされ。なにごとも修業でござる。ご家来衆がお邪魔なときは、伜《せがれ》がお供を仕りましょう。また、水野出雲守どののようなご仁をお連れなさるのも面白い。それであなた様がお足許《あしもと》を乱すようなれば、すなわち、あなた様の負けでござります」

光国は、笑顔を返した。

その日から光国は、気が向いたら柳生道場で稽古をつけてもらう、と但馬守宗矩と約束をかわした。

そのころから将軍家光は、頼房が登営《とうえい》をしたとき、たまには光国を連れて来るよう、と言った。光国の市中出歩きのことなどが、もう将軍の耳へも入っているからであろう。

「営中にての行儀作法も、覚えさせねばならぬ」

と言って、頼房は、光国を連れて江戸城へあがった。

肩衣《かたぎぬ》を着け、長袴《ながばかま》をはいた光国は、父頼房のあとに従い、堂々と江戸城内の長廊下を歩いた。

老中をはじめ、幕府の重臣たちの顔も、すぐに光国は覚えた。十五歳とは思えぬ身体つきの大きな、色の白いすぐれた顔立ちをした光国は、一日のうちで殿中で評判になった。

水戸家の暴れ者、という噂《うわさ》を耳にしていただけに、老中や諸大名、旗本たちは、光国の振舞いに興味を持ったらしい。だが光国の作法が正しく、ていねいなのを見て、意外に思ったようであった。

殿中で、光国は評判がよくなり、噂はすぐにひろまった。それは父の頼房にも、うれしいことに違いない。

光国の外出は、以前ほど制限をされず、思いつくとすぐに光国は、三人か四人だけの供を連れ、市中を出歩いた。

不意に麹町《こうじまち》の紀伊屋敷を訪れ、江戸家老の三浦長門守《ながとのかみ》を狼狽《ろうばい》させることがたびたびであった。

「祖母上様のご機嫌をうかがいに参った」

光国が告げると、すぐに屋敷の奥御殿へ通され、祖母の養珠院に会えた。紀伊家の世子光貞も、松姫も出て来た。

光国と松姫のあいだには、格別な話が出るというわけではない。互いに贈物の礼を述べたり、光国が市中で見聞したことを話すと、松姫は面白そうに聞いた。大名の姫君だけに、増上寺か寛永寺へ詣《もう》でるほか、まったく松姫は屋敷の外へ出たことはない。庶民の暮らしも知らないし、江戸市中の町々がどういう造り方になっているのか、縁の遠いことであった。

それだけに、市中を歩き廻り、直接に庶民たちの暮らし振りを見ている光国の話は、松姫だけでなく、光貞にも興味が深いらしい。

孫たちの顔を見比べながら、養珠院は、にこにこと機嫌のよい顔をしていた。

ちょうど紀伊《きい》頼宣《よりのぶ》が在府中なので、光国は紀伊屋敷を訪ねるたび、伯父《おじ》にも会った。はきはきした言葉づかいをし、ちゃんと物事を割り切る性格の甥《おい》が、伯父の頼宣には気に入っていた。

「祖母上様のところばかりではなく、この次は先にわしに会いにござれ」

と、頼宣は笑いながら言った。

紀伊家だけではなく、この年は尾張義直も在府中だったので、光国は尾張屋敷を訪ね、義直から学問の話を聴《き》くことも多かった。

吉原遊び

あくる寛永二十(一六四三)年、光国は十六歳になった。

この年の二月、将軍は旗本や江戸在勤の諸大名たちの家来に対し、生活や服装が贅沢《ぜいたく》にならぬよう、警告を発した。

いちばん市中で目立つ旗本奴《やっこ》の横行に対して、ひとつには将軍から警告を与えたことになる。だが水野出雲守成貞《なりさだ》たちは、奇抜な服装を改めようとはしない。

三月に入ったある日、光国は守役の小野角右衛門、山野辺弥八郎、小姓の寒河江《さがえ》大八、富田藤太郎の四人を連れて、木挽町《こびきちょう》の柳生道場へ稽古に出かけた。

主膳宗冬《しゅぜんむねふゆ》は帰国中なので、父の但馬守宗矩《たじまのかみむねのり》が光国に稽古をつけてくれた。一時間ばかり稽古をしたが、光国が汗びっしょりになったのに、宗矩は顔色もおだやかで、息も切らしていない。

汗を拭《ぬぐ》い、衣服を着け直した光国は、宗矩に挨拶をし、柳生屋敷の玄関を出ようとした。

ちょうど水野出雲守成貞も、道場から帰るところであった。

「ご精励にて、感じ入りまする」

近づいて来て出雲守は、光国に一礼した。

光国の乗馬も、玄関の前に曳《ひ》き出されてある。出雲守も馬で麴町の屋敷へ帰るらしい。まだ陽が高く、春の空はよく晴れている。このまま屋敷へ帰るには惜しい、と光国は考えた。

「水野どの」

乗馬の鞍《くら》へ手をかけながら、光国は出雲守に声をかけた。

「いつぞや、市中を歩くとき、ご案内下さるとのお言葉でありましたな」

「ご案内仕ろうか」

と出雲守も、うれしそうであった。

柳生道場へ稽古を受けに来るときは、出雲守も、いつも遊所などを押し歩いている粋《いき》な身なりと違って、普通の羽織であった。それでも諸大名の家来たちに比べると、羽織も着物もずっと大柄な模様であった。

「若君様」

気にした小野角右衛門が、うしろから意見をしそうになったが、

「かまうな」

軽く言って光国は、寒河江《さがえ》大八の手から目塞笠を取り、馬に乗った。

水野出雲守も笠をかぶり、馬で光国の前を進み、柳生屋敷を出た。

小野角右衛門と山野辺弥八郎は、騎馬でそれに続き、寒河江大八と富田藤太郎は徒歩で、

た。
の商家はどんなものを売っているとか、その町はいつごろ出来た、とか、くわしく説明し
だ、出雲守は馬上からときどき振り返っては説明をした。町の名はもちろん、このあたり
木挽町からいったん日本橋の通りへ出て、日本橋を渡り、それから川に沿って下るあい
出雲守の家来ふたりも徒歩で、鎌髭《かまひげ》のある奴《やつこ》を従え、あとからついて来る。
光国の乗馬の側面に従った。

出雲守としても、よほどうれしいようであった。

光国の蔭供の人数は、一行の十間ほど先と後から二手に分かれ、道の片側を歩いて、人眼につかぬよう警戒している。

もちろん出雲守も、その蔭供の人数に気がついている。しかし、べつに気にもせず、光国を気らくにさせようとつとめているらしい。

堺町というあたりへ近づくと、なんとなくあたりの雰囲気《ふんいき》が華やかになって来た。

「出雲守どの」

馬上で光国は、そっと訊《き》いた。

「吉原《よしわら》と申すところ、このあたりにあるのではございませぬか」

「ほほう」

びっくりしたらしく、出雲守は馬を寄せて来て、

「中将様には、吉原と申すところ、お聞き及びにござるか」

「はあ。江戸随一の遊び場所、と耳に致しました。それも家来たちから聞いたのではござらぬ。なんとなく、それがしの耳へ聞こえてござる」

「中将様のようなお方が、お近づきになる場所ではござらぬ」

「それがしが、いまだ若年ゆえ、と仰せらるるか」

「いやいや、そうではござらぬが、お大名のご子息が」

「それゆえ、どのようなところか、町の中を歩くだけでも試みてみたいと存じまする」

ふたりの話声は、うしろからついて来る小野角右衛門と山野辺弥八郎にも聞こえたらしい。

「若君様」

眼を丸くして、角右衛門が馬を近づけると、

「そ、そのような場所にお近づきになること、固くご無用に願いまする」

「角右衛門」

「はあ」

「わしだとて、吉原がどのようなところか、おおよそは察しておる。家中の侍の中にも、吉原にて魂を抜かれ、役目をないがしろにした者もある、と聞く。吉原というところを、見たることもなきあるじが、そのような家来の落度を、どのようにして咎《とが》められると思うな」

「さりながら、それとこれとは、お話が違いまする」

か」

「難しいことを申すな」

角右衛門や弥八郎が心配している顔を見ると、なおのこと光国は意地になった。

「吉原と申すところを見物しただけにて、わしの身体にけがれでもつく、と考えているのか」

「いえ、そのようなわけではござりませぬが」

そのまま光国は、出雲守と一緒に馬を進めた。

しかし、はじめて見る吉原の廓《くるわ》は、光国の予想を裏切って、そうきれいな場所とも思えなかった。

遊びの客であろう、まだ陽が高いのに見世《みせ》の格子《こうし》の中をのぞきながら歩いている男が多い。白粉を濃くつけた女が、往来している。

光国と出雲守は、大門《おおもん》の前で馬をおり、江戸町から角町、京町とひとまわりした。

この吉原は、後世、浅草田圃《たんぼ》に出来た新吉原ではなく、堺町を中心にした吉原であった。

案内をする出雲守も笠をかぶっているのだが、その身体つきと、着物についている水沢《みずおも》瀉《だか》の紋を見て、すぐに水野出雲守と気がついたらしい。走り寄って来て、出雲守に挨拶をする男女が多い。いずれも、遊女屋の男女と見える。

「おれは今日、遊びに参ったのではない」

笠の下から、出雲守は叱《しか》りつけるように言った。

「寄るな。離れていろ」

出雲守に案内されている立派な身なりの侍がどんな身分の人物なのか、吉原の男女にわかるはずはない。

しかし、前後を二十人を超える人数が、そっと守っているし、出雲守の態度から見ても、この目塞笠をかぶった侍が尋常の身分ではない、と吉原の男女も気がついたようであった。おそるおそる小腰をかがめて礼をするのへ、光国は笠の下から軽く黙礼を返しながら歩いた。

吉原の大門を出て、神田雉子橋《きじばし》で別れるとき、光国は出雲守へ礼を述べた。

「本日は、忝《かたじけの》うござった」

「市中ご見物ならば、それがし、いつにてもご案内に立ちまする。ほかにも、中将様ご覧なされたるほうがよい、と思う場所もありまする」

馬からおりて、笠を取って出雲守は、ていねいに挨拶をした。

旗本奴の頭領であり、大名たちに楯《たて》をついて喧嘩《けんか》を売る人物、とは思えない出雲守の物腰であった。

「お別れ申す」

光国は、そのまま家来たちを連れ、小石川の屋敷へ帰った。

しかし、水野出雲守成貞の案内で吉原を見物した、ということがわかると、さすがに江戸家老の中山備前守も顔色を変えた。

すぐに小野角右衛門と山野辺弥八郎が呼びつけられ、家老たちから叱りつけられた。

「なんのためのおん供、と思っている。さよう卑しきところへ若君がお出入りなされ、万一のことがあったとき、腹を切っただけで申し訳が立つと思うか」

弥八郎は、江戸家老の父の山野辺右衛門大夫から小言を食い、ただ詫《わ》びるだけであった。

その場で、角右衛門と弥八郎に二十日の謹慎《きんしん》が命ぜられた。

それを聞いた光国は、見る間に顔を真っ赤にして、褥《しとね》から立ち上がった。

「わが家来に、備前たちが勝手に謹慎を申しつけること、あるじをないがしろにする気か」

こんなに光国が立腹したのは、はじめてであった。

小ごうも三人の腰元も、光国を制し切れず、はらはらしていた。

「父上は、父上は」

居間を出ながら光国は、寒河江《さがえ》大八へ言いつけた。

「父上が下城なされておわすのなれば、お目通り仕りたい。すぐにうかごうて参れ」

「はっ」

大八は、小走りに縁側をいそいで行った。

どんどんと縁側の板を踏み鳴らし、光国はひとりごとを言った。

「吉原を見物したとて、なにが悪い。たとえ吉原へ通い続け、遊び呆《ほう》けたにもせよ、性根を失うような光国ではないわ。それが備前たちにはわからぬのか。わからぬのか、備前たちには」

それから父の頼房《よりふさ》の前へ出た光国は、はっきりと言った。

「わたくしも、もはや十六歳にござります。おのれの所業に、おのれで責めを取ること、ようわきまえておりまする」

うなずいて頼房は、中山備前守に言いつけ、すぐに小野角右衛門と山野辺弥八郎の謹慎を解いてやった。

「お上」

そのあとで、備前守が心配そうな顔つきをした。

「もはや若君様は、お守役たちの手にては余りまする。お気の向くまま、市中をお出歩きになること結構に存じまするが、もしも万一のことがありましては」

「かねていくたびも申せしごとく、お長はおのれにてよう心得て振舞うておるのだ。当分は思いのままにさせてやるがよい」

ただの子煩悩《こぼんのう》というのではなく、頼房はわが子の性格をよく見抜いている。無理に頭から押さえつければ、光国は反撥《はんぱつ》をするに違いない。それよりも頼房は、もうひとつ光国の胸に隠してあるものがあるのではないか、と心配をしていた。

それは、嫡男《ちやくなん》の右京大夫頼重《よりしげ》をさし置いて、次男の自分が水戸家の後嗣《あとつぎ》に決められたことを、光国は悩んでいるかも知れない。

だが、もう将軍の許しを受け、内外に触《ふ》れを出してある。水戸家の後をまかせられる子は、頼房の贔屓眼《ひいきめ》ではなしに、光国のほかにはないわけであった。

その寛永二十年の夏ごろから、江戸城内で幕閣の重臣や諸大名、旗本たちのあいだに、父頼房に従って登営する光国の態度を褒《ほ》める声が、盛んになって来た。それと反比例して、光国の市中出歩きの度は、激しさを増していた。

守役や小ごうたちがなんと言おうとも、光国は聞き入れない。帷子《かたびら》に派手《はで》な模様を染めさせたのを着て、いきなり厩《うまや》へ出て行くと、馬の支度を命じた。

あわてて山野辺弥八郎や小野角右衛門、小姓たちが供の支度をしているあいだに、光国は奴《やっこ》に馬の轡《くつわ》を取らせ、さっさと屋敷を出て行く。

それも表門とはかぎらず、横の猿楽門から出たり、わざわざ長屋の前を通って、小さい切手《きって》門から出て行ったりする。

そのたびに門番の侍たちは、ひどく狼狽《ろうばい》をするし、蔭供の人数も間に合わない。あわてて目付から徒士組《かちぐみ》へ命令が飛び、侍たちが光国のあとを追って走り出す、というようなことがたびたびであった。

しかし、市中を出歩くといっても、光国は日課の学問や武芸の稽古を怠《なま》けているわけではない。

文学の師である幕府の儒官林道春、その弟の永喜《えいき》、軍学の師の小幡勘兵衛、北条安房守《あわのかみ》なども、光国の進歩に驚いている。柳生道場へ出かけて行っても、光国は対手《あいて》の身分を問わず、誰でも自分の稽古対手に引っ張り出していた。

だから、派手な身なりをして市中を出歩くのも、ちゃんと自分というものをわきまえていることだと思えるし、月並な意見などする必要はない、と頼房は考えている。

それにしても、いちばん気を使わなくてはならないのは、側についている家来たちであった。

このごろになって、急に光国はまた背が伸び、肩幅も広くなって来ているのが、小ごうにはいちばんよくわかる。

「旗本たちのあいだでは、裾《すそ》に鉛《なまり》を入れるのが流行していると言うぞ」

水野出雲守たちの身なりを見てからのことであろう、光国はそう言って、

「さよう致すと、歩くたびに裾がかよう跳《は》ねあがり、たいそう勇ましく見ゆるのだ」

と、わざと大股に居間の中を歩いて見せた。

そういうときは、小ごうもむきになって反対をした。

「お年にお似合になるお召物を召さるるのは、結構に存じまする。さりながら、お旗本衆の真似を遊ばさるること、いかがでござりましょう」

「そういう出立《いでた》ちにて、盛り場を押し歩いたら面白かろう、と申すのだ」

にこりと笑って、光国は言った。

はじめての酒

光国が二度目に吉原へ足を踏み入れたのは、やはり柳生道場からの帰りであった。

案内役の水野出雲守のほか、出府中の柳生主膳宗冬も一緒であった。

天下一流の武芸者の家に生まれ、将軍の稽古対手《あいて》もする宗冬だが、案外に気さくなところがある。

光国から誘われると、宗冬も熊谷笠《くまがいがさ》をかぶり、馬で一緒に屋敷から出かけて行った。

暑い夏の陽盛りの下を、大門をくぐって歩いているうちに、ふっと光国は足をとめた。

「宗冬どの、水野どの」

笠の下で光国は、いたずらっ子のような微笑を浮かべて、

「ただ歩いても興が薄うござる。いずれかの見世《みせ》へ入ってみようと存ずるが」

「や、それは」

さすがに宗冬も狼狽《ろうばい》して、制しかけたが、出雲守は面白そうに笑った。

「あまりお勧めも出来ませぬが、ご案内仕る」

と出雲守は、先に立って歩き出した。

　そこは、江戸町一丁目の山田宗順《やまだそうじゅん》という者の見世であった。

　見世先に立った出雲守の姿を見て、吉原では名も顔もよく通っている人物だけに、すぐに見世の者たちが出迎えた。

「本日は、身分の高いお方をふたり、ご案内して参った、粗略《そりやく》のことのないよう」

　見世の者へささやいておいて、出雲守は振り返ると、

「まず、これへ」

　光国と宗冬を、招じ入れた。

　この日、光国についていたのは、いつもの通り山野辺弥八郎と望月庄左衛門、それに小姓の寒河江《さがえ》大八、富田藤太郎、蔭供《かげとも》の十人ほどに、あとは馬の轡《くつわ》を取っている奴《やっこ》であった。

「庄左衛門」

　光国に続いて二階へあがりながら弥八郎は、扇子で自分の腹を切る手つきをした。

「覚悟をしておれ。わしも覚悟はする」

「はあ」

　庄左衛門の顔から、血の気が引いている。

　遊女屋の二階座敷というのは、光国の想像していたほど豪奢《ごうしゃ》なものでもない。夏の日中のせいもあるだろうが、華やかさなどは感じられなかった。

　いつもの通り、光国は薄い袖無羽織を着ているが、その下から三つ葉葵《あおい》の紋が、はっ

きりと透《す》けて見える。

いそいで、あるじの宗順が挨拶に出て来たときも、光国は権識《けんしき》張らず、気軽そうな態度でいた。

だが、こういう遊所へ来たのは初めてなので、照れたり固くなったりすまい、と光国が気をつかっているのが、水野出雲守にはよくわかるのであろう。

「遊女というもの、ご覧なされまするか」

扇子の蔭から出雲守は、光国にささやいた。

「うむ」

光国は、うなずいた。

ご三家の嫡子《ちやくし》を、こういうところへ連れて来て、あとで父の但馬守《たじまのかみ》から小言を言われるに違いない、と主膳宗冬《しゆぜんむねふゆ》も覚悟をしたようであった。

「気に病《や》まれな」

宗冬は、山野辺弥八郎に言った。

「お咎《とが》めを受けたら、水野どのとわしが責めを負う」

「は」

弥八郎は、全身に汗をかいていた。

やがて、そこへ酒肴《しゆこう》が出て来た。

出雲守や宗冬と同じように、光国も朱塗《しゆぬり》の盃《さかずき》を手に取った。

祝膳のときなど、光国は屋敷で酒をのむことはあるが、それは小さい盃《さかずき》に一つだけであった。

父の頼房は大酒家だし、このごろ光国は、たまに口にする酒を、美味だと思いはじめている。

宗冬は、酒に口をつけただけで、すぐに盃を置いてしまったが、出雲守は一息にのみ干した。

もちろん出雲守も宗冬も、光国の家来たちも、光国が一口だけ酒をのんで、それで終わると思っていたのだが、光国は一口のみ、すぐに二口のんで、あとはぐっと酒をのみ干してしまった。

屋敷でのむ酒よりも上等でないのは明らかだが、しかし酒が、のどから胃の腑《ふ》へおりて行くのを、光国は快《こころよ》い、と感じた。

黙って光国は、大八へ盃を突き出した。

それを大八は受け取ろうとしたが、光国は、

「注《つ》げ」

叱《しか》りつけるように言った。

「若君様」

いそいで弥八郎が、膝を進めた。

「さよう、お過ごしなされましては」

「お父上も、わしの年ごろには酒をたしなまれたと言うぞ。酒にのまれるわしではない。注《つ》げ」

二度言われて、大八は弥八郎や庄左衛門の顔を見ながら、瓶子《へいし》を手に取った。

続けて光国が酒をのんでいるのを見ながら、出雲守は、

「こりゃ、われらが気兼ねを致すほどのこともござらぬ。中将様、お見事《みごと》」

ひどくうれしそうな顔つきで笑った。

そこへ、ここの抱《かか》えの遊女たちが五人、山田宗順に連れられて来て挨拶《あいさつ》をした。

供の中に富田藤太郎がいるし、正座の若い武家が水戸家の中将光国、と山田宗順にもわかったようだが、店の者たちにはそれを洩《も》らしていない。

ただ身分の高いお武家様ゆえ、無礼のないよう、と宗順は、遊女や店の奉公人たちに言いつけてあった。

朱塗の盃の、二杯目をもう光国はからにしていた。

眼がちらちらして、遊女たちがたいそう美しく見える。だが、酔ったという気持ではない。

水野出雲守もしまいには、はらはらしたようだが、光国は朱塗の盃に五度、酒をつがせ、きれいにそれをのみ干してしまった。

だが、顔が赤くなるわけではなく、酔った様子もない。

「立ち帰ると致しましょうか」

水野出雲守や柳生宗冬にそう言った声も、ちゃんとしているし、立ちあがるときも、少しも足許《あしもと》は乱れていなかった。

父の頼房に似て、子の光国も大酒家になるのではないか、と家来たちにも想像のつくことであった。

ここの勘定は山野辺弥八郎が、自分の紙入の中から払った。

山田宗順をはじめ店の者たちに見送られ、笠をかぶって外へ出て行くときも、光国は酒をのんだようにも見えなかった。

大門の外で馬に乗るとき、家来たちは手を貸そうとしたが、光国はひとりでちゃんと馬にまたがった。あれだけの酒をのんだあととも思えず、平常と変わらぬ態度であった。

水野出雲守も柳生宗冬も、こう光国が酒に強いとは、予想外であったらしい。

まず宗冬と別れ、水野出雲守とも別れてから、光国が小石川の屋敷へ帰ったころ、夏の陽は暮れはじめていた。

黙っているわけにはゆかないので、山野辺弥八郎は父の右衛門大夫の前に出て、今日の光国の行状を報告した。

「ご酒をのう」

右衛門大夫は、溜息《ためいき》をついた。

「そのように召されたか」

「いささかも、お酔いなされたるご気色はございませなんだ」

「ご酒を召されたるを、とやこう申すのではない。その場所が悪い。二度と同じ小言は繰《く》り返さぬ。屋敷へ戻っておれ」

いつもきびしい父だが、その右衛門大夫の眼に、今日は並々ならぬ怒りが見える。

「はっ」

弥八郎は、両手をついた。

あるじの頼房へ報告する前に、右衛門大夫は中山備前守に相談をした。

「とにかく、まずわれらより中将様へご意見を申し上げよう」

と言って備前守は、右衛門大夫とふたりお目通りを願いたい、と使者を光国の居間へ向けた。

だが、小ごうの返事で、若君様は御寝《ぎよし》遊ばされておわすゆえ、わたくしがお目にかかります、と言うのであった。

ふたりは、光国の居間とは二間へだてた小書院で小ごうと会った。

「ご気色がすぐれぬのなれば、すぐに医師を呼ばれたら」

と備前守が言うと、小ごうはにこりと笑って、

「いえ、お戻り遊ばされてから、ご酩酊《めいてい》の気味になられたのでござります」

「しかし、平常とお変わりなく、馬に召されてお帰りなされたというが」

「人の見ている前では、酔《よい》が表にお出にならなんだのか、と存じまする」

「小ごうどのより、ご意見申して下さるか」

「なにもかも、ようわきまえておわす若君様ゆえ」

と小ごうは、溜息をついた。

表御殿へ帰り、居間へ入ってから、はじめて光国は酔が出て眠くなったのであった。

「家来たちは、誰も叱《しか》るな」

小ごうに床を敷かせ、臥るときに光国は言った。

「家来たちが咎《とが》めを受けては、わしは水野どのや宗冬どのに、面目が立たぬ。さよう父上へお願い申せ」

その言葉を小ごうは、小書院で備前守と右衛門大夫に告げた。

「殿に申し上げても、捨て置け、と仰せらるるであろう」

と備前守は、右衛門大夫と顔を見合わせて、

「お手前も、弥八郎どのに小言を申されな」

「心得た」

とは言ったが、右衛門大夫も当惑しきった顔つきであった。

光国は二時間ほど熟睡してから、はっきりと眼が覚めた。

頭の芯《しん》が、ずきずき痛んでいる。

だが、柳生宗冬や水野出雲守の前で、朱盃に五杯も酒をのみ、いささかも取り乱さなかったと思うと、さわやかな心持がした。

「お眼覚めにござりまするか」

夜具の裾のほうで、女の声がした。

居間に灯が入っている。

侍女の於常《おつね》であった。

小姓の大八や藤太郎は、次の間に控えているらしい。

黙って起きると、於常が着替えをさせた。

いつもは小ごうがそうしてくれるし、於常が自分のうしろへまわると、若い女の肌の匂いがして、光国は癇《かん》が立ってきた。

「小ごうは」

「はい」

於常は、いそいで両手をついた。

「お殿様のお召しを受けられまして」

「父上のお小言か」

すぐに光国は、大きな声で呼んだ。

「藤太郎、大八」

「はっ」

次の間の襖《ふすま》を開け、ふたりが平伏した。

「腹が空《す》いた」

「すぐに用意を仕ります」

藤太郎と大八は、いそぎ足で廊下へ出て行った。

いつもよりは時間のおそい夜食の膳《ぜん》に向かったころ、小ごうが戻って来た。

「お父上は、怒っておられたか」

「いいえ」

静かに坐って、小ごうは光国の顔を見た。

「明朝は、登営《とうえい》の日にござります」

「わかっておる」

「ご老中たちの前にて、吉原とはどのようなところか話してやれ、との仰せにござりました」

「ふむ」

くすり、と光国は笑った。

「よし、そうしよう」

それから箸《はし》を取って、光国は思い出したように小ごうに言った。

「酒は、わが屋敷のほうが美味だな」

「ご酒も、ほどほどがよろしゅうござります」

「この後、気が向いたときは、酒を参れ」

小ごうは、それには返辞をしなかった。

箸を動かしながら光国は、座敷の隅《すみ》に坐っている於常に、ふっと眼を移した。

さっきの、遊女たちの姿が思い出された。

しかし、あの座敷にいた女たちとは全く違う空気を、於常は身につけている。

このとき光国は、はじめて於常をきれいだな、と感じた。

その光国が、父の頼房《よりふさ》に連れられて登営をしたとき、備後福山《びんごふくやま》五万石の領主で、桜田門外に江戸屋敷のある水野美作守勝俊《みまさかのかみかつとし》が、頼房の詰めている御三家の間へ訪ねて来た。

美作守は、父の水野日向守勝成《かつなり》のあとを継いだが、三男の出雲守成貞は分家して旗本になっているのであった。

弟と顔立ちは似ているが、出雲守よりずっと眼つきもおだやかだし、美作守は温厚な人物のように思われる。

「ご親子お揃《そろ》いの前にて、お詫《わ》び申し上げまする」

と美作守勝俊は、ていねいに一礼して、

「中将様を悪所《あくしょ》へご案内仕りしとのこと、弟成貞が罪は、それがしも負い申さねばなりませぬ。この後は、そのような事のなきよう、固く成貞へ申しつけましてござる」

「さよう申されな」

と頼房は、事もなげに笑って、

「光国に生きたる学問をさせて貰うたること、かえって忝《かたじけな》いと存じておる」

そう言ったのを、皮肉と取ったのであろうか、勝俊は、ひたすら詫び入りながら退って行った。

そのあと光国は、機嫌の悪い顔になっていた。

「子供扱いされて、腹が立ったか」

からかうように頼房が言うと、光国はむきになって、

「暴れ馬だとて、おのれの帰るべき馬屋は忘れておりますまい。わたくしも、この後、市中出歩きはやめませぬ」

「やめよ、とは申さぬが、総じて大将の良し悪しは、その家来たちの口より出ずるもの、と心得ておくよう」

と頼房は言ったが、十六歳の光国にはこのときの頼房の言葉が、半ばは理解出来、半ばは内心で反撥《はんぱつ》するものを感じていた。

その後も、光国の市中出歩きはやまず、小金井へ放鷹《ほうよう》に行くこともしばしばであった。秋になったころ、小ごうに命じてびろうどの襟《えり》をつけ、派手な伊達模様《だてもよう》を染めた着物を着て出歩いたり、吉原の山田宗順の店へ不意にあがったりすることもあったが、遊女買いをするようなところまでは行かなかった。

その派手な身なりで、不意に紀伊家を訪ねると、祖母の養珠院《ようじゅいん》や松姫はびっくりしたようだが、光国はかえってそれを面白がっていた。

「松姫がな、眉《まゆ》をひそめておった」

屋敷へ帰ってから光国は、小ごうや家来たちへ笑いながら話した。

「祖母上様はわしの派手な身なりを、お嫌いらしい。お小言を聞かされるかな、と思うて

いたが、黙っておいでになった」

　このころ、光国の側近には、また家来が増えていた。守役の小野角右衛門、山野辺弥八郎、望月庄左衛門などの手には負えぬ、と見て、中山備前守たち家老が計らったのであった。

　その家来の中に、新番組の伊東太左衛門《いとうたざえもん》、同じ組の茅根伊左衛門《ちのねいざえもん》、馬廻の五百城六左衛門《いおきろくざえもん》などという選ばれた侍がいた。

　三人ともよく遊所通いはするし、市中の地理にも風俗にもくわしい侍たちなので、そういう者を光国の側につけては、と同じ家老の山野辺右衛門大夫などは心配をしたが、備前守は、

「かえってそのほうが、若君様もお気がらくであろうし、守役たちも肩の荷が軽くなりましょう」

　と言った。

　伊東太左衛門は三人の中でもいちばん年長だが、それでもまだ三十二、三だし、ほかのふたりは、二十を三つ四つ越したところで、堅人の小野角右衛門などから見れば、眉をひそめるような存在であった。

　もちろん三人とも、侍として一人前の働きの出来る者たちばかりだが、下情《かじょう》に詳し過ぎるというのが、小野角右衛門のような侍には気にかかる。

　しかしこの三人は、光国の側近に侍《はべ》るようになってからも、それを出世の手蔓《てづる》にしよう

などとは考えていない。角右衛門や弥八郎とは違った、やわらかい守役として自分たちは勤めを果たそう、という心構えでいる。
「あの三人の三左衛門に若君様があまやかされる、とは思われぬ」
家老のあいだで備前守は、むしろきびしいことを言った。

はじめての喧嘩

このごろ光国は、夕食のとき酒をつけねば承知をせぬようになっている。守役や小姓、それに小ごうの局《つぼね》、侍女《じじょ》たちを話対手《あいて》に、光国はうまそうに酒をのんだ。こうして行けば、光国の酒量はどれくらいあがるか、小ごうにも空おそろしくなることはあるが、しかし、光国は決して酒に乱れるということはない。

きちんと膝を揃え、盃を手にしたまま、江戸城でのことや、市中出歩きのときに見聞したことを、みなに話して聞かせた。

酒が入ると光国は、ひどく能弁になる。その話し方も、きちんと順序を乱さず、聞くほうにも面白い。記憶力もたしかだし、今日、馬上からちらりと見ただけの武士の服装など、ついて行った家来たちが覚えていないのに、ちゃんと光国は話して聞かせた。

観察力の鋭いことも、天性の素質に加えて、うかつに光国が物を見たり聞いたりしていない、という証拠であった。

十月に入った中旬ごろの、雨のあがった日、林道春の儒学の講義が終わったあと、不意に光国は、伊東太左衛門、五百城《いおき》六左衛門、茅根《ちのね》伊左衛門の三人を呼びよせた。

「三左衛門」

光国はいつも三人をまとめて、そう呼んでいた。

「中橋広小路に、団子《だんご》を食べさせる店があったな」

「御意《ぎょい》」

五百城六左衛門が答えると、

「あの団子、食べに参ろう」

すぐに立ちあがって、光国は、

「着替え」

となりの部屋に控えている侍女の於常《おつね》へ、気ぜわしく命じた。

富田藤太郎が厩《うまや》へ走って行ったが、その後を追いかけるようにして光国は、厩に姿を見せると、

「今日の供は、三左衛門のみ」

と言って、光国は鞍に身を乗せた。

こういうとき、ほかの家来や小姓が、お供を、などと言うと、光国が癇癪《かんしやく》を起こす、

とわかっているので、厩へ駆《か》けつけた山野辺弥八郎も黙っていた。

猿楽門《さるがくもん》から光国は、これも馬に乗った三左衛門を連れて走り出た。

行先は中橋広小路、と聞いたので、あとから蔭供がこれも馬で追う手配をしたが、今日の光国はさかんに馬を走らせ、通行の者たちを驚かせながら、小石川から日本橋へ向かった。

目塞笠をかぶっているが、このごろ市中の者たちは、水戸光国の市中出歩きのことを承知しているので、いそいで道を避ける者もあり、軒下に土下座をする老人もいた。

中橋広小路は人の通行が盛んなので、さすがに光国は馬の脚をゆるめ、茶店の前で馬をとめた。

今日は、小者のついて来る余裕もなかったので、茅根《ちのね》伊左衛門が馬をおり、光国の馬の轡《くつわ》を押さえた。

四頭の馬を茶店の前の柵《さく》につなぎ、光国たちは茶店へ入って行った。

茶店の茶汲女《ちゃくみ》たちも、この笠を取った品のいい若い武士が何者か、まだわからぬながら、大名の子息だということは察しがついている。

おそるおそる茶汲女が、茶と団子を床几《しょうぎ》のところまで運んで来たとき、茶店の表で人の罵《のの》り声と馬のいななきが起こった。

すぐに、五百城《いおき》六左衛門が外へ出た。

五人連れの浪人が、四頭の馬を取巻き、ひとりは刀を抜きそうにしている。五人とも悪い身なりではなく、派手な衣裳《いしょう》をまとっているのは、町家の用心棒でもしているのであろうか、みな酒に酔っていた。

「これは、おぬしの馬か」

ひとりが五百城六左衛門を見ると、食いつきそうな顔をして、

「なんと思うて、ここへ馬をつないだぞ」

「馬つなぎのための柵《さく》、とわからぬか」

「この馬、われらを蹴《け》ろうとした」

「蹴られるような悪さをしたからであろう」

遊所通いをする五百城六左衛門だけに、悪態《あくたい》のつき合いでも浪人たちには負けていない。

「おのれ」

背の高い浪人が、いきなり六左衛門の胸倉《むなぐら》をつかんで、

「人の往来する中へ馬をつなぎ、通行の妨げする気か」

「そうは馬に教えてはおらぬ」

「なに」

ねじり倒そうとする対手《あいて》の腕を、六左衛門は逆に取り、足払いをかけた。

「わっ」

仰向けにその浪人がひっくり返ったのを見ると、あとの四人は、

「喧嘩《けんか》売る気か」

ひとりが喚《わめ》くと同時に、一時に刀を抜いた。

刀の光を見て、四頭の馬はいななき、棹立《さおだ》ちになるのもあった。

そのとき、もう伊東太左衛門は茶店から飛び出して、浪人たちと馬のあいだに入っていた。

光国も茶碗《ちゃわん》を持ったまま立ちあがって、茶店の外へ出ようとしたが、茅根《ちのね》伊左衛門が懸命に押しとどめた。

「ふたりにて始末がつきまする。お顔をお見せなされませぬよう」

そのうちに、浪人たちの斬り込むのを引っ外し、伊東太左衛門は、ひとりを蹴倒した。

「おのれ」

背の低い髭面《ひげづら》の浪人が不意に刀を振りあげて、光国の乗馬の飛竜へ斬りつけようとした。

「無礼者」

光国の口から声が発すると同時に、手の茶碗がその浪人の顔をめがけて飛んで行った。

正確に、茶碗は浪人の額に打《ぶ》つかり、割れて飛んだ。

「うっ」

左手で額を押さえ、浪人はうずくまった。その手のあいだから、血が吹き出した。額が破れたらしい。

賑《にぎ》やかな中橋広小路だけに、通行の者は悲鳴をあげて逃げ出すし、軒下に立って見物している者もある。

「早う、お笠を」

と言って茅根《ちのね》伊左衛門は、光国に笠を渡し、茶と団子の代を払った。

長く喧嘩をしていては光国の名が出る、と察したからであった。

地面へ倒れたふたりも、飛び起きて刀を向けて来たが、五百城六左衛門と伊東太左衛門はまだ刀を抜かず、じりじりと浪人たちを追い立てるようにした。

そうやって牽制《けんせい》しているあいだに、光国に茅根伊左衛門をつけ、ここから馬で逃がそう、という考えであった。

ようやく光国は、笠をかぶって外へ出たが、自分の家来たちは無手、対手の四人が刀を連ねている、と見ると新しい怒りがこみあげて来た。

「負くるな、三左衛門」

茅根伊左衛門に守られ、乗馬の飛竜の手綱《たづな》を柵《さく》から外しながら、光国は声をかけた。

そのとき、遠巻きにしている群衆の中から、六人ほどの侍たちが走り出て来た。

蔭供の人数かと思い、三左衛門は、ほっとしたが、そうではない。いずれも、水戸家の侍の中には見当たらぬ顔ばかりであった。

「ご助勢」

声をかけると、六人は刀を鞘《さや》ごと抜き、峰を返して、四人の浪人のうしろから打ってかかった。

鞘《さや》のままの刀で殴《なぐ》りつけられ、浪人のひとりが頭を抱《かか》えて丸くなった。

伊東太左衛門は、ひとりの浪人の利腕《ききうで》を叩き、刀を落として、その侍たちに声をかけた。

「忝《かたじけな》い、いずれのご家中か」

「早う、ここはお立去りを」

いちばん年長の侍が、浪人の首を腕で巻きながら、光国のほうへ一礼した。光国の素姓を知っている様子であった。

すぐに光国は、馬に乗った。茅根《ちのね》伊左衛門が、続いて馬に跳《は》ね乗った。

もう浪人たちのかたはつきそうになっているが、京橋のほうから、役人らしい侍たちの駆けて来るのが見えた。

五百城六左衛門も、馬に跳ね乗った。

最後に伊東太左衛門は、自分の馬の鞍《くら》に手をかけながら、助勢の侍たちに訊いた。

「せめて、お家のお名なりとお聞かせ願いたい」

「鍋島《なべしま》家が侍、五年前のご恩報じの一つにござる」

年長の侍が、にこりと笑いながら答えて、

「さあ、お早く」

馬上の光国へ、またていねいに頭を下げた。

訳はわからぬながら、光国は黙礼を返して、馬を走り出させた。

すぐに三左衛門たち三騎も、うしろから続いて来た。

浪人たちは、あの鍋島家の侍と名乗った六人が、うまく役人を対手にさばいてくれたのであろう、役人が追って来る様子もない。

ようやく小石川の屋敷へ帰り着くと、さすがに光国もはじめて喧嘩《けんか》をしたあとだけに、まだ興奮しているようであった。

「何事があったのだな」

供の三人の様子も尋常ではないので、中山備前守たちは、家老の間に三左衛門たちを呼びよせ、事情を訊いた。

浪人たちはどこの者ともわからないが、光国の投げた茶碗で、ひとりが額を割られている。

それから、喧嘩の助勢をしてくれたのが鍋島家の侍、と聞いて備前守は、すぐに五年前のことを思い出した。

寛永十五年、天草の乱が平定したとき、肥前《ひぜん》佐賀の城主、鍋島信濃守《しなののかみ》勝茂の勢が、軍令を無視して原の城へ攻撃をかけ、それが味方の勝利の緒口《いとぐち》となった。

だが勝茂は咎《とが》を受け、閉門、改易《かいえき》の沙汰《さた》を蒙《こうむ》った、と聞いて、水戸頼房は、将軍家を諫《いさ》め、蟄居《ちつきょ》だけで済んだ。

よろこんだ鍋島勝茂は、帰国する前に頼房を訪ねて礼を述べたし、家来たちへ向かっては、

「この後、水戸殿にてなにごとかあらば、こたびのご恩に添い奉るように努むべし」

と言ったという。

そのときの恩返しの一つに、通りかかった鍋島家の侍たちが、喧嘩《けんか》の助勢に飛び出して来たのであろう。

「さそくに鍋島家へ礼に参らねばならぬが」

と言ってから、備前守は、難しい顔をした。

「一目にて水戸家の若殿とわかるようなれば、この後の市中お出歩きのこと、よくよくお考え願わねばなるまい」

三人の三左衛門は、こちらから喧嘩を売ったのではなく、無事に光国を守って屋敷へ帰って来たのだし、謹慎など申しつけては、また光国がどんなに腹を立てるかも知れない。

「きっと、叱《しか》りおくぞ」

いつも温厚な中山備前守も、三人を見廻して、こわい眼をした。

三人の三左衛門は、もう今日のような外出のときは光国を諫め、せめて蔭供の人数が揃うまで待って頂こう、と話し合った。

すぐに水戸家から鍋島家へ礼の使者が立ったし、光国主従に喧嘩を売った浪人たちの身許を調べるよう、町奉行所へも使いが飛んだ。

しかし、当人の光国は、ひどく上機嫌であった。

「喧嘩というもの、面白いぞ」

いつもの通り、夕食の膳に向かって盃を傾けながら光国は、家来や侍女たちを集め、自慢そうに話をした。

「助勢が現れなんだら、わしも浪人のひとりやふたり、斬って捨てたであろうに」

「若君様」

あわてて山野辺弥八郎が、なにか言いかけるのへ、光国は笑った。

「申してみたまでのことだ。浪人たちと刃を交えなどしては、柳生流より破門されるであろう」

その夜、いつもより酒を過ごして光国は、臥所《ふしど》へ入った。

小ごうと於常《おつね》が、光国の着替えをしてくれた。

灯明かりの中に、ちらちらと於常の白い顔が浮かんで見える。なんとなく身うちが、浮き浮きするような心地であった。

その夜、小ごうはお久の方に呼ばれて、光国が臥所へ入ったのを見届けてから、御錠《ごじょう》口番《ぐちばん》の許しを得て、奥御殿へ入った。

お久の方の用とは、女同士の内密のことであった。

紀伊家の松姫を、光国のところへ輿《こし》入れさせたい、と祖母の養珠院が望んでいることは、お久もすでに小ごうから聞いている。しかし、御三家のあいだでの婚姻は面倒だし、従兄《いと》妹《こ》同士が女夫《めおと》になることはいかがあろう、というお久の方の考えであった。

まだ養珠院が望んでいる、というだけで、正式に紀伊家と水戸家のあいだで話が進められているわけではない。

今夜、お久の方が小ごうを呼んだのは、わが子の光国が松姫をどう思っているか、それを聞くためであった。

光国からは、ときどき松姫へ贈物をするというし、お久の方も、光国からその相談を受けたことがあった。また松姫も、すぐ光国へ贈物を返してくるというし、紀伊家と水戸家の侍たちの中には、光国と松姫の婚姻は確実だ、と噂《うわさ》をする声もある。

それをちらちらと耳にするだけに、母としてお久の方は、なおのこと気になるわけであった。

「お身体つきも大きく、おとなびたるご様子にお見あげ申しまするが」

と小ごうは、お久の方に答えて、

「若君様は、いまだ松姫様とご婚姻のことまでは、お考えなされておわさぬように存じまする」

「悪所へ出入りするなど、市中でも噂が高いようなれど、くれぐれもそなたが気をつけていてくるるよう」

お久の方としては、光国の側近にいる守役や小姓たちよりも、やはり気ごころの知れた小ごうに、光国の素行について気をつけてほしい、という気持が強い。

「よう心得ておりまする」

と小ごうは言ったが、今夜、その光国の身のまわりに変化が起きようとは、小ごうにも思いがけないことであった。

この夜、光国の寝所の隣の間では、小姓の富田藤太郎が宿直《とのい》をしていた。

守役のうち、望月庄左衛門と五百城《いおき》六左衛門が宿直の隣の間で低い声で雑談をしていたが、光国が寝入ったようなので、自分たちも臥所《ふしど》へ入った。

光国の寝所の前の廊下を、一つ折れ曲がったところにある部屋に、侍女の於常が起きていた。

本来なら富田藤太郎のほか、同じ小姓役の寒河江《さがえ》大八も宿直をするはずであったが、大八は風邪《かぜ》気なので、夕方に自分の屋敷へ帰っている。

一睡もしないでいるのが宿直番《とのいばん》の役目なのだが、富田藤太郎は、光国が酒に酔ってすぐ寝入ってしまった気配を聞いて安心をすると、自分も睡気を催してきた。

今日、光国は中橋広小路で浪人たちと喧嘩をして来たというし、上機嫌でいつもより酒を過ごしている。

睡《ねむ》ってはいけない、大切な宿直《とのい》の役目なのだと思いながら、次第に瞼《まぶた》が重くなり、富田藤太郎は柱によりかかると、いつの間にか睡ってしまった。

小ごうが、また御錠口番に厚い板戸を開けてもらい、表御殿へ帰って来たのは、夜半に近いころであった。

お久の方との内談なので、小ごうは、自分についているお端下女《はしため》ひとりしか連れていない。

光国の寝所の見える廊下の曲がり角のところまで来たとき、ふっと小ごうは足をとめた。

廊下の角に金網行燈《あんどん》が置いてあるきりで、長い廊下は、しいんとして薄暗い。

十月の夜気が、すでに冬の最中のような、冷え切った廊下の空気であった。

すうっと障子《しょうじ》の動く音を、小ごうは耳にした。

夜中のことだし、小ごうの神経は尖《とが》った。

男と女

それは光国の寝所のほうらしい。

歩き出そうとしてから、また小ごうは足をとめてしまった。

光国の寝所から、誰か出て来る。

声をかけようとして、小ごうはやめた。

侍女の於常《おつね》であった。

うつ向き加減に、足音を忍ばせるようにして、於常は自分の部屋のほうへいそいで去って行った。

とっさに小ごうも、判断がつかなかった。

光国の寝所に、灯はついていない。

だが、なんとなく異常な空気を感じ、小ごうは足を早めると、光国の寝所の障子ぎわまで行き、中の様子をうかがった。

光国は、起きているらしい。

しばらく障子ぎわに立っていたが、小ごうは思い切って声をかけた。

「お目覚めにござりまするか」

すぐには答えはなかった。

寝所は暗く、しいんとしている。

「小ごうか」

低く、光国の声がした。

「はい」

「入れ」

「ご免をこうむりまする」

両膝をつき、小ごうは障子を開けた。

座敷は暗いが、廊下の隅の灯明かりがぼんやり中まで届いている。

光国の、夜具の上に坐って起きている姿が、白く浮きあがって見える。

お端下女《はしため》を去らせてから、小ごうは座敷の中へ入り、きちんと障子を閉めた。

女だけに小ごうは、寝所の中にこもっている女の髪油と白粉の匂いを、すぐに嗅《か》ぎ取った。

夜具の裾《すそ》のほうに坐り、黙って小ごうは両手をつかえた。

光国は横を向いたまま、しばらくなにも言わないし、小ごうも黙っていた。

やがて光国は、怒ったような声で言った。

「いかが致そう」

小ごうには、もうわかっていた。

於常に、光国の手がついたのであった。

「なにごとも、わたくしにお任せ下さりますよう」

小ごうは、低く言った。

そう言ったあとで、小ごうは不意に泣きそうになった。

自分が赤子のときから育てた光国が、十六歳になり、今夜、女を知ったというのは、喜んでいいのか、心配していいのか、混乱した心地であった。

さっきお久の方と、松姫のことで内密な話をしてきたあとだけに、気丈な小ごうも戸惑《とまど》いした形になっている。なぜ自分が泣きそうになったのか、小ごう自身にもわからない。

於常は、馬廻役牧野《まきの》弥左衛門《やざえもん》という侍の末娘だし、光国が吉原などで女を知ったのではないことは、小ごうにほっとした思いをさせた。

「おやすみなされませ」

光国の側へよって小ごうが、夜具をかけようとすると、光国は素直に枕に頭をつけた。

「小ごう」

「はい」

「於常を咎《とが》めるな」

「心得ております」

と言って光国へ夜具をかけ、小ごうは挨拶をして、寝所を出て行った。

於常の部屋をのぞいて見ると、於常はうなだれたまま、じっと坐っていた。

気配を知って、わずかに顔をあげようとしたが、また於常は顔を伏せ、両手をついた。

「案ずることはない。なにごとも任せておくよう」

小ごうに言われて、於常はすすり泣きはじめた。

あくる朝、小ごうは家老の中山備前守へ、内々でお目にかかりたい、と申し入れた。

家老の間ではなく、小書院に小ごうが通されていると、やがて備前守が姿を見せた。

小ごうから、侍女の於常に手がついた、と聞くと、備前守は眼の中に動揺の色を見せたが、すぐに平静な顔色に戻った。

「ご寝所に、於常が呼ばれたのだな」

備前守に訊《き》かれて、小ごうは答えた。

「お鈴が鳴ったそうにござります。宿直《とのい》の小姓が眼を覚まさぬ様子ゆえ、於常がご寝所へ伺いまするると、水を参れ、との仰せにて、水を差しあげまするると」

あとは小ごうも、口をつぐんでしまった。

「さようか」

うなずいて、備前守は、

「おん後嗣《あとつぎ》とは申せ、いまだご若年の中将様ゆえ、於常を格別の扱いにするわけには参るまい。父の牧野弥左衛門へ申し聞かせ、親元へ下げようか」

「その儀につきまして」

小ごうは、思ったことを口に出した。

「若君様、於常をご寵愛《ちょうあい》のこと、表向きにせずともよろしいか、と心得まする。なにごとも若君様のお心のままになされてはいかが、と存じまするが」

「しかし、もしも於常が懐妊《かいにん》のことでもあっては」

と備前守が言ったのは、あるじの頼房に側室が多く、男女の子が何人もいるところへ、光国の子が生まれてはこの上の面倒、と考えたのであろう。

「さような事がござりましたるときは、わたくしが計らいまする」

と小ごうは、はっきり言った。

備前守としても、光国の意向も聞かず、於常を親元へ下げてしまう勇気はない。ことに、昨今の光国の行状を見ていると、なにごとも周囲ではそっとしておいたほうがいい、と考えたのであった。

「では、小ごうどのに任せる」

と備前守が言ったのは、この件についての責任を負うよう、という意味が含《ふく》まれていた。

「心得てござります」

はっきりと答えて、小ごうは備前守の前を退って行った。

光国と侍女の於常が、ただの主従の間柄でなくなったことは、側近の者たちもなんとなく感じはじめた。小ごうは於常を特別に扱うということはせず、従前のとおり、ほかの侍女ふたりと一緒に、光国の身のまわりの世話をさせておいた。

頼房は、備前守からそのことを聞くと、ちょっと当惑した表情になったが、

「於常と申す娘の父は、馬廻役の牧野弥左衛門であったな」

と訊いた。

「さようにござります」

「知行は」

「三百五十石頂戴《ちょうだい》の身分にござります」

「知行を増やしつかわすことなど、無用ぞ」

「わたくしも、さよう存じておりました」

と、備前守は答えた。

牧野弥左衛門は、頼房が伏見城《ふしみじょう》にいたときからつけられていた家来で、ことし六十歳に近いが、元気であり硬骨漢なので、娘のことを手蔓《てづる》に出世をしたい、などと考えているはずはない。

中山備前守から呼び出されて、於常のことを聞かされると、

「格別なるおん計らいは、堅くご辞退申し上げまする。この後も粗相なきよう若君様へお仕え申しあぐること、父は娘に望むのみにござります」

頭から喜んでいる様子もないし、名誉だといって感激するでもなかった。

於常の父がそういう気持でいるとすれば、あとは光国の於常に対する態度だが、光国は於常との関係が出来てから二、三日は、ひどく不機嫌になっていた。

わざと於常の顔を見ないようにし、ほかの侍女の佐和、まさのふたりに用を言いつけるし、夕食のときに酒をのんでいても、於常に声をかけようとはしない。

於常はしおれて、ひとりになると涙ぐんでいる様子だが、それを小ごうは慰めてやった。

「若君様は、そなたをお嫌いなのではない。気に病むことは要らぬ」

小ごうには、光国の気持がよくわかっている。

光国は、侍女に手をつけたことを後悔しているのであった。

男女の愛情とはどういうことなのか、まだ本当には光国にもわかっていない。於常は美しい、とは思っていながら、一時の好奇心と欲情の対象として自分は於常を選んだのではないか、対手は絶対に主君の命に逆らえぬ立場にいるだけに、自分は威光をかさに着て乱暴なことをしたのではないか、と思うと光国は心を責められた。

だから、於常とのことがあってから光国は、毎朝、小金井へ放鷹《ほうよう》に出かけ、屋敷では文武の稽古に精を出し、於常のことを忘れようと努めた。

そういう光国の態度を、小ごうはやわらかい微笑を浮かべながら見守っていた。

「小ごう」

光国は小ごうと二人きりになったとき、思い切ったように言い出した。

「於常を、親元へ帰せ」

「なにゆえでござります」

軽く、小ごうは訊き返した。

光国は、いらいらした表情になって、

「於常が側にあっては、文武の修業の妨げとなる」

「若君様」

小ごうは、膝を進めた。

「若君様は、於常をご寵愛《ちょうあい》ではござりませぬのか」

「それは」

言いかけて、光国の顔が赤くなった。

「わしにもわからぬ」

「お暇《いとま》が出るようなことになりますれば、於常は生きてはおりますまい」

「なぜだ」

「若君様を、於常はお慕い申し上げているからでござります」

光国は黙って、壁のほうを睨《にら》みつけるようにしていた。

「さようお気難しくお考え遊ばさずともよろしいか、と心得まする。これは、ごく自然の成行でござります。於常がお側にあって、若君様の文武のご修業のお妨げになるとは、わたくしは考えませせぬ」

「母上は、なんと仰せられた」

「於常という娘、よういたわってやるよう、とのお言葉にござりました」

「わしは父上にお叱《しか》りを受けるか、と思うていたが」

「お叱りをこうむるいわれがござりませぬ」

「わしの勝手にせい、と父上はお考えなのだな」

「女子ひとりのことにてお気を使われる若君様とは、お思いにならぬゆえでござりましょう」

　父や母をはじめ周囲の者たちが、自分を信じていてくれる、とはっきりわかってみると、光国もようやく安心をした様子であった。

　それから、ときどき於常が、小ごうの計らいで光国の寝所へ呼ばれるようになった。

　しかし、光国の市中出歩きは、やんだわけではない。

　やはり側近の者たちを連れて、派手な身なりで市中を出歩き、吉原の山田宗順の店へあがり、遊女を集めて酒をのむこともある。

　寛永二十年が暮れて、あくる年の正月を迎え、光国は十七歳になった。

　女を知ってから光国の顔つきが、急におとなびたように側近の者たちには見える。

　態度も落着いてきたが、その一方、吉原などで覚えるのであろうか、側近がひやりとするような乱暴な言葉を使うことがある。

　しかし光国は、父に従って登営するときなどは、暴れ者らしい振舞いを少しも出さず、堂々としていた。

正月には尾張義直も紀伊頼宣《よりのぶ》も江戸へ来ていて、将軍への参賀のため江戸城へあがった。

水戸頼房をまじえて、御三家が一つに集まったところで、紀伊頼宣は頼房に従って来た光国を見ると、

「一段と成長をなされたな。吉原通いをなされる由、面白いか」

笑いながら、ずけずけと訊いた。

光国は照れる様子もなく、一礼して答えた。

「伯父上の仰せられたるごとく、生きたる学問を致しております。お望みなれば、ご案内仕《つかまつ》ってもよろしゅうございます」

「いやいや、一国のあるじともなれば、そうもならぬもの。お身もいまのうちに、せいぜい暴れておくがよろしかろう」

と言ってから、けしかけるような調子で、

「わしもお身の年ごろには、諸大名の屋敷を突然に訪ね、対手《あいて》を驚かせて、茶の振舞いに預かったものだが」

「さようにござりますか」

面白そうに、光国は笑った。

「わたくしは、尾州の伯父上、紀州の伯父上のお屋敷のほかは存じませぬが、諸侯の屋敷の中を見ておくのも、学問になりまするな」

ふたりの話を聞きながら、尾張義直は苦笑いをしていた。

近ごろの光国の奔放な行動を、義直はあまりよくは思っていないようであった。屋敷に閉じ込めて、文武の修業に精を出させたほうがよい、という考えらしいが、頼房がわが子を信じて、好むままにさせている以上、義直も、余計なことを弟の頼房に言うわけにもいかなかった。

伯父の頼宣に勧められた通り、光国はそれから諸侯の江戸屋敷を、いきなり訪ねるということをやりはじめた。

大老の土井利勝《どいとしかつ》、老中の松平信綱、酒井忠勝などの屋敷が、不意に、

「水戸中将様、お茶一服、ご所望にござる」

光国の家来に申し入れられ、あわてて家老たちが玄関へ出迎える、ということになった。

派手ないで立ちのまま、光国は、訪ねた屋敷の中を歩き廻って、

「結構なるお住居だな」

賞めているのか冷やかしているのか、わからぬことを言った。

諸大名の江戸屋敷は、いつ水戸光国の不意の訪問を受けるかわからないので、そっと家老が水戸家を訪ねて、中山備前守に会うと、

「中将様お立寄りのときは、前以《も》ってお知らせ願いたく」

と頼むようになった。

人の屋敷を訪ねるのは、あらかじめ先方の都合を訊いてから、というのが順当だが、光

国は、はじめからそういう礼儀を無視している。

「やはり、若君様に申し上げねば」

山野辺右衛門大夫などは溜息《ためいき》をついたが、光国は、聞き入れる様子もない。

「今日は、水野出雲守どののご本家を訪ねた」

屋敷へ帰ってから、面白そうに光国は言った。

庭に、寒椿が美しく花をつけている。

於常の点《た》てた茶を喫しながら、光国は楽しそうな表情をしている。

このごろは於常が側にいても、そう気にならず、光国はゆったりとしていた。

守役をはじめ側近の者たちのあいだが、しっくりいっていない、と光国が気がついたのは、その寛永二十一（一六四四）年の春になったころであった。

誰が告口《つげぐち》をした、というのではない。

自然に光国は、周囲の空気を感じ取った。

原因が、自分の市中出歩きにあることは、光国にもよくわかっている。ことに最近は、諸侯の屋敷を不意に訪ね、先方の江戸家老や重臣たちを狼狽《ろうばい》させることが度重なっているので、なおさらであろう。

守役の中でも、もっとも光国の躾《しつけ》にきびしい小野角右衛門が、三左衛門と呼ばれる伊東太左衛門、茅根《ちのね》伊左衛門、五百城《いおき》六左衛門の三人を好いていないのを、光国はよく知っていた。

小野角右衛門は硬骨の士であり、光国に面と向かって諫言《かんげん》をするような人物だけに、三左衛門のように遊所の案内にくわしく、いつも光国の供をする侍たちを好きになれるわけがない。

「千代田のお城にても、またお旗本の中にても、若君様の評判よろしきに、お側にお付き申す三左衛門が、御前様にとって毒を飼い申すも同様」

とまで、角右衛門は言った。

しかし、光国は、まだそれに気のつかぬ風をしていた。

三左衛門とも、市中の地理に明るく、遊所のことに詳しい、とはいっても、役に立たぬ侍たちではない。

中山備前守が人選をしただけに、いずれも文武の道に達し、礼儀作法も心得ている。ただ遊所だけに出入りするというのが、小野角右衛門の気に入らぬようであった。

二月の中旬、不意に光国が紀州家を訪れたとき、祖母の養珠院は改まった態度で光国に小言を言った。

「お身様の近ごろの所業、沙汰《さた》の限り、という噂《うわさ》、この耳へも聞こえておりまする。側によからぬ家来を置いては、あるじまで悪しざまに言わるる、とご承知か」

「祖母上様」

からりとした笑顔を見せて、光国は、

「君側《くんそく》の奸《かん》があるじを誤る、ということ、しばしば聞き及びまする。しかしながら、君側の奸を置くほどなれば、よきあるじと申せますまい。わたくしは、よからぬ家来を置くような、愚かなあるじにはならぬつもりでござります」

十七歳だけに、いくらか気負っているところもあるが、自信にあふれた口振りであった。

その日、松姫は養珠院の居間に姿を見せなかったし、光国もまた、松姫に会いたい、とは言い出さなかった。

於常とのことが、もう紀州家の奥にまで聞こえているのかも知れない。

だが、養珠院の耳へも入っているかどうか、祖母は孫に、そのことについては問い質《ただ》そうとはしなかった。

養珠院としては、光国と松姫の縁組のことをあきらめてはいないらしい。わが子の紀伊頼宣に向かって、そのことを口に出すときもあるようだが、御三家同士の婚姻は面倒が多い、とわかっているだけに頼宣も、はっきりした返事をしないでいるようであった。

光国もまた、於常といまのような間柄になってから、松姫に対する感情が、従来と変わって来ているのを自分でも感じていた。

これまでは、いわば子供同士の遊びに似た稚《おさな》さがあった。しかし、女を知ってみると、ずっと自分がおとなびた心地になり、松姫と贈物などを交換しているのが、つまらぬことのように思われはじめた。

光国にとって、於常は生きている女であり、松姫は美しい人形のような存在にしか見えぬようになって来たのであった。

辻相撲

三左衛門や富田藤太郎を連れて、相変わらず市中を出歩き、諸侯の屋敷を前触れもなしに訪ねることを、光国はやめようとはしなかった。このごろはさすがに父の頼房も、家老の中山備前守に渋い顔を見せることがある。

「わしが、子にあますぎる、と噂をする者があるそうな」

と頼房は言ったが、そういうとき中山備前守は、光国をかばった。

「文武のご修業を、ないがしろになされてのことにてはござりませぬ。万事を心得られておわしまするることゆえ、若君様のお心のままにお振舞いなさるるよう、いましばらくごらんのほどを願い奉りまする」

「小言を申せば、限《き》りがないようでもあり、また、小言を申せば、かえってお長にねじ伏せられるような気もする」

と頼房は、苦笑いをした。

このごろの光国は、旗本奴に負けぬ派手な衣裳《いしょう》を着て、水野出雲守成貞たちとおおびらに吉原の廓《くるわ》を押し歩き、山田宗順の店で酒をのむことが多い。

しかし、遊女たちに酌《しゃく》をさせながら、遊女の部屋へ泊まるということはせず、いくらおそくなっても小石川の屋敷へ帰った。

蔭供《かげとも》の人数に守られ、夜の江戸の町を馬で走らせる光国の姿は、江戸市中の者たちのあいだでも評判になっている。

その年の夏になってから、光国の市中出歩きは、度が強くなって来た。

陽の暮れたころ、不意に三左衛門たちを呼んで、馬にも乗らず、そのまま表御殿から取次口を通って、ふっと屋敷の外へ出て行くことがある。

小ごうも於常も気がつかぬうちに、光国と三左衛門の姿が見えなくなってしまうのであった。

守役の小野角右衛門や山野辺弥八郎が、狼狽《ろうばい》してあとを追うと、光国は頭巾《ずきん》で顔を隠して歩きながら、

「うるさく申すな。気になるのなら、ついて参れ」

叱《しか》りつけるように言った。

夏になると、江戸の町々の辻で、町内の者たちが相撲を取っていることがある。

江戸の勧進相撲の第一回の興行は、寛永元年、上野東叡山《とうえいざん》の境内《けいだい》で行われ、第二回は寛永七年、四谷塩町で開かれた、と言われる。

このころ、力士の最強者の最手《ほて》（最上位）は明石志賀之助《あかししがのすけ》であり、それに対抗する寄り方の最手に、仁王仁太夫《におうにだゆう》というものがあった。

江戸市中でも相撲がさかんであり、町の辻に形ばかりの土俵を作って、高張提燈《たかはりぢようちん》をつらね、町内の力自慢の者たちが出て、相撲を取る。

ほかの町内や通りがかりの者も飛び出して相撲を取り、懸賞が出ることもある。

このごろ光国が、夜の出歩きをはじめたのは、そういう相撲見物が面白くなったからであった。

守役の山野辺弥八郎から、それを聞くと、

「悪所へお出入りなさるのでなくば、ご自由におさせ申すがよろしかろう。ただ、警固だけは怠らぬよう」

と、中山備前守は注意をした。

そうやって辻相撲を見て廻っているうちに、光国は供をしている三左衛門たちに向かって、

「そのほうたちも出てみよ」

と言うことがあった。

光国に命ぜられてみると、いやとも言えず、三左衛門の中でも力自慢の五百城《いおき》六左衛門が、

「一番、飛入りをしよう」

町内の世話役に言って、大小を茅根《ちのね》伊左衛門に預け、袴《はかま》を脱ぎはじめた。

そこは神田鍛冶《かじ》町の辻で、この町内では、ことに相撲が盛んらしい。

裸になると五百城六左衛門は、そう肉はついていないが、こりこりしたいい身体をしていた。

「お武家様が出なすった」

町内の者たちは、面白そうに見物している。

頭巾をかぶった派手な装束《しようぞく》の侍が、ただの身分ではない、と町内の者たちにも察しがついたのであろう。頭巾の中の光国の顔をのぞき込もうとして、伊東太左衛門に睨《にら》みつけられ、あわてて逃げ出す者もあった。

五百城六左衛門は土俵にあがると、対手に出る者を三人ほど続けさまに投げ飛ばした。

剣に達し、柔術にも長じている五百城六左衛門だけに、ただの力自慢の町人など問題にならぬらしい。

「面白かったな」

鍛冶町の辻を出てから、愉快そうに光国は笑った。

それから二、三日後の夜、光国主従は、浅草駒形河岸《こまがたがし》から入った辻で、相撲を見物した。

どこかの人足であろうか、背も六尺近い、身体じゅうに肉の盛りあがった男が出ている。

見る間にふたりを投げ飛ばしたのを見ると、光国は、頭巾の中から、

「六左衛門、出てみよ」

と、五百城六左衛門に言いつけた。

六左衛門が土俵に立つと、やはり侍が出たというので、町内の者たちの中から、

「半五郎、しっかり」

対手の人足のほうを応援する声が、さかんに起こった。

やはり侍を負かしてやれ、という気持なのであろう。

提燈《ちょうちん》の光で照らされた半五郎という男は、胸毛がいっぱいに生え、面構《つらがま》えもすさまじい。対手に出た五百城六左衛門を見る眼に、あざ笑いの色がある。

もちろん光国としては、五百城六左衛門が、すぐに半五郎という人足を投げ飛ばす、と思っていたのだが、結果はそうではなかった。

半五郎は、六左衛門の身体を太い腕でつかまえると、二度ほど振り廻して、土俵の真ん中へ叩きつけた。

わっという喚声が、周囲から起こった。もちろん、半五郎に対する声援であった。

砂にまみれた六左衛門が、面目なさそうに土俵をおりるのを見送って、半五郎は光国のほうへ声をかけた。

「どうだな、そこのお武家様。わしの対手にならぬか」

その口の利《き》き方が、いかにも光国主従をなめ切っている。

光国はむかっとして、茅根《ちのね》伊左衛門に言った。

「そのほう、出よ」

だが、茅根伊左衛門も半五郎の太い腕で突きまくられ、土俵を飛び出してしまった。

そうなると、伊東太左衛門も黙っておられず、裸になって土俵へあがったが、半五郎に抱えあげられ、土俵からほうり出された。

周囲で見物している者たちは、たいへんな騒ぎになった。

半五郎というのは、得意そうにまだ土俵の上に立ったまま、手拭で汗を拭き、光国主従のほうを見おろしながら、にやにや笑っている。

伊東太左衛門が袴を着け、大小を差してから、光国は、三左衛門にささやいた。

「このまま引きあげるのは、無念」

「申し訳ございませぬ」

三左衛門は、詫《わ》びるのはあとにして、早くここを引きあげたかった。

これだけおびただしい見物が集まっているのだから、光国の顔を見おぼえている者があるかも知れない。水戸家の嫡子《ちゃくし》の名が出るより、屋敷へ帰ってから、どう叱《しか》られてもいい、ただ光国に詫びを入れよう、と三左衛門は考えていた。

しかし、光国の様子は、そうではない。

「あなどられて、敵にうしろを見するは卑怯《ひきょう》ぞ」

と言った頭巾の中の光国の顔に、いたずらっ子のような笑いが浮かんでいる。

「なんとなされまするな」

伊東太左衛門が訊くと、光国は、

「かの半五郎という者、いかにも面憎《つらにく》い。刀を振り廻し、脅《おど》しつけてくれよう」

「さ、さようなる儀は」

　太左衛門は、あわてて、

「なりませぬ。このまま引きあげが肝要にござります」

「対手を驚かせてやるだけではないか。よいか、わしに続け」

と言うと、いきなり光国は、刀を抜き取って、

「おのれ、面憎い奴め。斬り捨てるぞ」

大きな声でどなりながら、土俵へ駆《か》けあがった。

半五郎という人足も、まさか対手の侍たちが、そういう振舞いに出るとは思っていなかったらしい。

「わっ」

裸のまま飛びあがりそうになる左右と前へ、三左衛門も抜刀して飛びあがって来た。

提燈の灯明かりの中にひらめいた刃の光を見ると、相撲見物の男女は、悲鳴をあげて逃げ出した。

　それを見ると光国は、なおのこと面白くなったのであろう。

「やらぬぞ、おのれたち」

刀を振りまわして叫んだ。

　裸になっていた者たちも、着物を着る間もなく、あわてて裸で逃げ出すし、女たちの悲鳴も起こった。

「さ、早《はよ》う」

伊東太左衛門は、いそいで光国の片袖をつかむと、

「引きあげませねば」

「うむ」

ようやく癇癪《かんしやく》がおさまり、光国は刀を鞘《さや》に納めると、三左衛門を連れて走り出した。

様子を見ていた蔭供の人数も、四人を囲むようにして駆けた。

小石川の屋敷へ引きあげたとき、光国も三左衛門も、すっかり汗をかいていた。

湯に入ってから、光国は小ごうの手で帷子《かたびら》に着替え、居間に落着いて酒を命じた。

「若君様」

三左衛門から話を聞いたのであろう、小ごうは坐り直した形で、

「ご自由にお振舞い遊ばすは結構に存じまするが、庶民を打ち驚かせ、もしおん名が出ては、いかがなされまする」

「そう固苦しゅう申すな」

頭から受けつけずに、光国は、

「癇癪《かんしやく》を起こしたまでではないか。罪もない者を傷つけた、というほどのことではない。対手《あいて》の男があまり面憎いゆえ、ちと脅《おど》してやったのだ」

「さりながら」

小ごうの眼に、うっすらと涙がにじんでいる。

「慮外なるおん振舞い、ほどほどになされませぬと」

「わかっておる。この後は当分、相撲見物には出まい」

と言ってから、気がついて光国は、

「備前守へ申し伝えておけ。三左衛門を咎《とが》むるな。わしが先に刀を抜いたのゆえ、三左衛門たちには罪はない」

「はい」

もっと小ごうは意見を言いたかったらしいが、光国が上機嫌なので、思いとどまったようであった。

その夜、光国は於常《おつね》に言った。

「今日は少し、いたずらが過ぎた。明朝は父上にお詫《わ》びを申し上げよう」

「それがよろしゅうございます」

小さい声で、於常は言った。

「あまりいたずらをなされて、お怪我《けが》でもございましては」

「わかっている」

光国は、素直にうなずいて、

「だが、大名の子だとて、たまには暴れてみたいものだ」

と、つけ足した。

あくる朝、光国は登営前の父のところへ行って、昨夜の相撲《すもう》のことを詫びた。

「わたくしを三左衛門が諫《いさ》めましたれど、聞き入れず、わたくしが真っ先に刀を抜きました。お叱《しか》りはわたくしひとりにて負いまする。家来に罪はございませぬ」

光国からそういう態度に出られると、頼房も、

「あまり軽々しき振舞いはすな」

と言ったきりであった。

光国が癇癪を起こしては、というので、中山備前守たちは三左衛門に謹慎を命ずることなく、そのままにしておいた。光国は、あくる日から夜歩きもやめ、自分の居間で於常を対手に酒をのむようにしていた。

「暴れ馬が、おとなしゅうしているか」

光国のそういう振舞いを聞いて、頼房は苦笑いをした。

しかし、光国がそのまま屋敷に落着いている、とは頼房も思わなかったし、中山備前守たちも、かえって薄気味の悪い心地であった。

水戸家にとって、祝い事があったからだし、光国もそう暴れてばかりはいられなかった。

光国の同腹の兄、常陸国下館《ひたちのくにしもだて》の城主、右京《うきょう》大夫《だゆう》頼重《よりしげ》に、二つの喜びごとが重なったからであった。

熱海八景

まだ去年のうち、将軍家光の命で頼重は、四国の讃岐《さぬき》高松十二万石の領主に封ぜられる、と決まっていた。

続けて今年、江戸の桜田門内に江戸屋敷を賜《たまわ》り、大老土井大炊頭利勝《おおいのかみとしかつ》の息女と縁組を結ぶことが決まった。

久しぶりに頼重は、常陸国から江戸へ出て来て、父の頼房や同腹の弟光国に会った。

顔立ちは生母のお久の方に似て、色が白く、ととのった眼鼻立ちだが、光国に比べると眼つきなどはおだやかで、おっとりした感じがする。

「土井大炊頭どのの娘御を、めとられまするそうな」

挨拶《あいさつ》が終わるとすぐ、光国は、ずけずけと兄の頼重へ言った。

「兄上はおとなしいお方ゆえ、気になりまする。いかに将軍家の仰せとはいえ、遠慮をなさることは要りませぬ。対手《あいて》が大老職の娘というのを、いささかでも鼻にかけるようなれば、すぐに追い出しておしまいなされ。悪い妻を持てば一生たたる、と下世話にても申しまする。こなたは水戸家の長男ゆえ、なんの遠慮もござらぬ」

十七歳とも思われぬおとなびた口調であり、その言葉の中にも、水戸家の嫡男《ちゃくなん》にふさわしくない乱暴なところがある。

おとなしい頼重は、面くらったように、すぐに返辞が出来ず、ただ苦笑をしていた。

光国としても、兄の頼重が四国の讃岐《さぬき》一国だけの領主にされた、というのを不満に思っている。

兄は御三家の水戸家の長男なのだから、甲斐《かい》か駿河《するが》両国のうちで、二十万石以上の大名になるのが当然、と光国は考えていた。それだけに、そういう不満も含めて、自然に乱暴な言葉づかいになったのであった。

「しかしながら、讃岐高松は、西国と中国の監察を兼ねらるる大切なる場所ゆえ、ご精励のほどお願い申し上げますする」

と、光国は言い足した。

頼重の婚礼が盛大に行われ、父の頼房も弟の光国も、桜田門内の高松藩上屋敷へ出向き、祝いの宴に連なった。

八月になって頼重は、国家老の彦坂織部《ひこさかおりべ》をはじめ家来たちを引き連れ、はじめて讃岐高松へ国入りした。

ちょうど光国が、ぴたりと夜歩きをやめたその後であった。

しかし九月のはじめころになって、また光国は三左衛門たちを連れ、吉原通いをするようになった。

もちろん、毎日の文武の修業を怠ける、というわけではない。剣術の腕前も、柳生家でもびっくりするくらい上達していた。学問をしているときなど、これが夜遊びに出かけるような乱暴者か、と思われるほどの神妙な態度であった。

「大名屋敷を脅かして廻るのも、もう倦《あ》いたな」

頭巾をかぶり、三左衛門たちを供に夜歩きをするとき、光国は言った。

「わしのすることを、江戸中の人間が見ているような気がする。それゆえ、面白さが失せた」

江戸市中の盛り場や遊所では、いくら光国が編笠や頭巾で顔を隠していても、水戸家の若殿様、とこのごろではすぐにわかるようになっていた。

いままで通り、水戸家から蔭供の人数がついて行った。それを出し抜いたとしても、町奉行所の者たちが、それとなく光国の警固に当たっている。それは中山備前守から町奉行所へ頼んだからであり、もう二度と中橋広小路で浪人たちを対手に喧嘩をしたようなことは、出来そうにもない。

あのときの浪人たちは、すでに町奉行所の手で引っくくられ、江戸払いを言い渡されたという。

自分が水戸家の世子《せいし》だからといって、庶民たちに敬遠されるのは、光国にとって面白くないことであった。

だが、父の頼房に従って江戸城へあがるときは、これまでと同じように堂々と光国は振舞っていた。

兄の頼重が高松へ国入りした直後、大老土井大炊頭利勝《おおいのかみとしかつ》は、急に病を得て世を去った。年七十二であった。

光国が頼重に言ったことは、杞憂《きゆう》で終わったことになるが、土井利勝の葬儀のとき、光国は、父の頼房の名代《みようだい》として参列した。

十七歳でも背の高い光国だけに、諸大名の中にあっても、少しも見劣りはしない。それでいて、夜遊びをさかんにやるというだけに、旗本のあいだでの光国の人気は、ますます高くなって来ている。

このごろ父の頼房は、身体の調子が悪く、登営も三日に一度ぐらいの割で、光国に名代をさせた。

老中の松平伊豆守信綱が、光国のところへ挨拶に来て、

「近ごろは、市中にて何か珍しきことがござりまするか」

冷やかしている、ともとれる口調で訊《き》くと、光国は、

「上様は諸侯方に対して、領内に飢饉《ききん》なからしむるよう、この春に、おん下知《げじ》がござったな」

かえって、信綱に訊き返した。

何を言われるのか、と思って信綱は、用心をしながら、

「お言葉のごとくにござります」

「上様お膝元にて、困窮のあげく飢死《うえじに》などしたる者が出ては、よろしゅうござるまいな」

「と仰せられまするとㅤ」

「三日前、日本橋富沢町の裏長屋に住む老婆、身よりもなく、生計に困り、何日も食を取らずに外へさまよい出たるところ、高砂町の角にて行き倒れ、そのまま息絶えました。ところが、富沢町名主、高砂町名主、双方ともに、住居のある町の名主こそ責めを負うべし、いや、行き倒れたる町の名主こそ責めを負うべし、と言い張り、二日のあいだ、その老婆を路上にさらし置いたという」

難波町の盛り場で酒をのんでいるとき、光国の耳にした話であった。

「事は小なるようなれど、老婆が飢死するまで捨ておいたは、誰が責めを負うべきか。また、互いにその場所を言い立てて死体を引き取らぬ双方の町名主も、これを大きゅう考えれば、ご政治にかかり合いなし、とは申せまい。身は、さように考えまするが、豆州どのは、いかが考えなされるか」

夜遊びをしたり、辻相撲で刀を抜いて暴れた、などとは思えぬほど、はっきりした光国の口調だけに、そういう小さな事件など全く知らなかった伊豆守も、知らぬ、とだけでは通せなくなった。

「おそれ入りまする」

一礼して、伊豆守は、

「お言葉のごとくにござります。さそくに取り調べまする」

と言って、いそいで引きさがって行った。

すぐに町奉行所へ問い合わせると、光国の言ったような事件が、実際に起こっていた。道で行き倒れになった場合は、その町が病人死人にかかわらず、世話をすることになっているので、それを面倒がって、夜中にその行き倒れを隣の町へ運んでしまう、ということが江戸の市中にもよくある。

江戸ばかりではなく、諸国の町や村などでもそうだし、その場所が国境だったりすると、なおのこと事が面倒になる。

その老婆の件は、飢死するまで町内の者たちが捨て置いた、というので、富沢町の町名主は罷免《ひめん》され、高砂町の町名主は、行き倒れの世話をしなかった、という咎《とが》めで、同じ沙汰《さた》を受けた。

月番の北町奉行朝倉石見守《あさくらいわみのかみ》は、自分から小石川の水戸屋敷を訪ねて、それを報告した上で、

「中将様にお咎めを受けたること、まことに以ておそれ入りまする」

応待に出た岡崎平兵衛へそう伝えて、帰って行った。

それを聞いて、光国は笑った。

「詫《わ》びに参るほどのことはない。わしは、町奉行をやり込めてやろうと思うたのではなく、松平伊豆へ不意打ちを食わしてやりたかったのだ」

市中出歩きや夜遊びをしながら、庶民の暮らしを注意して見ることを忘れぬのは、やは

り御三家の一つを継ぐ大器を今から具《そな》えておわす、といって、幕閣の中で光国を賞める者があった。

それが、そのまま水戸家へ伝えられ、頼房の耳へ入った。

父親として頼房は、悪い心地はしなかったが、光国は、そこまで深く考えていたわけではない。

天下の智恵者といわれる松平伊豆守に、あのときは反撥を感じたので、逆にねじ込んでやろう、という気持で言い出しただけのことであった。

「怪我の功名、と申すのは、これかな」

小ごうや於常に言って、光国は、くすくす笑った。

頼房は、このごろ、ひどく肩の凝《こ》りを覚え、眼まいが起こったりして、自分でも身体が不調だな、とわかるようになっていた。

平常は丈夫で、病気一つしたことはないのだが、ひどく疲れる。

政務を見ていても書類の字が霞《かす》んだり、奥御殿へ行って、お久の方の酌《しゃく》で酒をのんでいるときも、酒がまずく感じられ、ときどき癇癪《かんしゃく》を起こして家来たちを叱《しか》りつけたりする。

「しばらくご保養にお出かけなされては」

と中山備前守に勧《すす》められ、ようやくその気になったのは、十月に入ってからであった。

水戸は寒いし、暖かいところがよかろう、というので、中山備前守は、伊豆の熱海《あたみ》の湯治場をえらんだ。

「不快につき、保養仕《つかまつ》りたく、一ヶ月のお暇を賜りたし」

と将軍に願い出ると、すぐに許しが出て、見舞の使者も来た。

「お長も連れて参ろう」

と頼房が言い出し、光国も、供をすることになった。

鎌倉より先は行ったことのない光国なので、旅ができる、と考えるだけでも楽しいことであった。

伊豆の熱海が湯治場として開けてきたのは、徳川家の世になってからだが、鎌倉期にも伊豆阿多美《あたみ》の湯に侍たちが入湯に行ったことは、記録に残っている。

家康も、江戸と京との往復のとき、二度ほど熱海へ寄って、数日間滞在しているし、いまの三代将軍家光も、寛永三年に熱海新宿の地に御殿を作ったが、まだ一度も家光は熱海へ行っていない。

その代わり、一年に数回、熱海の大湯の熱湯を江戸城本丸へ運ぶことになり、新しい檜《ひのき》の桶《おけ》に湯を入れ、日の丸の旗を立て、昼夜兼行で江戸へ送るならわしが出来ている。それをお汲湯《くみゆ》といい、家光は、江戸城内にあって熱海の湯へ入るわけであった。

熱海へ湯治に行くのなら、本陣宿の今井半太夫などという湯宿もあるが、自分の御殿を使うように、と家光は、頼房に言ってくれた。

まだ将軍が一度も行ったことのない御殿に入るのは、と頼房は遠慮をしたが、強《た》って家光が勧めるので、頼房はその好意を受けることにした。

一方では、普通の大名ではなく、御三家の水戸頼房が入湯するのでは、土地の役人たちも警固に神経を使うであろうし、将軍の御殿へ入るのなら、警固は自分の家の侍たちで間に合う、と頼房が考えたせいもあった。

十月の中旬、頼房と光国は、江戸を出発した。

家老のうち山野辺右衛門大夫が従い、以下は侍たちばかりで、頼房は、側室の中の誰も連れて行かなかった。

だから、光国も、於常や小ごうを従えるわけにいかず、守役や小姓たち男ばかりに守られて出発した。

父と一緒の旅は、やはり光国には楽しいものであった。

途中、鎌倉の英勝寺へ詣《もう》で、頼房父子は、熱海へ到着した。

このころの熱海は、やや町としての形を作るほどに賑わうようになっており、上町、本町、下町、中町、新《あら》町、新宿などという町の名もできている。

家光の御殿は、熱海の南側の、海に面したところにあり、一千五百坪の広さで、母屋《おもや》の御殿をはじめ、馬場、馬寄場《うまよせば》などもできているし、塀《へい》の周囲には濠《ほり》をめぐらしてある。

御殿は二階建で、その二階から海がすぐ間近に見えるし、秋空の下に初島《はつしま》の浮かんでいるのも美しい。

御殿には留守居の侍たちもいたが、水戸頼房の入湯は、あらかじめ知らされているし、老中の命令で畳も新しく入れ替え、頼房父子を迎える用意がすっかり出来上がっていた。はじめてこういうところへ来て、光国は、子供のようにはしゃいだ。

ここは、水戸の秋のように空気は冷たくもないし、江戸の小石川御殿と違って、光国の素行を、いちいち見張っている眼も少ない。

熱海へ着いたあくる朝、光国は、馬場へ馬を曳《ひ》き出させ、守役の小野角右衛門、山野辺弥八郎、小姓の寒河江《さがえ》大八の三人を従えて、山の上にある伊豆山権現へ参詣《さんけい》に行った。

ここは、頼朝《よりとも》をはじめ代々の鎌倉将軍の信仰を集めていたが、永禄と元亀の合戦で、兵火にかかって焼けた。それを家康が復興し、また社運も隆盛になっている。

参詣を終わったあと、広い境内《けいだい》から光国は、山の下を見おろした。

伊豆の海が、秋の陽を受けて、きらきら光っている。漁舟が、白い水脈《みお》を引いて、小さい魚のように動き廻っている。

「江戸で、人の眼にじろじろ見られながら暮らしているとは、たいそうな違いだな」

大きく息を吸い込み、光国は、愉快そうに言った。

「ここなれば、父上のお疲れも、すぐに癒《い》えるであろう」

「御意」

小野角右衛門は、ほっとしたような顔つきで答えた。

いくら暴れ者の光国でも、父頼房と一緒に将軍の御殿に住んでいるのであれば、江戸のように気ままな振舞いはすまい、という安心が角右衛門たちにはある。

だが、光国は光国で、こう人目のうるさくない、空気もよく、眺めの美しい土地で、毎日思い切り遊んでくれよう、という気持でいた。

守役たちを対手《たて》に、毎日、学問や武芸は習わねばならぬが、この熱海へ来て光国は、手綱《づな》を解かれたような、ほっとした思いがしていた。

大将の良し悪し

このころの熱海は、江戸から三日の道のりであった。

途中の道はけわしく、徒歩では難しいので、山駕籠《やまかご》に乗るか、馬を雇うよりほかはなく、加えて、根府川《ねぶがわ》には裏関所があって、通行手形がなくては通れない。

しかし、将軍のお汲湯がここから運ばれるし、景色もよいので、江戸から湯治に出かけてくる客の数は、毎年増えていた。

町人ばかりではなく、大名も旗本もいたが、大名たちは、本陣の今井半太夫の家に泊まったし、ほかにも清左衛門の湯《ゆ》、小沢の湯など、湯宿だけで十五、六軒はあった。

水戸頼房と光国が、この土地にある将軍の御殿に滞在するようになってから、熱海支配の三島の代官所から来ている役人たちも増員され、警固に当たっている。

頼房としては、自分の家来たちも連れてきているのだし、そういう特別な警固は、かえって迷惑だったが、老中から三島代官所へ指令が行ったためと思われる。

入湯のため将軍家光が建てた御殿だけに、湯殿なども立派で、檜《ひのき》造りの湯舟には、いつも新しい湯がそそいでいた。

熱海へ来てから三日目に、光国は、守役や近習、小姓などを連れて、また伊豆山のほうへ馬を走らせたり、漁師の舟に乗って網を打たせたりして、少しもじっとしていなかった。

もちろん、小野角右衛門たち守役を対手に、学問もし、武術の稽古にもはげんでいたが、十日ほど経つと、やはり光国は退屈をしはじめた。

馬に乗って外へ出ると、純朴な里人たちは、あわてて土下座をする。代官所の役人の指図であろう、二階から光国の通行を見おろしてはならぬ、という触れが出ているらしく、湯宿の二階は、ぴったり障子を閉ざしたきりになっていた。

「これでは、わしも窮屈。ところの者も窮屈であろう。加えて、湯治に参った者たちも、落着けぬというものだな」

と言って光国は、父の頼房に頼み、警固をゆるめてくれるように、と言った。

それは三島の代官所へ非公式に伝えられたようだが、警固がゆるやかになる様子は少しも見えない。

「面倒だな」

しまいには癇癪《かんしやく》を起こしそうになって、光国は、山野辺弥八郎たちに言った。

「では、こなたより暴れてやろう」

「若君様」

いそいで弥八郎が、意見をした。

「江戸なればとにかく、ご保養に参られて、あまり気ままなるおん振舞いは、いかがかと存ぜられます。ことに、こたびはおん父君のおん供でござりますれば」

「わかっている」

横を向いて光国は言ったが、あくる日、網代《あじろ》までのけわしい細い道を、海沿いに遠乗りに出かけた帰り道、光国は、御殿のある新宿のほうへは曲がらず、本通りへ馬を進めた。

その通りに、清左衛門の湯という湯宿がある。

ここは、湯治にくる町人たちの泊まる湯宿で、構えも大きい。

光国は、不意に店の前に馬をとめ、騎射笠《きしゃがさ》の下から供の者たちを見廻した。

うっすらと汗をかいた光国の色の白い顔に、いたずらっ子のような微笑が浮かんでいる。

何かはじめるのではないか、という直感が家来たちには、ぴんときた。

「汗をかいたな」

「御意」

いそいで小野角右衛門が、馬を近づけて来ると、

「御殿にお帰り遊ばされ、お風呂をお召し下さりますよう」

「御殿の湯も倦《あ》いた」

と言うと、急に光国は、馬からおりた。

いそいで供の者たちも、馬をおりて光国のまわりを囲んだ。

このころになると、道を通行していた者も、水戸光国と知って土下座をするし、清左衛門の湯から店の者たちが出て来て、道の上に両膝をついた。

「ここの湯に入ろう」

と光国は、清左衛門の店へ顎《あご》をしゃくった。

「なりませぬ」

角右衛門が、低い、きびしい声で、

「ここは庶民の入りまする湯にて」

「それだから、入ろうと申すのだ」

奴《やっこ》に馬の轡《くつわ》を取らせ、光国は、ひとりでずんずんと清左衛門の店先へ入って行った。

「湯へ入りたい」

光国は、自分でそう言った。

薄暗い帳場から、ここのあるじの清左衛門であろう、六十年配の男が飛び出して来ると、土間に土下座をした。

「おそれ入りまする。ここは」

「わかっておる。湯へ入ればそれでよいのだ」

「は、はい」

清左衛門は、見る間に顔色を変えて、

「では、ただいま、風呂より客を出しまするゆえ」

「ならぬ」

さっさと上《あが》り框《がまち》に腰をおろし、寒河江《さがえ》大八に草鞋《わらじ》の紐を解かせながら、叱《しか》りつけるように光国は言った。

「わしのために、風呂場をあけよ、と申すのではない。ほかの客と共に入ろう」

「そ、それでも」

おろおろと清左衛門が何か言いかけるのもかまわずに、光国は、

「そのほうたちも入れ」

家来たちに命じた。

この日、供をしていたのは、奴《やっこ》をのぞいて五人であった。

草鞋を脱ぎ、店先へあがった光国を見ると、小野角右衛門も、覚悟をしたらしい。

「お言葉のごとく致すよう」

ほかの者たちへ言って、清左衛門を見おろした。

「風呂場へ、ご案内を」

「は、はい」

急には立ちあがれないと見え、両手を泳がせながら、ようやく清左衛門は、上がり框《かまち》の柱につかまった。

この清左衛門の湯は、家の裏手の梯子段《はしごだん》を三十段ほど下りて行くと、崖《がけ》に面して別棟になっている。

光国たちが、その風呂場の脱衣場へ入って行ったとき、先に女中たちが知らせたのであろう、男女の浴客が、あわてて風呂場から飛び出して来るところであった。

「出ずともよい、と申してある」

視線を逸《そ》らしながら、光国は、機嫌の悪い声で言った。

「そなたたちも、共に入れ」

ぴいんと響く声なので、男女の浴客たちは、片隅のほうに身を縮めた。

さっさと下帯一つの裸になると、光国は、

「遠慮をするな。そのほうたちも参れ」

叱りつけるように家来五人へ言って、風呂場へ入って行った。

だが、手拭を持つわけではない。いつも身体は小姓たちが流してくれるので、光国は、御殿の風呂場と同じように振舞った。

しかし、ほかの浴客たちは、さすがに水戸家の世子と同じ風呂に入るのはこわいと見え、あわてて着物を着ると、こそこそ逃げ出して行った。

御殿の風呂場と違って、まわりは粗末な板で囲んであるだけだし、洗い場の板の間も、ところどころが腐っている。

家来のうち、小野角右衛門と山野辺弥八郎が、裸になって入って来たが、小姓たちは、脱衣場で待っていた。

その中の寒河江《さがえ》大八は、いそいで手拭を借りに行ったし、富田藤太郎は、外へ飛び出すと、御殿のほうへ走って行った。

新しい下帯を、持って来るためであった。

手拭は届いたが、ここの浴客が使ったあとを、洗って乾かしたものと見える。

袴《はかま》の股立《ももだち》をとり、風呂場へ入って来た寒河江大八は、その手拭で光国の身体を洗うのは、やはりためらう気持になった。

「かまわぬ、それを使え」

と命じてから、光国は、憂鬱《ゆううつ》そうに小野角右衛門たちへ言った。

「やはり江戸のように、気楽には参らぬな」

「はあ」

角右衛門は、しぶい顔つきをしていた。

その夜、夕食がすんだころ、光国は、父の頼房に呼ばれた。

熱海へ来てからも、光国は毎夜、酒をのんでいたが、顔が赤くなるということもないし、酔った様子も家来たちには見せない。

だんだんと光国の酒量があがって行くのが、はっきりと家来たちにもわかる。

「お召しにござりますか」

頼房の居間へ入って、光国は、両手をついた。

江戸から連れて来た家老の山野辺右衛門大夫と、光国の守役の小野角右衛門が、横のほうに控えている。

自分の素行について、父とふたりの家来のあいだで話があったのだな、と光国は感じた。

角右衛門の敷いてくれた褥《しとね》の上に坐り、光国は、父と向かい合った。

「ほかの湯へ参ったそうな」

やわらかい口調で、頼房は訊いた。

予期していたことなので、光国は、まっすぐに父を見たまま、一礼した。

「はい」

「好き勝手な振舞い、家来たちは無論のこと、ところの者たちにも迷惑をかくる、と承知の上だの」

静かな声だが、珍しく父が怒っている、と光国は察しがついた。

「承知の上でござります」

「庶民の暮らしを見たいと思うこと、結構。さりながら、庶民の暮らしの中へ押し入ってまで、迷惑をかくること、いかがあろうかな」

「それが悲しゅうござります」

「なに」

はじめて頼房は、こわい眼をした。

だが、光国は、脅《おび》えた様子は少しもない。

「大名に生まれたりとて、われら尋常の人間と少しも変わりはありませぬ。たとえば本日、清左衛門の湯というのへ入りましたるとき、ほかの浴客たち、わたくしを普通に扱うてくれればよいと存じましたが、そうはしてくれませぬ」

「わやくを申すな」

「わやくではございませぬ」

「そなた、わが身を忘れておる」

「大名の家を継ぐ身、ということでございますか」

「庶民の暮らしの中へ入ろうとしても、大名は、そうはならぬ。また、そうしてはならぬものだ」

「なぜでございます」

「大名は、一国を統《す》べる者」

「わかっておりまする」

「庶民の暮らしを知るのはよいが、その暮らしの中へ入っては、家来たちはもちろん、一国を治めて行くことはならぬものぞ」

「しかし」

「万事を心得て、そなたが我儘《わがまま》に振舞うこと、父にもようわかっている。さりながら、物事には分《ぶん》というものがある。その分を忘れな」

「はい」

「身をおさめ、家をととのえてこそ、家来たちもついて参る。大将の良し悪しは、その家来たちの口より出ずるもの、とわしが、いつぞや申したこと、おぼえておるか」

「おぼえておりまする」

「ならば、もはや小言は申すまい。戻って臥《やす》め」

と頼房は、もとのおだやかな眼つきに返っていた。

「お休みなされませ」

父へ一礼してから、ちらりと光国が見ると、小野角右衛門はうつむき、涙ぐんでいる様子であった。

自分の居間へ帰ってから、光国は、なかなか臥所《ふしど》へ入ろうとはせず、書見をはじめたが、すぐに書物を横へ置いてしまって、じっと考え込んでいた。

「もはや御寝《ぎょし》遊ばされませぬと」

そっと寒河江大八が言うと、光国は、

「大八」

と呼んだ。

「わしは、水戸家のあとを継がぬほうがよいのではないかな」

「なぜ、さようなことを仰せられまする」

「右手に盃を持ち、左手に書物を広げて読む、という毎日に、わしは徹してみようと思うているが、家来たちには、それが気になるらしい。お父上よりも、本日はお小言を受けた」

「はあ」

家来としては立ち入るべき話ではないので、大八は黙っていた。

「いや」

急に、光国は笑い出した。

「徹《てつ》し方が足りぬのかもしれぬ」

それから、ひとり言のように、光国は、つけ加えた。

「もっと徹してみよう。右手に盃、左手に書物、という生き方に。その後に、何か得るものがあるやも知れぬ」

熱海へ湯治に来てから、頼房は、だんだん壮健な身体に戻って行った。やはり、湯の効《きき》目《め》と、澄んだ大気が、身体によいようであった。

台所役人もついて来ているし、小石川御殿ほど面倒な毒見《どくみ》も要らないし、江戸とは比べものにならぬほど新鮮な魚や野菜が運ばれてくるので、頼房も食欲が進んだ。

湯治ゆえ物事を大袈裟《おおげさ》にせぬよう、と頼房から注意のあったためもあるが、台所役人たちも、なるべく毒味などを簡単にして、魚や野菜の鮮度の落ちぬうちに、頼房や光国に供するように心を配っていた。

真鶴《まなづる》の漁師たちが、網にかかった鰤《ぶり》をすぐに御殿へ届けて来たときなど、頼房は、たいそうよろこんで、その鰤を縁側へ運ばせ、光国とふたりでならんで見た。

もちろん、漁師たちは、頼房に目通りすることなどは叶《かな》わぬが、頼房は家来に言いつけ、真鶴村の名主へ金を与えた。

それを聞くと、真鶴と反対側の南にある網代《あじろ》村の漁師たちも、熱海の将軍家の御殿にいる頼房父子のところへ、新しい魚を届けるようになった。

「ご金子《きんす》などお下げ渡しのこと、固くご辞退を申し上げまする。水戸様、網代へ近き熱海にご滞在のこと、村方一統、まことにうれしく存じておりまするので」

と、網代村の名主は言上した。

それまでにも、光国が供を従え、馬で網代の浜へ来るのを、三度ほど、村の者たちは見ているからであった。

熱海から網代へは、舟でなら造作もないが、馬で行くのは容易ではない。細い道が、断崖の上を伝わり、あるいは山峡を縫い、馬では難しい道なのだが、かえって光国は、そういう道の騎乗を好んだ。

守役たちが心配すると、光国は笑って、

「わしの馬術を、ただの大名の息子ほどに、世辞を言われながら馬場の中を歩き廻っているのと同様に、見ているのではあるまいな」

自信の溢れた顔つきで言った。

事実、光国の馬術というのは、すでに守役や近習たちも及ばぬほどに上達しているし、細く険しい道を馬で進むのは、ことに光国の好むところだし、こういう馬術の鍛練《たんれん》は、江戸では出来ぬことであった。

「先日は新しい魚を忝《かたじけな》い」

網代村へ行ったとき、出迎えた名主へ、直《じか》に光国は馬上から礼を言った。

「おそれ入ったことにござります」

浜で網を曳《ひ》いていた漁師たちが、光国の馬のまわりに駆け集まり、土下座をする中で、名主は、山野辺弥八郎へ答えた。

「直答《じきとう》を許す」

面倒なことは嫌いだし、自分でも気らくでいたい光国は、名主へそう言った。

このころの網代《あじろ》村は、熱海が三島の代官の支配を受けているのと違って、韮山《にらやま》代官所に属している。

徳川期に入ってから、網代は、ことに漁港として発達し、棒受網《ぼううけあみ》を設備して、さかんに魚をとっていた。

「汚ないところでござりますが、粗茶一つ差し上げたいと存じまするゆえ」

名主の藤左衛門《とうざえもん》というのが勧《すす》めるので、家来たちは引きとめようとしたが、光国は、気軽に名主の家へ立ち寄った。

藤左衛門は網元も兼ねているし、家の裏手は浜に向かっていた。

魚くさい古びた家だが、光国は、上がり框《かまち》に腰をおろし、壁にかけてあるさまざまな網を眺めて、藤左衛門に説明をさせた。

そのうちに、藤左衛門は、小野角右衛門や山野辺弥八郎を通して、初島《はつしま》のことを話しはじめた。

鰤《ぶり》

初島《はつしま》というのは、熱海《あたみ》から海上三里のところに見える小島で、光国の滞在している御殿からもよく見える。

古歌にも、沖の小島と出ている島で、住んでいる者たちは、三十戸に足らず、みな漁業を仕事にしている。

以前から初島は、丸木船八艘以外の建造を許されず、公用などすべて網代村から申し送っているので、いわば初島は網代村に属している形であった。

ところが、この秋ごろから、初島では網代村に無断で棒受網《ぼううけあみ》を設け、押送《おしおく》り船（櫓を押して進める船）を造って、魚を熱海や伊東あたりまで売りに出すようになった。

それは、初島の近海を漁場としていた網代にとっては打撃であり、韮山《にらやま》代官所へ訴え出たが、初島のほうでも自分たち島の死活問題だというので、容易に網代側の言い分を聞こうとはしない。

韮山の代官は、徳川家御料地の見廻りぐらいが仕事であり、三島代官の下に属しているので、問題は三島代官所まで移っているが、まだとかくの返事はないという。

名主の藤左衛門が、家来たちに世間話をするようにして、それとなく初島の話をしたのは、その問題なのであった。

だが光国は、一切耳に入れないふうで、浜のほうを眺めていた。

「厄介《やっかい》になった」

と言って光国が、家を出て行こうとするとき、藤左衛門は、土間に両膝をついて、

「何とぞ、ただいまのこと、中将様のお力を以て、三島の伊豆代官様へ」

「これ」

小野角右衛門が叱りつけた。

「そのようなこと、お願い申すべき筋合ではない」

「しかしながら、一村の」

言いかける藤左衛門へ、光国は、寒河江《さがえ》大八の曳いて来た馬へ乗りながら、声をかけた。

「初島の近くで漁《りょう》をせねば、この村、立ち行かぬのか」

「さようではござりませぬが、もともと初島は、この網代の出島《でじま》のようなものでござりまして」

「それが心得違いではないかな」

鞍《くら》に身を乗せた光国は、やわらかい口調で言った。

「初島のまわりにのみ魚がいる、とは限っておるまい。海は広い。もそっと大きな量見を持て。それでのうては、漁は出来ぬのではないか」

そのまま光国は、馬を進めた。

熱海へ帰ってからも、光国は、網代村の名主から頼まれたことを、父にも家来にも話さなかった。

「事は小なりといえども、天下ご政道の表向きにかかわることだからな。松平豆州《ずしゅう》に向かって、路上にて行き倒れたる老婆のことを談じたのとは異なる」

と光国は、守役たちに言った。

それは自然に、頼房《よりふさ》や家老の山野辺右衛門大夫たちの耳へ入った。

「公私《こうし》を、はきと弁《わきま》えておわしまする」

頼房に向かって光国のことを、山野辺右衛門大夫は賞《ほ》めたが、頼房は笑ったきり、何も言わなかった。

先夜、光国に向かって小言をいった効目《ききめ》が出た、とは頼房には思えない。

まだ十七歳の今から、何もかもよく弁《わきま》えて振舞っているわが子の行状を見聞きすると、なまじな小言など無用、と頼房も思った。その一方で、いまのまま野放しにしておいては、二十歳をすぎるころからどういう人物になるのか、と善悪双方の臆測《おくそく》をしてみた。

すぐれて立派な大名になってくれればよいが、その反対になることも考えられ、頼房は、わが子ながら、ちょっと手のつけられぬ感じがした。

頼房と光国の父子が、熱海から江戸へ帰って来たのは、将軍に暇を貰った通り、ちょうど一ヶ月目の十一月中旬であった。

秋の江戸の風は、すでに肌に冷たく、暖かい伊豆の熱海とは比べものにならない。上屋敷へ帰って、家老の中山備前守をはじめ家来たちから祝いの言葉を受けたあと、頼房は、光国を連れて奥御殿へ入った。

お久の方にも、頼房の血色がよくなって、疲労の除《と》れたのがはっきりわかった。

頼房は、お久の方と対面したあと、お俊の方、お七の方など、ほかの側室たちとも会い、頼元《よりもと》をはじめ公子たちや姫たちにも土産物《みやげもの》を与えた。

あくる日、頼房は、光国を同道して登営し、家光に謁見《えっけん》して、暇をもらったことと、熱海の御殿を借りた礼を述べた。

「陽に灼《や》けられたな」

家光は、光国の顔を見て笑った。

「江戸と違《ちご》うて、熱海などでは、思うように暴れることも叶《かな》わなんだであろう」

「いいえ、存分に暴れて参りました」

はっきりと、光国はいった。

「これは、まだ父上にも申し上げてありませぬが、上様へ対し奉り、わたくしよりのお土産がござりまする」

「ほう」

家光は、面白そうな顔をした。

そばには老中たちも列坐していることだし、網代と初島の紛争の一件を光国が持ち出すのではないか、と思い、頼房は、ひやりとした。

だが、光国の言ったのは、そうではなかった。

「真鶴《まなづる》の漁師たちより届けくれましたる鰤《ぶり》、たいそう美味でござりました。鰤は、ことに寒中《かんちゅう》が美味と申しまする。依って、今年より毎年、寒鰤を舟に乗せ、上様へ献上のこと、お許し願いとう存じまする」

真鶴の漁師たちと、そういう約束までしたとは、頼房も初耳だけに、

「上様へ献上のことは、順序がある」

そばから光国をたしなめたが、家光は、手をあげて制した。

「いやいや、余人ではない。順序は問うまい。中将どのの土産、よろこんで受け取ろう」

「有難う存じまする」

光国は、礼を言った。

その寛永二十一年が改元され、正保《しょうほう》元年となった十二月十六日ごろ、真鶴から押送り船が、寒鰤《かんぶり》を積んで、大川に近い水戸家の蔵屋敷の水門へ入って来た。

すぐその中から、将軍家光へ献上の鰤が選ばれ、光国は、自分で荷について登営した。

真鶴から昼夜兼行で漕《こ》いで来た押送り船の鰤だけに、新鮮で、家光をよろこばせた。

ほかの鰤は、尾張家、紀伊家へも贈られたし、頼房や光国の膳《ぜん》にものせられた。

それから、真鶴の寒鰤が毎年、将軍と御三家へ献上のため、押送り船で運ばれる、という慣習になった。

正保二（一六四五）年、光国は十八歳になったが、やはり市中出歩きの癖はやまず、かえって激しさを加えて来た。

だが、それが一時やむときが来た。

光国の侍女の於常《おつね》が、風邪が因《もと》で寝込むようになり、父親の馬廻役牧野弥左衛門の組屋敷へ戻ったからであった。

もちろん、光国の言いつけで、典医《てんい》たちが於常の診断に当たったが、二月ごろになると、於常の病気は労咳《ろうがい》、とわかった。

そうなってみれば、全く病が回復するまで、於常が光国の身辺に仕える、ということは出来なくなる。

「たしかだな」

なんべんも光国は、典医たちに念を押した。

典医の中でも、ことに名医といわれている辻部了斎《つじべりようさい》が、そっと小ごうの局《つぼね》へ言った。

「於常どのは、もはやご本復は叶うまい、と存ずるが」

「若君様へは申し上げぬよう、お気をつけ下さい」

小ごうは、暗い顔つきで念を押した。

於常が死ぬようなことがあったら、光国はどうなる、と考えると、さすがに気丈な小ごうも、途方に暮れた心地になった。

紀伊家の松姫は、いわば光国にとって初恋の女性だが、光国は、於常から初めて女を知ったのであった。

その於常が宿下《やどさが》りをしてから、また毎夜の光国の酒量が、ぐんぐん上がっているように思われる。

光国自身は口に出さないが、於常が再起不能、と知っているのではないか、と思われる節がある。

それまで一度も屋敷をあけたことのない光国が、こんどはときどき外泊をして来るようになった。

泊まる場所は、吉原だったり、たちのよくない比丘尼宿《びくにやど》だったりする。

そういうとき、必ず三左衛門が供をしていたが、朝になって屋敷へ帰って来ると、三左衛門は、昨夜の光国の行状を家老の中山備前守へ報告したあとで、ひどく叱りつけられた。

「お身に万一のことがあったらなんとするぞ。三左衛門が腹三つ切ったとて、追いつくことではない」

「申し訳ござりませぬ」

三左衛門のうち、年長の伊東太左衛門などは、平伏したままで、

「なんとご意見申し上げても、若君様にはお聞き入れなされませぬ。その代わり、若君様お目ざめまでは、われら三人とも刀を引きつけ、一睡も致さぬよう心がけておりまする」

それは三左衛門から聞かなくとも、光国の朝帰りのたび、三人の瞼《まぶた》が腫《は》れ、眼が赤くなっているのを見て、中山備前守にもよくわかる。

といって、於常が宿下りをしているとき、光国へ意見をしても頭から言うことは聞くまい、と備前守も考えていた。

このころが光国としては、最も素行の納まらぬ時期であった。

頭を青く剃《そ》った女たちが、頭巾をかぶり、青い腰衣《ごろも》で、白粉《おしろい》や紅をつけて色をひさぐ比丘尼宿《びくにやど》へ光国を連れて行ったのは、水野出雲守をはじめ旗本たちだが、このごろは出雲守も、光国には一目《いちもく》おくようになった。

酒は強いし、いくら飲んでも酔うことのない光国は、乱れたところを人に見せたことがない。

毎日の学問や武術の稽古《けいこ》は、少しも怠《なま》けることがないし、柳生道場へ行っても、対手《あいて》に廻る者が御三家の嫡子《ちやくし》と思って遠慮をしていると、したたかに打ち込まれた。

「抜けていて放埒《ほうらつ》をなさるのなら、われらも気が楽だが、そうではない」

ときどき水野出雲守は、仲間の旗本たちに言った。

「沙汰《さた》の限りのような振舞いをなされても、いささかも抜けておわすところがない。こわいな」

しかし、乱暴者の旗本たちの中には、光国は、たいへん評判がいい。

市中出歩きをするお蔭で、光国は、江戸の地理にくわしくなった。遊び場所や盛り場はべつとして、江戸の庶民がどういう暮らしをしているか、光国は、父の頼房に話をすることがある。

「さような場所へお近づきなされ候ては」

守役の小野角右衛門が、四角になって意見をしようとすると、頼房は、眼顔《めがお》で制した。

「叱ってよいものか、悪いものか」

あとになって頼房は、苦笑いをしながら備前守へ言った。

「昨日もな、お長め、お城で老中たちを対手に、江戸の庶民の暮らしに幕府の重臣たちの眼が届いておらぬ、と説いていた。たまには夜歩きをなされ、と言われて、松平豆州《ずしゅう》などど返答に困っておった」

二月に入った晩であった。

光国は三左衛門を連れ、山田宗順の見世《みせ》で遊んでいたが、不意に、

「帰る」

と言って、立ちあがった。

そのときは三左衛門も、何か光国の気に障ったことがあったのか、と思ったが、あとになって考え合わせると、於常の病について、いわゆる虫の知らせというのが、光国にあったのであろう。

頭巾をかぶり、光国が吉原の大門を出ようとすると、人だかりがし、罵《のの》り声が聞こえた。

「喧嘩《けんか》だな」

頭巾の中で、光国はつぶやいた。

職人風の若い男が、威勢よく諸肌《もろはだ》を脱ぎ、五、六人の地廻《じまわ》りらしい男たちに囲まれている。

「さあ、かかって来い。お前たちが江戸の人間だとて、それがどうなのだ。おれも水戸の人間。江戸の奴らに負けてはいねえ」

職人は、啖呵《たんか》を切っている。

頭巾の中から光国は、三左衛門たちを振り返った。

「水戸の人間だと申しておる。助勢をしてつかわせ」

「しかし」

「国の者が、あのように大ぜいを対手に喧嘩をしようとしているのだ。味方をしてやらぬでは、われらの男がすたる」

「そのような言葉をお使いなされては、小野角右衛門どのが」

「意見など、今の場合、どうでもよい。助勢してやれ。さもなくば、わしが出ようか」

光国にそう言われて、伊東太左衛門、茅根《ちのね》伊左衛門、五百城《いおき》六左衛門の三人は、顔を見合わせた。

頭巾をかぶっていても、この盛り場の吉原の大門外では、光国が暴れたら、すぐにその正体は庶民たちに知られてしまうに決まっている。

それよりも自分たちで始末がつくのなら、と三左衛門は同時に考えた。

見ているあいだに、水戸の者だと名乗った職人風の諸肌ぬぎの男は、威勢よく地廻りたちと喧嘩をはじめた。

しかし、対手《あいて》は六人だし、水戸の男は酔っているので、すぐに蹴《け》倒され、袋だたきに会いそうになった。

「よせ、よせ」

伊東太左衛門は、うしろから割って入ると、地廻りのふたりほどを、腕をつかんで叩き伏せ、ふくら脛《はぎ》を蹴って倒した。

柔術に長じている太左衛門だけに、他愛なくふたりとも引っくり返って、すぐには起きあがれそうもない。

「やあ、侍が腕《うで》貸《が》ししやがるのか」

こういうところの地廻りだけに、対手の見境もないし、怪我《けが》をしたら膏薬代《こうやくだい》をせしめられる、ぐらいに考えたのであろう。

「何をしやがる」

あとの者たちは、水戸の男というのをほうり出して、太左衛門に殴《なぐ》りかかった。

だが、その両側から伊左衛門と六左衛門が進み出ると、あざやかな動き方をした。

地廻りのひとりは、伊左衛門が逆に返した扇子で、眉間《みけん》を突かれ、眼をまわして引っくり返るし、あとのひとりは、腰の骨を蹴られて、のめって行った。

ほかのふたりも、六左衛門に地面へたたきつけられ、もうひとりは横面を殴りつけられて、そこへうずくまってしまった。

「それ、逃げろ」

六左衛門は、地面へ引っくり返っている水戸の男というのを、軽々とつまみあげると、

「喧嘩に勝ったるときは、逃げるが第一でござります」

と、光国にささやいた。

頭巾の中でうなずいて、光国は走り出した。

三左衛門は、水戸の男を引きずるようにして、あとに続いた。

大ぜい集まって見ていた弥次馬《やじうま》たちには、あっという間にすんだ喧嘩であった。

地廻りのうちの二、三人が息を吹き返したころ、光国主従は、水戸の男というのを連れて、もう三町ほどの先の河岸《かし》まで逃げていた。

「あ、有難う存じます」

ようやく二月の夜気が肌に応《こた》え、酔も覚めて寒くなって来たのであろう。職人風の男は、いそいで諸肌を入れ、道に坐ってしまうと、

「どこのお武家様かは存じませんが、おかげで助かりました」

「これに懲《こ》りて、この後は喧嘩をするな」

叱りつけて太左衛門は、光国に続いて立ち去ろうとした。

「あ、もし」

その男は、なんべんもお辞儀をしながら、

「せめて、お武家様のお名前なりと伺いとう存じます」

「どうする」

「わたくしは読み書きは出来ませんが、誰かに書いてもらって、神棚に貼《は》りつけ、毎朝それを拝みます」

「拝まれてはたまらぬ」

と伊左衛門は、笑いながら、

「そのほう、水戸の者だと言うていたな」

「へい、さようで」

「水戸のどこだ」

「ご城下の荒町《あらまち》の生まれでございます」

「よしよし」

うなずいて伊左衛門は、二間ほど先を行く光国の姿を眼で追いながら、

「あのお方様のおん名を聞いたら、そのほう、即座に気を失うこと必定《ひつじょう》だ」

「へえっ」

わけがわからず、ぼんやりしている男を残して、三左衛門は光国のあとを追った。

まだ冷たい地面に坐ったままでいるその男は、びっくりしたに違いない。

光国の蔭供《かげとも》の人数が、三人一組ずつ一定の距離を保って七組、その男には眼もくれず、

すっすっと歩いて行ったのを見たからであった。

於《お》常《つね》の死

小石川の屋敷へ帰ってから、光国は上機嫌であった。

守役や近習《きんじゆう》、それに小ごうなどを集めて、喧嘩の助勢のことを、酒をのみながら光国は話した。

「あまりよろしきこととは存じませぬ」

と言ってから、小野角右衛門が、三左衛門の顔をひとりずつ睨《にら》みつけて、

「おぬしたち、お側におつき申しながら」

「いつものことゆえ、さよう申すな」

と、光国は取りなしてやった。

「水戸の者と申したのが聞こえたゆえ、助勢をしてやったのだ。それでのうて、無法な喧嘩は買わぬ」

だが、守役や近習たちも、このごろの光国が、かえって無法な喧嘩を好むのを知っている。

朱塗りの盃《さかずき》に二杯ほど酒をのんでから、不意に光国は、小ごうに訊《き》いた。

「常《つね》の容態につき、牧野弥左衛門のところより何か申して来なんだか」

それは、さっき吉原に遊んでいたとき、ふっと光国の気になったことであった。

虫が知らす、というのか、落着いて酒をのんでいる気になれず、光国は、屋敷へ帰る気になった。

「はあ」

小ごうは、両手をつかえて、

「何事も申しては参りませぬ」

「訊《たず》ねて参れ」

すぐに、光国は言いつけた。

寒河江《さがえ》大八が、光国の命を受け、馬廻役の牧野弥左衛門の組屋敷へ、於常の容態を訊ねに行った。

寝間へ入る時刻になり、光国が白い寝間着に着替えているところへ、大八が帰って来た。

「どうであった」

「はあ」

敷居の中へ入ったまま、眼を伏せて大八は、すぐには答えずにいる。

「どうであったのだ」

「於常どのは」

震える声で、大八は言った。

「明日一杯、保《も》つかいかがか、という医師の言葉だそうにござります」

光国は、黙って立っていた。

夜具の裾《すそ》のほうから、小ごうは、光国の顔を見あげた。

少しずつ、光国の表情が変わりはじめている。

色の白い顔に、横から灯明かりを受けているが、その灯明かりが、すうっと薄らいだように、小ごうの眼には映った。

光国の顔から、次第に、血の色が引いて行ったのであった。

「ご典医も牧野どのお住居へ参るよう、すぐさま手配を致しましたが」

大八の低く言った言葉も、光国の耳へは入らないように見える。

唇《くちびる》をかみ、しばらく無言でいた光国は、

「小ごう」

やがて、掠《かす》れたような声で呼んだ。

「はい」

「見舞に参ってもよいか」

「その儀は」

小ごうは、必死になった。

いくら寵愛《ちようあい》している於常でも、夜中、あるじの光国が牧野弥左衛門の屋敷へ行くようなことがあれば、家臣に対して示しがつかなくなる、と小ごうは判断した。

「なりませぬ」

「ならぬか」

怒っている声ではなく、光国は、沈んだ調子で言った。自分でも、行ってはならぬ、とよくわかっているからであろう。

「はい」

小ごうは、涙があふれそうになるのを耐えながら、

「ご名代《みようだい》として、わたくしが、これより参りまする」

「うむ」

光国は、眼を伏せた。

「そうしてくれ」

「では」

光国のほうへ会釈《えしやく》をして、小ごうは、裲襠《かいどり》の裾をさばいて立ちあがった。

「小ごう」

出て行きかける小ごうへ、光国は声をかけた。

「ついていてやってくれ」

「心得ました」

小ごうの声も、泣きそうになっている。

やがて光国は、黙って臥所《ふしど》へ入った。

あくる朝、光国が起き出たころ、牧野弥左衛門のところから、守役を通して光国へお礼参上のことがあった。

「ご典医のほか、小ごうの局《つぼね》様までお差し向け下され、忝《かたじけの》うござる。於常《おつね》こと、夜中はいささか咳《せき》こみましたなれど、今朝はよく臥《やす》んでおりまする」

という、牧野弥左衛門が自分で、表御殿の取次へ来ての口上であった。

その日、光国は、小金井へ出かけることもなく、日課の学問と武術を平常通りに励んだ。於常の容態のことを口に出して訊《き》くでもなく、いつもと同じ顔色なのが、かえって側近の者たちの気を揉《も》ませた。

さすがに市中出歩きをする気にもなれないらしく、庭へ出て弓を引いてから、光国は風呂へ入り、夕方になって自分の居間へ入った。

心配をして守役や近習たちも、残らず光国の周囲に集まっていた。

「昨夜、助けてやった町人でございますが」

と五百城《いおき》六左衛門が、光国の気を引き立たせようというつもりなのであろう、陽気な調子で、

「あとになってより、自分を助けてくれたるが何びとか、わかったようでございます。かの者は神田に住居いたす八百屋《やおや》だそうにございますが、今朝、吉原へ参って、それとなくたしかめたのでございましょう。最前、切手御門へ参り、昨夜はご当家若君様にお助け頂

き、いのちある限りご恩のほど忘れませぬ、と申し、門番へ新しき野菜を托《たく》しましたそうな。若君様へ差しあげて下さるよう、とのことにて、門番よりわたくしのほうへ問い合わせがございましたゆえ、納めてやれ、と申しつかわしました」

「それでは」

と、伊東太左衛門が笑いながら、

「あの男の申したるごとく、今日より若君様のおん名を記し、神棚に上げて拝むかもしれぬな」

「そうやも知れませぬ」

茅根《ちのね》伊左衛門も笑ったが、光国は、にこりともしなかった。

やはり於常の容態のことが、気になっているのであろう。

その晩、夕食のときに飲む酒も、光国は、いつもほど過ごさなかった。

ちょうど夕食が終わろうとしているころ、小ごうが、黙って光国や家来たちのいる部屋へ入って来た。

ゆうべから一睡もしていないらしい。小ごうの瞼《まぶた》は腫《は》れて、眼が赤くなっている。

泣いたあとがあった。

その小ごうの表情を見ただけで、光国は、すぐにわかったらしい。

「駄目であったか」

光国のほうから、先に訊《き》いた。

「はい」

両手をつかえ、小ごうは顔を伏せると、泣くのを耐えながら言った。

「ただいま、於常どのは」

「そうか」

光国は、うなずいた。

一様《いちよう》に家来たちは、光国の顔を見たが、もう覚悟をしていたのであろう、おどろきも悲しみも、光国の顔には見えず、静かであった。

「最後のさまは」

光国に訊かれて、はじめて小ごうは泣声を立てたが、すぐに我を取り戻し、いつもの声になった。

「いよいよという時まで、於常どのは取り乱さず、若君様へご奉公叶《かな》わぬのが心残り、とわたくしへ申されました」

「うむ」

そっと光国は、眼を閉じた。

「苦しんだ様子か」

「いえ、安らかに眼を閉じたるままでござりました」

「そうか」

何度も光国は、うなずいた。

家来たちはうなだれ、誰も、物を言う者もいなかった。

しばらくして、光国は、

「角右衛門」

と、守役の小野角右衛門を呼んだ。

「はっ」

「わしの名代として、牧野弥左衛門が許《もと》へ参ってくれ」

「かしこまりました」

「光国も心残りに存じている、と申せ」

「心得ました」

光国の顔を見上げられず、顔を伏せて小野角右衛門は答えた。

その夜、光国は、おそくまで起きていた。

いくら自分が寵愛《ちようあい》した侍女とはいえ、そのために通夜《つや》をするということは出来ないが、光国としては、せめて於常《おつね》の思い出に浸《ひた》りたかったのであろう。

守役や近習、それに小ごうたちも加わって、光国を中心に、生前の於常の話が、いろいろと出た。

光国が初めて愛情を感じた於常が、果敢《はか》なく死んだあと、どう光国が変わるか、その心配は側近の者たちに共通したものであった。

やがて、小野角右衛門が帰って来て、牧野弥左衛門一家は、みな光国の情を感謝している、と報告をした。

それへ光国は、ただうなずいて見せた。

あくる日、於常の葬儀が牧野弥左衛門の屋敷で行われたが、光国の名代として、小ごうの局が席に連《つら》なった。

いくら自分の寵愛した侍女の葬儀でも、侍をやっては公式になる、公私を混同してはいけない、と光国は考えたからであった。

於常が死んでから、初七日のすむまで、光国は、屋敷の中でおとなしくしていた。

もちろん、於常の喪《も》に服する、というような態度は人に見せず、学問や武術の稽古も、平常通りに励んだ。

だが、夜になると、経机の前に於常の戒名《かいみょう》を書いた位牌《いはい》を乗せ、光国は、数珠《じゅず》を手にしばらく瞑目《めいもく》をしていた。

「この後の若君様のお変わり方がこわい」

と三左衛門たちは、そっと話し合うことがあった。

だが光国は、側近の者たちにも、変わった様子を見せることもなかった。

於常の位牌を拝むとき以外は、於常の死を忘れてしまっているように見える。

それが、於常を失った悲しみを懸命に忘れようとしているのだ、と側近の家来たちにはよくわかる。

於常が死んで十日ほど過ぎたころ、家老の中山備前守が光国のところへ伺候《しこう》した。

それは、頼房《よりふさ》の命を受けたからであった。

わが子の寵愛していた侍女が病死したことは、頼房の耳へも聞こえている。それが光国にどんな影響を与えるか、わが子には初めてのことだけに、頼房は、なおのこと心配していた。

「しばらくお屋敷をお出ましになりませぬが」

と備前守は、光国の前へ進んで、

「お上《かみ》にも、ご案じなされておわしまする。やはり以前のように、小金井へ鷹狩《たかがり》にお出でなされ候《そうろう》ては」

「わしも、そう思うていた」

と、光国も言って、

「父上に、ご心配を相かけ申しわけがない。明日は、小金井へ参ろう」

備前守へ伝えた。

あくる日は、頼房も登営しなくてもいい日なので、わが子と一緒に小金井へ鷹狩に行く、と言い出した。

久しぶりに頼房と光国は、父子そろって鷹狩へ行くわけであった。

中山備前守の手配で、いつもより行列の人数も増やされ、派手な供廻りになった。もちろん光国の気持を引き立てよう、という頼房と備前守の計らいであろう。

中山備前守自身も、その日は鷹狩の供に加わった。

朝から晴れた日で、ぴいんと紺一色の春の空は、雲一つとどめていない。

頼房と光国は、それぞれ馬に乗って、小石川の屋敷を出た。

わざと、わが子と馬をならべながら、頼房は、ときどき光国の横顔を見た。

やはり光国の顔色がすぐれていない、と頼房にもわかる。

しかし、於常のことは、これまで頼房は一言も口に出したことがないだけに、今になって月並な言葉で光国を慰めてやろう、とは思わなかった。

はじめて知った女を失ったあとで、わが子がどう変わるか、それを頼房は見とどけてやりたい、と考えている。

於常の四十九日が過ぎていないのに、鷹狩という殺生《せっしょう》を行わせて、光国がそれに挫《くじ》けるようではならぬ、と頼房は思っていた。

光国もまた、そんなことを気にしていないふうに見える。

父子は、馬をならべ、供の者たちを従えて、江戸を出ると、次第に馬の足を早めながら、小金井の野へ向かって行った。

酒盃

はじめて父の頼房の鷹狩の供をしたのは、この地であったためもあるが、光国は、小金井の風景をことに好んでいる。

三方は見はるかす限り武蔵野《むさしの》が続き、西南の方角には、箱根の連山を越して富士を望んだ。

ところどころに農家があり、森の中に古い寺があるだけで、空気も澄んでいる。この広い野を馬を駆けさせたり、あるいは鷹を放ったりしていると、光国は、江戸の町の中で暴れ歩いているときとは違って、のびのびとした快《こころよ》さを覚える。

しかし、今日はそうではなかった。

江戸小石川の上屋敷を出てから、この小金井の野へ来るまで、父の頼房は、絶えず自分と馬をならべ、軽い調子で市井《しせい》の話を訊《き》いたりしているかと思うと、ふっと漢書の中の一節を引いて質問をしたりする。

父が、於常の死を忘れさせようと努めてくれている、と光国にはわかることであった。

だが頼房は、於常のことを一言も口に出すわけでもなく、その死を悼《いた》むでもなかった。

父が自分を試しているのだな、と光国は察した。

はじめて知った女を失って、わが子がどんなに悲しんでいるか、それを父親の慈愛の心で見つめる一方、将来、水戸家を継ぐべき人物たる光国が、女ひとりのことで気持が挫《くじ》けるかどうか、きびしい眼で見守っているに違いない。

於常を失ったことは、光国には悲しいことであった。出来たら、江戸の盛り場へ飛び出し、刀を抜いて、めちゃめちゃに暴れてみたい気もするし、また、当分は居間に引き籠って、静かに於常の死を悼んでやりたい、という心地もする。

だが、父の頼房は、そのどちらもわが子にさせず、こうやって小金井の野へ放鷹《ほうよう》に連れ出している。

女々《めめ》しいところを父に見せてはならぬ、と光国は考えた。

於常の四十九日もすまぬのに殺生をしては、という気持もあったが、それよりも自分は今の悲しみに負けてはならぬ、と光国は馬上で覚悟を決めた。

だから光国は、いつもと同じ顔色で、平常と変わらぬ言葉つきで、馬をならべながら父親と話の受け応えをしているつもりだが、頼房には、やはり光国の顔のやつれが眼についた。

しかし、いたわってはならない。ただでさえ自分の手に負えぬわが子のことなのだから、こういうときは、わざときびしくしてやったほうがいい、と頼房は考えた。

小金井の野に着くと、もう先触《さきぶ》れが警戒に当たっていた。

っている。
頼房父子が揃っての鷹狩だけに、いつもより供の人数も多いし、家老の中山備前守も従
はじめ頼房は、光国と馬を並べ、野の中を駆けてはいたが、やがて馬をおりると、めい
めいの鷹匠の差し出す鷹を手にした。
この春のころの獲物は、雉《きじ》、鶉《うずら》、野鳩などであった。
頼房は、わが子の様子を見ていたが、光国は、愛用の鷹を拳《こぶし》に乗せ、落着いた眼で春
の空を仰ぎ、また草原の諸方を眺めていた。
寵愛《ちょうあい》していた女を失った、という悲しみはその眼にはないし、そのために殺生をして
はいけない、というようなためらいも、その顔にはなかった。
午《ひる》までに頼房父子は、それぞれの獲物を得て、小高い丘の上で昼食にした。
こういう日は頼房の注文で、昼の弁当は、野戦食ともいうべき粗末なものであった。
重箱は蒔絵《まきえ》の見事《みごと》なものだが、お菜《かず》は、煮〆《にしめ》に梅干しか入っていない。
家来たちが丘の草原に敷いた緋毛氈《ひもうせん》の上に、頼房《よりふさ》父子は、狩装束《かりしょうぞく》のまま腰をおろし、
弁当をひろげた。
風が、草の匂《にお》いを運んでくる。
丘の下には、供をして来た家来たちがめいめい組を作って、割籠《わりご》をひろげている。
中山備前守は、頼房父子から少しはなれたところに控えていた。
重箱の中の飯は、これも頼房の注文で、いつも麦の入った握り飯であった。

箸《はし》はついているが、頼房は、お菜の煮〆を指でつまんでうまそうに食べた。光国も、そうしていた。

風に乗って、馬の嘶《いなな》きが聞こえてくる。雲雀《ひばり》の声が、空を掠《かす》めた。

重箱の中の握り飯を二つ食べてから、頼房は、世間話のようにして、光国へ話しかけた。

「そなた、わしがこれまで、定まる妻を一度も持たなんだのは、なにゆえか、存じておろう」

「はい、うすうすは聞き及んでおりまする」

「わが父、東照宮様（徳川家康）とわが母の養珠院《ようじゆいん》様は、わしが末子《ばつし》であったゆえか、たいそう気ままに育てて下された。わしが幼少のころ、伏見城の天守閣へ父君や母君とともにのぼったとき、父上はたわむれに、かよう仰せられた。そのほう、この天守閣の上より地上まで飛びおりることが出来たら、なんなりと望むものを与える、とな。わしは父上へ、お答え申し上げた。それでは、ここより飛びおりてみますゆえ、わたくしに天下を下され、とな。それを聞いて父君も母君も、顔を見合わせ、このような子には、将来、妻になってくれる女子はおるまい、と仰せられた。その一言を、わしは長じてからも、忘れることはなかった。つまらぬ意地、とも申せよう。その意地を貫き通そうとして、わしは定まる妻というものを持たなんだ」

うなずいて光国は、黙って父の顔を見た。

頼房は、遠い野の末に眼をやりながら、わが子に話しかけている。

「そのためにさまざまにわずらわしいこともあったが、わしは、それに負けはせなんだ。これは男の勝手な言い分やもしれぬが、わしが大名であり、家来たちがうまくつくろうてくれたからであろう。だが、そなたは、わしの真似をせずともよい」

「はあ」

父の言葉づかいは柔かいし、わざと自分の顔を見ないで話してくれているので、光国も気が楽であった。

父の側室が、現在まで、世を去った人も数えて何人いたのか、はっきり光国は知らない。だが、側室同士の葛藤《かっとう》が何べんも起こったことは聞いているが、父は家来たちをわずらわせず、ほとんど自分ひとりで処置してきたようであった。

自分だとて、また兄の頼重《よりしげ》だとて、水子にされるべき運命にあったのだ、と光国は知っている。

「わしの存ぜぬうちに、そなたはおとなになった。そして、この父よりもはるかに、庶民の暮らしのことを存じている。わしが若いころ学ぼうとして果たさなんだ生きた学問をしてくれている、と思い、わしは心からよろこんでいる」

賞められているのだ、と光国は感じなかった。

しかし、父子ふたりきりで、こういうことを言われるのは、珍しいことであった。

「水戸の世嗣《よつぎ》が夜遊びすること、江戸市中でも評判だそうな。もちろん、悪く申す者もある。身分が身分なればこそ、勝手な振舞いしても世にはばからぬ、などと申してな。だが、気にせずともよい。喧嘩の二つや三つ、いつでも父が引き受けてやる」

「はい」

光国は答えた。

「喧嘩の後始末など、父上のお手はわずらわしませぬ」

「そういう意味ではない」

はじめて頼房は、光国の顔を見た。

「いくら暴れてもよいが、派手にやれ、と申すのだ」

「はい」

「上様も、そなたの身上をご存知、と承知か」

「うすうすは」

「それゆえに、水戸頼房の子らしゅう、暴れるときは派手にせい、と申すのだ」

「さよう仰せられては、かえって窮屈にて、この後は喧嘩もできませぬ」

「そう気兼ねをするな」

と、頼房《よりふさ》は笑った。

そのうしろで、中山備前守が、笑いをこらえている顔つきでいた。

不意に話を変えて、頼房は、緋毛氈《ひもうせん》の横のほうを見た。

「雉《きじ》を獲《と》ったな」

そこには、頼房と光国の鷹が捕らえた獲物が、ならべてあった。

「はい」

光国は、自分の鷹が捕らえた雉のほうを見た。

三つ目の握り飯を手にしてから、頼房は、

「その雉を、牧野弥左衛門が屋敷へ下げてつかわせ」

「は」

どきっとして、光国は、父の顔を見た。

握り飯を一口食べてから、頼房は、遠くに見える箱根の山々や、その上に聳《そび》えている白い富士山のほうへ眼をやりながら、

「常《つね》と申す女子の霊前に供えてやるのだ」

「はい」

「急には忘れられまい。だが、女々《めめ》しい振舞いを、人に見せてはならぬ」

「大丈夫でござります」

ぐっと胸の中からこみ上げてくるものがあったが、それをこらえ、微笑を浮かべながら、
光国は、父の顔を見た。

「ご安心下さりませ」

「心配はしておらぬ」

突っぱねるような調子で、頼房は言った。

「わしの子だ」

「はい、父上が子でござります」

そう答えて光国は、握り飯を噛《かじ》った。涙が出てきそうなのを、光国は、無理にこらえた。

それきり頼房は、於常のことには一言も触れず、休息したあとで、また鷹狩をはじめた。

光国も、頼房に従って鷹を放った。

その日、小石川の屋敷へ帰ってから、光国は、山野辺弥八郎に雉一羽を持たせ、牧野弥左衛門の屋敷へ届けてやった。

於常《おつね》の霊前に供えるように、という光国の口上がついていた。

於常の父の弥左衛門や母、それに屋敷の者たちは、泣いてよろこんでいた、と弥八郎は、光国に報告をした。

「わしが思いついてのことではない。父上の仰せを承《うけたまわ》ったのだ」

小ごうに、光国は、淋しそうな顔つきでそう言った。

父に言われたから、というだけではないが、その後も、光国の市中出歩きや夜遊びは、一向にやまなかった。

相変わらず三左衛門を連れて吉原通いをするし、比丘尼宿《びくにやど》で、旗本たちと遊ぶこともあった。

だが光国は、日課の学問と武術の鍛練を怠けることは、決してしなかった。

旗本の中の暴れ者たちと一緒に、遊び場で喧嘩を売ることもあるし、朝になって、そっと上屋敷へ帰って来ることも多い。

すでに門のあいているときは、編笠をかぶったまま、すっと屋敷の中へ入って行くが、まだ門の開いていないときは、家来たちと一緒に開門を待つ朝もある。

その正保二年の四月、将軍家光の長子の竹千代は、元服して家綱《いえつな》と名乗り、従三位権大納言に任ぜられ、即日、正二位に進んだ。

定府《じょうふ》の水戸頼房はもちろんだが、在府していた尾張義直と紀伊頼宣《よりのぶ》も登営して、将軍と家綱へ祝いを述べた。

その祝宴の終わったころ、伯父《おじ》の頼宣が、光国を誘った。

「このまま、身が屋敷へ参られぬか。祖母君も、しばらく中将どのの顔を見ぬ、と仰せられているゆえ」

「はあ」

光国は、父の許しを得て、江戸城から退ると、自分の家来たちを連れ、紀伊家を訪ねた。

表御殿の書院で、茶菓が出た。

頼宣が着替えのために書院から去ると、こんどは奥御殿から、祖母の養珠院《ようじゆいん》が、松姫を連れて姿を見せた。

ここ三ヶ月ほど、光国は、紀伊家の屋敷を訪ねていない。

だが、にわかに松姫は、女らしく、美しさが増したように思われる。

いつものように松姫は、光国のために茶を点《た》ててくれたし、養珠院も、ふたりの孫を見比べながら、楽しそうな顔つきをしていた。

しかし、祖母が、光国と松姫を夫婦にしようと思っていても、御三家の中での縁組は許されないし、光国も松姫を妻に迎える気持はなかった。

はじめのころ、松姫を美しい、と思っていた気持は、初恋に似たものかもしれないが、それは於常《おつね》を知ってから、本当の恋ではない、と光国はさとった。

「さまざまに噂《うわさ》は聞いております」

と養珠院は、やはり光国の行状を耳にしているのであろう、心配そうに、

「しかし、人といさかいなどはせぬように」

「はい、大丈夫でござります」

わざと松姫に聞かせるように、光国は言った。

「戦場にても、敵の出ばなをたたくのが肝要、と言われておりまするが、総じて喧嘩も同様にて」

と光国は、養珠院が困った顔つきをしているのもかまわずに、言葉を続けた。

「対手《あいて》に出おくれては不利でござりますゆえ、こなたより強引に出て向こうを叩き伏せ、さっと引き上げまする」

そういう話を、松姫は、聞かない振りをしている。

ひところは、松姫も、光国の行状を面白がって、いろいろと向こうから話を訊《き》いたりしたが、物の考え方が成長をしてきたせいであろうか、遊里へ出入りする光国を、在来とは違った眼で見ているようであった。

そこへ頼宣《よりのぶ》が、また出て来た。

「このごろは、酒が強うなられたそうの」

と頼宣に訊かれて、光国は、

「旗本衆を対手に致しても、いささかも酔うたりと思うたことはござりませぬ」

「本日、上様より拝領の酒がある。お振舞い致そうか」

「頂戴仕りまする」

遠慮をせずに、光国は答えた。

やがて酒肴《しゅこう》が、そこへ運ばれてきた。

伯父の頼宣と酒をのむのは、光国も初めてのことであった。

養珠院は、苦い顔をしていたが、頼宣は、自分の気に入りの甥《おい》がどの程度の酒量か、試してやろう、という気でいると見える。

松姫について貰った酒を、光国は、見事《みごと》にのみ干した。

「重ねて」

と頼宣に言われて、光国は、さらに大きい盃を手にした。

将軍から拝領の酒だけに、三杯、四杯と重ねるうち、酔いが快《こころよ》く光国の体内に廻ってきた。

しかし、色の白い光国の顔に、少しも酔は出ず、わずかに眼元がほんのりと赤くなった程度で、態度も乱れない。

光国は酒に強い、と聞いていた頼宣も、まさかこれほどとは思っていなかったようであった。

祖母の養珠院は、まだ十八歳の今からこれでは、という気持なのであろう、光国が酒をのんでいる様子を、はらはらしたような眼で見ている。

だが、光国の飲みっ振りは豁達《かったつ》であり、酒におぼれるというふうなところはない。

「充分に頂戴いたしました」

と言って頼宣に一礼したときも、平常と少しも変わらぬ態度であった。

頼宣は、それを見て安心したらしい。

遊里などで、暴れ者の旗本たちを対手に酒をのんでいるときも、こういう態度なら、と見たに違いなかった。

暇《いとま》を告げ、表書院から出て行く光国を、養珠院と松姫は、縁側のところで送ったが、頼宣は、光国が辞退するのもかまわず、大玄関まで送って出た。

儀礼、というよりも、廊下を歩いているうちに光国が酔を発し、足元が乱れるのではないか、と思ったらしい。

しかし、光国は、式台のところで、頼宣をはじめ、送りに出た紀伊家の家老三浦長門守《ながとのかみ》や家臣たちへも、ちゃんと挨拶《あいさつ》をして、乗物に身を入れた。

文と武

紀伊家の門を出て、小石川の屋敷へ帰るまでに、さすがに光国は睡《ねむ》くなり、乗物の中で睡ってしまった。

「お帰りーい」

という供頭《ともがしら》の声で、はっと眼が覚めると、乗物はもう自分の屋敷の式台の前におろされていた。

少し足がふらついたが、光国は、そのまま父の居間へ行って、挨拶をした。

「紀州の伯父上に、御酒を振舞われまして」

と言ったとき、光国の舌は、少しもつれている。

酔っているな、と自分でも気がついたが、父の前でも取り乱すまい、と思い、光国は、まっすぐに上半身を立てて坐っていた。

「何かお話があったか、伯父上より」

と頼房に訊《き》かれて、光国は、

「いえ、本日は、わたくしの酒を試そう、と思われたようでございます」

いつもそばについている家来たちも、ときどき不思議に思い、まじまじと光国の顔を見ることがある。

大名だとて、文武の道で天下一流になって悪いはずはない、と数年前、光国は家来たちに言ったが、意地になってそう志しているわけではなく、本心から学問や武芸が好きなようであった。

しかし、その光国が、やはり死んだ於常のことが忘れられず、寝言にまで於常の名を呼ぶような一面がある、というのは、家来たちに、かえってあるじに対する親しさを増させる。

お久の方は、於常という侍女が死んでから、母らしい心配を、ひそかに光国へ寄せていた。

ときどき、小ごうの局が奥御殿へ来て、光国の日常のことを報告するが、表と奥との区別の厳格な大名屋敷だけに、お久の方から光国の身辺について、あれこれと指図をするわけには行かなかった。

頼房《よりふさ》が奥御殿へ来たときなど、お久の方は、

「光国どのに奥方をお迎えなさること、いまだお話には出ませぬか」

と聞いてみたが、頼房は、とかくの返辞をしなかった。

もともと頼房自身が、正室という人を迎えずに通して来ただけに、光国が妻を迎えるという問題については、よくよく慎重に考えているらしい。

養珠院《ようじゅいん》が、紀伊頼宣《よりのぶ》の息女松姫を光国にめあわせたい、と思っている気持はわかる。御三家のあいだでの婚姻は許されていないことだけに、これは実現が不可能であり、頼房も、兄の頼宣の家と縁を結ぶことは考えていないようであった。

それに、光国の行状は、諸大名のうち誰ひとり知らぬ者はいないし、光国の妻を選ぶのも容易なことではない。

「すべてを心得て暴れ歩いている光国のことゆえ、縁談など、もそっと先でよかろう」

と頼房は、お久の方をなだめるように言った。

母としてお久の方は、死んだ於常《おつね》の代わりに、美しい、気立てのやさしい娘を捜し出しては、と思わぬでもなかったが、やはり頼房に対しては言いそびれた。

頼房が、自分のような側室を何人も持ち、それぞれに子を産ませ、わずらわしい問題が幾度も持ちあがったことは、お久の方も知っている。

気の強い頼房のことだけに、あまり家来の手も借りずに、そういう問題を片づけてきたが、頼房としては、わが子の光国に、父と同じことを繰り返させよう、とは思っていないに違いなかった。

だが、光国が於常の名を寝言で呼んだ、と小ごうから聞いたとき、お久の方は、わが子がいじらしくてたまらなかった。

「常という娘に代わるべき女子は居らぬのか」

小ごうに訊くと、小ごうは、きびしい顔つきをした。

「それは、まわりより申し上げぬほうがよろしいか、と心得まするが」

その小ごうも、光国が吉原へ遊びに行って泊まってきたり、比丘尼宿《びくにやど》の女や丹前風呂《たんぜんぶろ》の遊女を対手《あいて》に遊んでいる、などとは母のお久の方へ告げる勇気がなかった。

つい十日ほど前の朝など、南長屋で小火《ぼや》が起きて、屋敷の侍たちが懸命に火消しをしていたときであった。

前夜から光国は屋敷へ帰らず、その火事さわぎの最中に、馬で屋敷の前まで戻って来たようだが、さすがに光国も、屋敷の門から馬で乗り入れる勇気はなかったらしい。

馬をおりると光国は、火消しを指図している大番組《おおばんぐみ》の侍を、むずと引っとらえて、そのかぶっていた錣頭巾《しころずきん》を脱がせ、自分がかぶって、猿楽御門《さるがくごもん》から屋敷へ入った、という。

もちろん、屋敷の侍のうち、光国と気がついた者もいたが、口に出すことはしなかった。

あとで、その錣頭巾を脱がされた大番組の侍は、光国から口上なしで角樽《つのだる》一つを授けられた。それと一緒に、光国の借りた錣頭巾も返されてきた。

名誉だというので、その侍は、錣頭巾を白木の箱におさめ、組の者たちや親類縁者を集めて、光国から下げられた酒を振舞ったという。

それを聞いた光国は、怒った顔をした。

「さてさて、風流を解さぬ侍かな。わしとしては公《おおやけ》にしたくはないことゆえ、礼心で酒をつかわしたのに、功名手柄を立てたるような心地でいるのか」

と、三左衛門に言った。

中将様の錣頭巾、というので、しばらく屋敷の中で評判になったが、そういう噂の伝わるのは早い。

しばらく無沙汰をしているので、光国が、尾張義直を訪ねると、この謹直な伯父は、光国の行状を知っていながら、小言めいたことは口には出さなかったが、雑談の中で、すぐに学問のことに触れてきた。

「『千金方』の和訓をはじめられているそうの」

「わたくしの力では及びませぬが、林先生のお力を借りて努めております」

と、光国は答えた。

『千金方』というのは支那の古医書で、孫《そん》という唐代の道士の著であり、推古天皇の十六年に、日本へ伝えられたものだという。

つまり、我国へ最初に伝えられた唐土《とうど》の医書だが、この正保のころの日本医学は、だいぶ進歩している。光国は、医書としてよりも、支那の古代文に和訓をつける、ということに興味を持っているのであった。

大編であり、二年や三年で完成するとは思えないが、十八歳の光国は、倦《う》まずに勉強を続けている。

それは、もう義直も林道春から聞いていた。

和漢の学問に通じている義直だけに、光国が沙汰の限りの行状を続ける一方、文武の道をはげむことは怠らずにいる、と知って、やはり頭から小言を言う気になれないようであった。

「漢書を学ぶのもよろしいが、それとならんで国学の勉強も続けられるよう」

「はい、わたくしも、さよう努めておりまする」

同じ伯父でも、紀伊頼宣なら酒を振舞ってくれるところだが、義直は、そうではない。

きちんと光国は、膝を崩さずに坐り、義直と向かい合っていた。

「米が高くなり、浪人も増えて、なかなかわずらわしい世の中になった」

茶を喫しながら、そう言ったあとで、義直は、ふっと何気ない調子でつぶやいた。

「米は、いま一両にいかほどかな」

「二石七斗七升、と本年は、水戸では定めてありまする」

すぐに、光国は答えて、

「さりながら、伯父上のご領地尾張国と違うて、水戸は土地が瘦《や》せておりまするゆえ、父上も、なかなかにご苦労が多うございます」

そういうときに夜遊びなどを続けては、という言葉が、口のところまで出かかったが、義直は自分で、それを押さえた。

伯父から小言を聞いても、それに対する答えは、もうちゃんと光国には出来ているに違いない。

いったい、この甥《おい》が水戸家を継いだら、どういう人物になるのか、さすがの義直にも見当がつかなくなることがある。

比丘尼《びくに》宿などを遊び歩いている、というような噂ばかり高くなっているが、難しい『千金方』の和訓をしたり、自領内での米の値段をすぐに答えられる、というのは、十八歳の青年とは思えず、義直も、光国の顔をつくづく見直す気になった。

実際のところ義直にも、このごろの光国の実体が、ほとんどつかめない有様であった。

ある日、光国は、木挽町《こびきちょう》の柳生道場へ稽古に出かけた。

主膳宗冬は、国へ帰っているので、父の但馬守宗矩《たじまのかみむねのり》が、光国の対手《あいて》をした。

さっきから道場の隅のほうに、総髪を肩まで垂らし、痩せて眼の鋭い侍が坐って、じっと自分に眼をつけているのを、光国は気づいていた。

武芸者なのは、明らかであった。

しかし、柳生は他流試合を禁じているし、旅の武芸者が、そう簡単に道場へ入って来れるわけはない。

道場の上段の間へ戻ってから、光国は、宗矩に訊《き》いた。

「あの武芸者は」

「小天狗《こてんぐ》流と申す流派の武芸者にて、池原玄定《いけはらげんじょう》と申しまする。流祖は、天正のころの人にて、大野将監《おおのしょうげん》といい、はじめは源九郎判官義経《ほうがんよしつね》公の直流にて、鞍馬《くらま》流とも名乗っておりましたそうな。大和柳生の道場にて二、三度、手合わせをしたことがありまする。こたび江戸へ出て参り、水戸中将様にお目通り許されたし、と願い出ておりまするが」

「ふむ」

光国は、池原玄定という武芸者のほうへ眼をそそいだ。

はなれたところから、池原玄定は、ていねいに一礼を送った。

だが、それはただの儀礼ではなく、一手お対手を願えませぬか、という意味にも取れる。

「近う」

光国は、声をかけた。

「これへ」

と師範代の庄田喜左衛門《しょうだきざえもん》が、池原玄定をうながした。

その、総髪を肩まで垂らした武芸者は、一礼して立ちあがると、小腰を屈《かが》めて道場の床をすべるようにして、上段の間の正面へ近づいて来た。

態度を見ていても、よほど剣法に達している、と光国にもわかることであった。

庄田喜左衛門は、上段の間の下に坐った。

上眼使いに、光国とならんでいる柳生但馬守宗矩《むねのり》のほうをちらりと見あげてから、池原玄定《げんじょう》は、両膝を折り、ていねいに双方へお辞儀をした。

遠くから見たときは四十を越しているように思えたが、正面に近く坐ったのを見ると、三十を少し過ぎたくらいであろう。

「水戸中将光国様におわする」

と庄田喜左衛門が言うと、玄定は、道場の床に両手をついたままで、

「池原五左衛門玄定と申する浪人にござります」

挨拶をした声は太く、ぴいんと光国の腹に応えるような響きを持っている。

「小天狗流、または鞍馬《くらま》流と聞いたが」

光国の言葉に、池原玄定は、庄田喜左衛門を通じて答えようとした。

「かまわぬ、直答《じきとう》を許す」

と光国が言うと、玄定は、身を低くして、

「わたくしは備前岡山の浪人にて、日置刑部左衛門《へきぎょうぶざえもん》と申す人より鞍馬流を学び、小天狗流を編み出しました。世の中に小天狗流を行うは、わたくし一人にござりまする。柳生様の大和の道場へも数度にわたって押しかけ、ついに三度、お教えを願いました」

「わしと立ち合うて見たいのか」

と、光国は訊いた。

わずかに五左衛門玄定は、顔をあげた。

その顔に微笑がある。眉は薄いが、眼のぎょろりとした、鼻の大きい、たくましい顔つきであった。

「いえ、そのようなおそれ多い儀は」

と玄定も言ったし、そばから宗矩も、

「や、それは」

とめようとしたが、光国は、このときどういうものか、池原玄定という武芸者に対して、闘志が燃えあがった。

「中将様」

庄田喜左衛門も、あわてて、

「さようなること、お屋敷に聞こえましては」

「かまわぬ。わしから試合を挑《いど》んだのだ」

頭から押さえつけるように言って、光国は、横にいる宗矩の顔を見た。

「いかがでござりましょう、但馬守どの。お許し願えませぬか」

「はあ」

と宗矩は、にこにこと笑っていたが、

「よろしかろう。ただし、ご用心なさるがよい。宗冬も一度、この池原玄定に打ち込まれたことがありまする」

そう聞くと、光国は、なおのこと闘志をそそられ、道場の床へおりた。

道場の壁のほうには、光国の家来たちが控えているが、庄田喜左衛門が、光国の支度をしてくれた。

白い菊

革襷《かわだすき》をかけ、光国は鉢巻をしめ、袴《はかま》の股立《ももだち》を取った。

光国は、普通の木太刀《きだち》を手に取ったが、支度をした池原五左衛門玄定の得物を見ると、短い小太刀であった。

「小天狗流と申すは、小太刀《こだち》か」

光国が訊《き》くと、玄定は一礼して、

「当流には、木太刀も小太刀もありまするが、中将様へは、虎乱《こらん》と申す小太刀の手を以てお対手《あいて》を仕りまする」

言葉づかいはていねいだが、自分が若年であり、しかも大名の子だけに、侮《あなど》られているような気がして、光国は、かっとなった。

作法だけ軽く一礼して、光国は、木太刀を中段につけた。いきなり対手の機先を制してやろう、という気であった。

玄定は、一尺五寸の小太刀を、右脇に軽く構えた。

いつの間にか宗矩も、道場の床におりている。

池原玄定が、光国の身体に小太刀を加えようとすることがあれば、とっさに玄定を打ち倒す気であろう、右手に鉄扇を持っていた。

庄田喜左衛門も、光国と玄定の立っている中間から二足ほどさがって、これは素手で双方の構えを見ている。もちろん、玄定が光国に無礼を働くようなことがあれば、すぐに組みとめる気であろう。

「やあっ」

光国は、中段から上段へ木太刀を振りかぶりざま、飛び込んで打ち込んだ。

こういう場合、光国には、少しも遠慮がない。柳生道場へ来たときも、また主膳宗冬が屋敷へ稽古をつけに来てくれるときも、いくら力いっぱい打ち込んでも、対手《あいて》の身体に木太刀がさわる、ということはなかった。

いつまで経っても自分の腕前が上達しないのではなく、主膳宗冬や庄田喜左衛門も、このごろは、

「中将様の打ち込まれる太刀、三本に一本は、かろうじて受けるか、避けるか、致すようになりました」

そう言ってくれるのは、世辞ではないように思える。

自分の屋敷で守役たちを対手《あいて》にするとき、伊藤玄蕃《げんば》などは、いつでも最初からあやまってしまい、木太刀を手に取ろうとはしないし、山野辺弥八郎などは、光国の木太刀で青痣《あおあざ》を作る場合が多い。

今の対手は、遠慮なしに打ち込める武芸者であり、こういう試合は初めてなので、光国が上段から池原玄定の頭上へ加えた木太刀は、すさまじい勢いを持っていた。

しかし池原玄定は、光国とは木太刀を合わさず、風に似た素早さで軽く右へ飛ぶと、つつっと光国の身体へ吸いつくように小太刀を進めて来た。

光国は、それを払いのけたが、手応《てごた》えはない。

代わりに玄定の小太刀が、光国の頭上、肩口、胴、小手と、眼まぐるしく変化しながら続けざまに打ち込んで来た。

光国は、それを避け、かわすだけに懸命になった。

ごつごつした身体つきの池原玄定の身体が、小太刀を中心にして縦横《たてよこ》と左右へ、眼にもとまらぬ勢いで動くように見える。

光国の木太刀は、一度も玄定の身体にも小太刀にもさわらないが、玄定の小太刀も、光国の衣服の袖《そで》にさえ触れない。

しまいに、光国は、眼がまわりそうになり、対手の姿が見えなくなってきた。

「おそれ入ってござります」

という声を聞いたとき、池原五左衛門玄定は、つつっと一間ほど退って平伏をしている。

光国は、立て続けに太い息をついた。

立ち会っていた時間はわずかだと思われるのに、身体じゅうが汗びっしょりになり、すぐにはものも言えなかった。

「ご無礼の段、お許し下さいますよう」

息も切らさずに、池原玄定《げんじよう》は言って、但馬守宗矩《たじまのかみむねのり》と庄田喜左衛門のほうを、交互にちらりと見ながら、

「実のところ、お大名のご子息ゆえ、さしたるお腕前ではあるまい、と存じておりましたに、虎乱《こらん》の太刀を見事《みごと》におあしらいなされました」

この男でも笑うのか、と思うくらい、堅《かた》い微笑を見せて、つつっとうしろへ退った。

鞍馬《くらま》流の虎乱の太刀というのを、あしらった、と玄定が賞めたのはお世辞であろうが、しかし、光国も懸命になって、玄定の小太刀をかわし、また避けた。

「ご立派でござった」

鉢巻《はちまき》や襷《たすき》を外し、光国が上段の間へ戻ると、宗矩が、そう言って賞めた。

もちろん、池原玄定が手加減をしたであろう、というのは光国にも察しがつく。しかし、これほど懸命になって試合をしたのは、光国には最初の経験であった。

「ご無礼を仕りました」

改めて上段の間の下へきて、挨拶をした池原玄定へ、光国が、

「そのほう、いずれにも仕官をしておらぬのだな」

と訊《き》いてみると、玄定は一礼して、

「はあ、浪人のままにござります」

「住居は」

「鍛冶橋《かじばし》外、稲荷新道《いなりじんみち》の稲荷社《いなりしゃ》の神官に、杉下伊織《すぎしたいおり》と申す者がおりまする。もと備前浪人ゆえ、その許《もと》に食客となっておりまする」

「ふむ」

うなずいて光国は、壁の下に坐っている山野辺弥八郎のほうへ、眼顔で知らせた。覚えておくよう、という合図であった。

うなずいて弥八郎は、光国へ一礼を送った。

それから、光国は、柳生家の書院で、茶菓の接待を受けたあと、ふっと宗矩に訊いた。

「いかがでござりましょう。最前の池原玄定なる武芸者、わが家にて召し抱えたいと存じまするが」

それは、急に思いついたことではない。

試合のあと、池原玄定《げんじょう》の態度を見ているうちに、光国が考えたことであった。

はじめは、自分に挑戦をしている不遜《ふそん》な武芸者だな、という気がしたが、自分にあれほど懸命に木太刀を振るわせた、ということに、光国は、疲れと一緒に快さを覚えた。

あれほどの武芸者なら、柳生流の稽古と併合して自分が剣術を学ぶにはいい対手《あいて》ではないか、と思ったからであった。

「さよう」

宗矩は、にこりとして、

「中将様には、よいお対手やもしれませぬ。しかし、当人がなんと申しまするか」

「主取りに望みがござるのか」

「わたくしよりも、二、三、大名のお家へ推挙いたそうと存じましたるところ、知行などに望みがあるのではござらぬ、よきあるじなれば仕えたい、と申しましてな」

「なるほど」

光国も笑った。

「わが家にては、高禄を出して召し抱える、ということはなりますまいが、わたくしを気に入ったようなれば仕えぬか、と但馬守どのよりお話し下さりますか」

「心得ました」

と、宗矩は答えた。

屋敷へ帰ってから、光国は、家老の中山備前守に命じ、備前岡山三十一万石の領主池田《いけだ》新太郎光政《しんたろうみつまさ》の江戸屋敷へ使いをやり、池原五左衛門玄定の素姓を調べさせた。

玄定の言った通りで、岡山の藩士日置《へき》刑部左衛門《ぎようぶざえもん》の門弟に池原五左衛門という者があり、朋輩《ほうばい》と口論をして斬り合いになったが、五左衛門は、対手に薄傷《うすで》を負わせて、喧嘩両成敗となり、双方とも浪人をさせられたという。

池原玄定の素姓が明確になったと同時に、柳生但馬守のところから返事がきた。

水戸中将光国様なれば、わずかな捨扶持《すてぶち》にてもいとい申さず、お側に仕えたい、と玄定も言っているという。

一度の手合わせで、玄定は、よほど光国が好きになったようであった。

すぐに光国は、中山備前守を通じて、父の頼房にその由を願い出た。

光国が、自分で家来を召抱えたい、と言ったのは、これが最初であった。すでに頼房は、備前守から池原玄定の素姓を聞いていたが、一応、池田家へ問い合わせて、

「池原五左衛門、お召抱え下さるとも、当方にてはいささかの異議もござらぬ」

という返事を受けたあと、正式に池原玄定の召し抱えを決めてくれた。

ひとり者で、子もないし、備前岡山に縁者がいるきりの池原五左衛門玄定は、水戸家に抱えられてから、お長屋の中に住居を賜って住むようになった。

むっつりとして、無駄口を利かないのは玄定の性質らしく、光国の守役や近習たちとすぐに仲良くなるような様子は見えないが、光国の武術の対手は懸命に勤めた。

ときどき頼房も庭へ出て、池原玄定の稽古ぶりを見ていたが、玄定の腕前がわかってくると、自分も木太刀と小太刀をとって、玄定に稽古をつけさせることがあった。

小天狗流というのが、本当に源九郎判官義経《よしつね》の流れを汲んでいるかどうか、玄定自身にも、はっきりしたことはわからない。流祖の大野将監《しょうげん》が、天正年間にこの流儀をひろめたときは、左手に小太刀、右手に大太刀をとって試合をしたこともあるという。

玄定の師の日置《へき》刑部左衛門は、小天狗流とは名乗らず、鞍馬《くらま》流と称しているようであった。

池原玄定がそばに仕えるようになってから、守役たちは、ほとんど光国の武芸の稽古対手をしなくともすむようになった。

その正保二年の秋が長《た》けたころ、紀伊家にいる祖母の養珠院《ようじゆいん》が風邪を引いて寝ている、と聞いて、光国は見舞に行った。

あるじの頼宣に挨拶をしてから、江戸家老の三浦長門守の案内で、光国は、奥御殿へ入る御錠口《ごじようぐち》のところまで行くと、養珠院づきの老女志茂《しも》が出迎えていた。

頼宣の言葉では、養珠院の風邪はたいしたことはないらしいが、やはり病の床についたりすると、孫の光国の顔が見たくなるのであろう。

光国が養珠院の居間へ通ると、養珠院は、志茂《しも》に扶《たす》けられて床の上に半身を起こした。

祖母のやつれが、すぐに光国には感じられた。

「お見舞にまかり出でました」

と光国は、膝を進めて、養珠院の顔を見た。

祖母の眼から、ぽろりと涙がこぼれ落ちた。いつものように、意見を言う元気もないらしい。

孫の元気な顔を見て、ただうれしくて涙をこぼすというのは、市井《しせい》の祖母が孫に対する感情と同じであろう。

「近ごろは、武芸に精を出しておられるそうの」

と、養珠院は訊いた。

池原玄定という武芸者を召し抱えたことを、もう養珠院は、耳にしているに違いない。

「学問のほうも怠りませぬゆえ、ご安心下さりまするよう」

と、光国は笑った。

祖母と孫のあいだに、世上の話が出たが、さすがに光国も、丹前風呂《たんぜんぶろ》へ遊びに行ったようなことは口に出さなかった。

「となりの部屋にて、お茶を」

養珠院に言われて、志茂が、案内に立った。

次の座敷の隅に、炉が切ってあり、茶釜が、さわやかな音を立てていた。

床の間に、白い菊の花が活《い》けてあるのが、すぐ光国の眼についた。

光国を迎えるための用意、と思われる。

清らかで、すうっと胸に沁《し》みてくるような美しさであった。

その床の間を背にして坐っていると、松姫が入って来た。

「いらせられませ」

ほとんど光国の顔を見ぬように挨拶をして、松姫は、茶を点《た》てはじめた。

志茂は、光国の前に菓子を運んで来たきり、養珠院の居間へ入ってしまった。

座敷にいるのは、光国と松姫のふたりしか居ない。

はじめから養珠院が、こういうふうに事を運んだのかどうか、光国にはわからない。

しかし、御三家同士の婚姻が許されない、とわかっていながら、養珠院は、まだ光国と松姫の婚姻をあきらめていないように思われる。

松姫の点《た》ててくれた濃茶《こいちゃ》を、光国は喫して、

「結構なるお服加減でござった」

と挨拶をしたあと、黙っていた。

松姫も、はなれたところに坐って、じっと眼を伏せている。

女を経験している光国には、松姫が、もう娘らしく成熟しているのがわかる。

祖母の望み通り、自分から松姫との婚姻を将軍家へ願い出たら、あるいは許されるかもしれない。

しかし、光国は、妻をめとるよりも、もう何年かは自由に暮らしたい、と思っている。

すでに松姫も十七歳だし、夫となるべき人を定むべき年ごろであった。

「松姫どの」

思い切って光国は、声をかけた。

「はい」

少し間をおいて低く答えたきり、松姫は、眼を伏せたままでいる。

「それがしが身上《しんじょう》、お聞きであろうと思うが」

と言って光国が見ると、松姫は、まだ眼をあげず、黙っていた。

光国を警戒しているようでもあり、またやさしい言葉をかけてもらいたい、と待っているようにも見える。

低く笑ってから、光国は、言葉を続けた。

「戦場に出でて討死するは、侍のたやすくすることでござろうが、男女の慾に溺《おぼ》れぬ人は、まれと思われまする。それがしは聖人にてもなく、また賢者《けんじゃ》と申すでもない。世の常の侍と同じにて、女にもたわむれ、酒ものみまする。それを乗り越えて、どのような侍になるか、それはこの後の、それがしの修行でござろう」

光国の言っていることを、よく理解しようとしているのであろう、松姫は、身体じゅうを耳にして聞いているように見える。

「しかし、いまの光国は、妻を迎えたりとて、身上の正しゅうなる人物には、程遠うござる、おわかりか」

そう訊《き》かれて、松姫は、どう返辞をしてよいかわからないと見え、眼を伏せたまま黙っていた。

「では」

一礼して光国は、立ちあがると、床の間の白い菊の花を見ながら、

「それがしも、この花のごとく、いさぎよう致しとうござる。また松姫どのも、いつまでもこの花に似て美しゅうおわするよう」

と、言った。

老臣ふたり

光国の感傷も手伝っていたかもしれないが、それは松姫に対して、自分と婚姻する気があってもあきらめてくれるよう、という意味を含んだ言葉であった。

また養珠院《ようじゅいん》の居間へ行き、挨拶をのべてから光国は、志茂《しも》に送られて御錠口《ごじょうぐち》まで出た。

松姫は、自分の居間に引き取ったのであろうか、姿を見せなかった。

志茂は、襖《ふすま》越しに光国の言葉を聞いていたのかもしれない。

坐って光国を見あげた志茂の眼に、涙が光っていた。

「祖母君様を頼む」

と言葉を残し、光国は、三浦長門守に迎えられて表御殿へ入った。

頼宣が酒肴を振舞ってくれたが、光国は、松姫のことには何も触れず、紀伊家を辞した。

乗物の中で、これでよかった、と思う一方、松姫の顔と白菊の花が一緒になって、いつまでも光国の眼に見えていた。

この正保二年の秋ごろから、江戸市中に辻番が増設されたので、光国のように夜遊びする者には面倒になった。それでも光国は、夜遊びの帰りなどに辻番所でとめられそうになると、乗物あるいは馬の上から、自分の名を堂々と名乗らせ、辻番が平伏している前を押し通った。

諸侯はもちろん、幕府の重臣、それに旗本たちも、水戸の世子の夜遊びを誰ひとり知らぬ者はない。

それに、この年の冬になって光国は、三左衛門たちのほか、池原五左衛門玄定《げんじょう》まで夜遊びに連れて行くようになった。

「これで四左衛門に相成ったな」

と光国は笑ったが、池原玄定は、酒席でも相変わらずむっつりと黙り込んで、冗談一つ口に出すわけではなかった。

中山備前守も、光国の供に池原玄定のような武芸者がついていることは安心だし、蔭でそっと玄定に向かって、

「頼むぞ、若君様のおん身を」

と言うこともあった。

柳生流を修業する一方、池原玄定が小天狗流の指南をするようになってから、光国の武術の腕前は、家来たちもびっくりするほどに上達してきていた。

十二月に入って、水戸から光国の異母弟の頼元《よりもと》が、江戸へやって来た。

頼元は、幼名を丹波といって、頼房《よりふさ》の側室の中でいちばん古く、いまの水戸の城にいるお勝の方の腹から、寛永六年七月十四日に生まれた。

光国とは一つ違いであり、父頼房の許へ来て、元服するためであった。とどこおりなく頼元の元服の式は挙げられ、前髪を落として、刑部大輔頼元《ぎようぶだゆうよりもと》と名乗ることになった。

水戸にいるお勝の方としては、光国の生母で小石川屋敷の奥御殿に住むお久の方への反感は、まだ消えてはいない。

自分の腹から生まれた亀麿《かめまろ》は四歳で世を去り、お久の方の産んだ長子の頼重《よりしげ》は、すでに高松城主となっている。世子の母となるべき運を、お久の方に奪い取られた、という気持がまだ失《う》せないのであろう。

それだけに、水戸城にいても、頼元には文武をきびしく仕込むようにしてきたし、江戸へ出て元服した刑部大輔頼元は、十七歳とも思えぬほど身体つきも大きい。

お勝の方の気持を、そのまま受けついでいるのであろうか、頼元は光国に挨拶をしながら、その眼の中に挑《いど》みかかるような色があった。

頼房が、表の間で家老たちを対手《あいて》に政務を執《と》っているとき、光国と頼元は、次の間で長炉《ながろ》をあいだに話をしていた。

寒い日であった。

ほかに家来も居ないし、同朋《どうぼう》の河合甚阿弥《かわいじんあみ》というのが、座敷の隅に控えているきりで、光国は、気らくに市井《しせい》の話などをしていた。

頼元《よりもと》のほうは、口数も少なく、一つ年上の異母兄を立てているようでありながら、光国の行状を、すっかり水戸で聞いているのであろう。

「わたくしも、兄上のおん供して、遊所《ゆうしょ》へなど参りたいと存じます」

冷やかしている、とも受け取れる口ぶりで、頼元は言った。

父の頼房よりも、頼元は、生母のお勝の方に似ている。眼の張りが強く、頰骨《ほおぼね》が出ていて、むしろ光国より身体つきは大きいし、手足も太い。

「いやいや」

光国は、軽く笑った。

「わしの真似など、なさらぬほうがよい」

「江戸の暮らしのほうが、ずっと気ままで面白いようでござりますな。水戸は狭《せも》うござりますゆえ」

と言いながら、頼元は、長炉の灰の中にさしてあった鉄火箸《かなひばし》を手にとった。

長さは一尺ほどあり、頭に銀の象眼《ぞうがん》がついていて、重い。

それを手の上に乗せて、頼元は、

「水戸の城の中にて何か致せば、あくる日には、城下へ噂が直ちに広まるほどでござりますゆえ」

つぶやきながら、その鉄火箸を両手に持ち、ぐっぐっとなんべんもひねった。

重い鉄火箸が、縄《なわ》のように縒《よ》れた。

自分に力があるのを、わざと頼元は無言で、光国に示そうとしたのであろう。

少し顔が赤くなり、掌《てのひら》も痛んだのであろうか、頼元は、捩《よじ》れたままの鉄火箸を、元のように灰の中へ突き刺すと、懐紙で手を拭《ぬぐ》った。

黙って光国は、それを見ていたが、何気ないふうに手をのばし、その鉄火箸をつかんだ。

「わしも力自慢など致し、辻相撲で暴れたこともござったが」

と光国は、ひとり言のようにいって、

「かようなる力業《ちからわざ》は、大名の家に生まれたる者には似合わしからず、力自慢のように見えまするゆえ、重ねて無用になされるよう」

手にとった鉄火箸を、ぐぐっと二、三べんしごいた。

縄のように縒れていた鉄火箸は、また元のようにまっすぐになった。

頼元は、ごくりと唾《つば》をのみ、黙り込んでしまった。

自分よりも光国のほうが、力が強い、とわかったからであろう。

光国にも、頼元をたしなめる、というより、負けるものか、という十八歳らしい若さがあった。

これを見ていたのは、同朋《どうぼう》の河合甚阿弥《かわいじんあみ》だけだが、甚阿弥の口から、ふたりの力比べのことはすぐに言い触らされ、家老の中山備前守の耳へも入った。

黙って備前守は、苦笑いをしたきりであった。

兄弟ふたりの力比べだけならいいが、それが水戸にいるお勝の方と江戸にいるお久の方の不仲を、なおのことそそり立てることにならねばよいが、と備前守は案じたらしい。

だが、もう気持も自分の位置も安定している利巧なお久の方は、わざわざお勝の方の反感を煽《あお》り立てるようなことを口にする気づかいはなかった。また頼元も、鉄火箸の一件以来、光国の前ではおとなしくしているようになった。

中山備前守が、風邪が因《もと》で病床につき、容態が急変したのは、同じ十二月のことであった。

「備前が許へ参る」

いよいよ備前守の臨終が迫った、と聞いたとき、光国は、守役や近習たちへ言った。

冷たい風の吹く夕方だったが、光国は、守役や近習、小姓たちを従えて、小石川屋敷の構内にある中山備前守の屋敷へ出かけて行った。

頼房のところからは、すでに名代として家老の山野辺右衛門大夫が来ていたが、光国が直《じか》に見舞に来る、と前触れを受けて、備前守の長男市正信正《いちのかみのぶまさ》はじめ屋敷の者たちは、玄関へ出迎えた。

徒歩《かち》で来た光国は、玄関からそのまま備前守の病間へ通された。

備前守は、妻や家人たちの手を借りて、夜具の上へ半身を起こそうとしている。

「そのまま、爺《じい》、そのまま」

声をかけて光国は、夜具の横に坐った。

まるで人が変わったように、備前守は顔がむくみ、顔色も赤くなって、苦しそうにあえいでいる。

「いかがだな」

光国は、備前守の顔をのぞき込んだ。

呼吸がせわしく、唇も藍色《あいいろ》に変わって、備前守は、急には答えも出来ないらしい。

瞳《ひとみ》も、どろんとして、力が無くなっている。その眼から、涙があふれてきた。

光国は、黙って手をのばすと、備前守の手をとった。

水戸家のため、今日まで家老として働いてくれた上、父の子たちの中から自分を世嗣として選んでくれたのもこの中山備前守だと思うと、光国も、いろんな感慨が一時に胸に迫ってきて、何も言えなくなった。

「この後《のち》も」

と備前守は、あえぐように言って、光国の顔を見あげた。

「何とぞ」

「わかっている」

備前守の手を両手で握りながら、光国は、大きな声で言った。

涙が出そうになったが、わざと光国は笑って見せた。

「案ずるな。わしは、父上におとらぬ大名になる」

それへ備前守は、何か答えかけて、もう声が出ないのであろうか、のどをぜいぜい鳴らした。

続けざまに備前守の眼から、涙が流れ出た。

もう明日までは保《も》つまい、と思われる備前守の病状であった。

出来たら光国は、備前守の臨終まで看《み》とっていてやりたかったが、それも出来なかった。

「では」

備前守の手をはなし、光国がうなずくと、備前守は、それまでためていたように、かすれた声で一気に言った。

「倅《せがれ》、市正《いちのかみ》、これよりは、お家のため、ご奉公仕りまする。わたくし同様、何なりとお話し下さりまするよう」

「心得た」

うなずいて光国は、うしろに両手を仕えている市正信正をかえりみた。

市正も、もう五十を越しているし、父におとらぬ器量人としてきこえているので、水戸家の家老職を継いでも、充分に頼房や光国の信頼するに足る人物であった。

最後に、この世での別れ、という意味をこめて、光国は備前守の顔をじっと見てから、病間を出た。

あくる朝、光国が目ざめたころ、守役の山野辺弥八郎が報告に来た。

この未明に、備前守信吉は、息を引き取ったという。

一万五千石の家禄と、常陸国内にある中山家の領地松岡城は、嫡男《ちゃくなん》の市正信正が継ぐわけであった。

しかし、市正にはまだ子供がないので、弟の信治《のぶはる》が養子となることに、すでに頼房の許しを得て決めてある。

幼年のころから自分という者をよく知ってくれていた備前守の死は、やはり光国に、ぽつんと胸に穴のあいたような淋しさを覚えさせた。

だが、光国の幼年時代からよく知っている老臣の死は、備前守ひとりではなく、あくる正保三（一六四六）年、光国が十九歳になった春、追いかけるように三木仁兵衛之次《ゆきつぐ》の死があった。

国家老であり、お久の方を引き取って、光国を水戸柵町《さくまち》の自分の屋敷で産ませた三木仁兵衛は、七十二歳の正月十一日、急に病を得て、世を去った。

早飛脚で、それが江戸小石川の屋敷へ報告されたとき、光国は、庭の垜土《あずち》（的の後ろに土を山形に築いた所）に向かって、寒風の中で弓をひいていたが、

「なに」

知らせに来た守役の伊藤玄蕃の顔を睨《にら》みつけるようにすると、手にしていた弓を、庭の土の上へたたきつけた。

「三木の爺《じい》までが」

そのまま、じっと空を睨むようにして、光国は立っていたが、やがて足早に居間のほうへ戻って行った。

小ごうが、光国の衣服の肌を入れ、前へ坐って両手をつかえたとき、光国は、褥《しとね》の上に崩れるように坐って、

「三木の爺が」

つぶやくと、いそいで涙を拭《ぬぐ》った。

中山備前守の死も悲しいことだが、自分を誕生の日から見てくれた三木仁兵衛の死は、もっと大きな悲しみになって、光国の全身を押しつぶしそうになった。

三木仁兵衛は、たまにしか江戸へ出て来なかったし、その養子の久《きゅう》太《た》郎高之《ろうたかゆき》は、江戸へきて頼房の腰物番《こしのものばん》として仕えている。

三木仁兵衛には男子がないし、妻の武佐《むさ》とのあいだに女子がふたりいるだけなので、二女と伊藤玄蕃《げんば》の長男久太郎を養子に迎え、家を継がせることにしていたのであった。

すぐに久太郎高之は、暇《いとま》を賜って、水戸へ急行した。

光国から、名代として守役の望月庄左衛門が、悔やみを述べに水戸へ向かった。

中山備前守、三木仁兵衛、ふたりの老臣が引き続いて世を去ったあと、さすがに光国も夜遊びをやめて、文武の稽古のほかは居間に引きこもり、ふたりのために香《こう》を手向《たむ》けていた。

三木仁兵衛之次《ゆきつぐ》の養子で、父のあとを継いで仁兵衛と名乗るようになった高之を、光国が父の頼房に願って、自分の腰物番にしたのは、その正保三年の春であった。

腰物番は、納戸役《なんどやく》と同じく、あるじの身の廻りの調度の掛《かかり》であり、奥御殿への使者に立つこともある。

自分を誕生の時から育ててくれた亡《な》き三木仁兵衛の代わりに、その養子を光国は身近に使おうと思ったのであった。

二代目の仁兵衛は、光国の守役伊藤玄蕃の長男だし、玄蕃も、それをよろこんでいた。

右手に盃、左手に書物

伊藤玄蕃や仁兵衛高之に、光国は言った。

「仁兵衛の喪《も》の明けぬうちに、江戸へ呼ぶこと、いかがあろうとは思うが、武佐に会いたいな」

「心得ました」

すぐに玄蕃は、あるじの頼房へ願い出て、水戸へ使いを出した。

武佐もよろこんで、使いの者に迎えられて、江戸へ出て来た。

老齢の武佐のために、とくに水戸家から乗物が与えられ、道中はゆっくりと足を運ぶよう、国家老の芦沢《あしざわ》伊賀守からも注意があったらしい。だが、江戸へ出て光国の顔を見られる、と思うと武佐は気が急《せ》いて、かえって自分から陸尺《ろくしやく》たちに、急ぐようにと声をかけたという。

小ごうに手をとられ、自分の前へ武佐が進んで来たとき、懐かしさで光国は、ふっと涙ぐみそうになった。

久しぶりに見る武佐は、切下げにした髪も真っ白になり、腰が曲がっている。皺《しわ》の多い顔に、もう武佐は涙を光らせながら、おぼつかない足取りで、光国の前に坐った。

「久しいな、武佐」

光国が声をかけると、武佐は返辞が出来ず、うつむいて、しきりに懐紙で涙を拭《ぬぐ》っている。

ようやく顔をあげると、武佐は、案外にしっかりした声で言った。

「今生《こんじょう》にて、若君様にお目通りが叶《かな》うとは、思うてもおりませなんだ。夢に似たる心地にござります」

「そなた、何歳になったたな」

「七十六歳に相成りました」

耳もはっきりと聞こえるらしく、武佐は、しゃんとした態度を取り戻して答えた。

微笑を浮かべながら光国は、武佐の顔を見ていた。

自分が誕生以来、江戸へ迎えられるまでの幼年時代、いつもそばに見ていた武佐の顔であった。

年老いて皺ができているが、やはり懐かしい顔であった。

「武佐」

光国は、声をかけた。

「そなたの顔の皺の中に、幼年のころ、わしが苦労をかけ、そのために出来た皺も何本かあるわけだの」

その意味が、急にはわからなかったらしい。

ちょっと怪訝《けげん》な表情をしてから、やがて武佐は、光国の言葉の意味が納得できたとみえ、にこにことうれしそうに笑った。

うしろに控えていた小ごうも、笑い声を立てそうになるのを、下を向いてこらえている。

「喪中ながら、せっかく江戸へ参ったのゆえ、母君にお目通り願うたあと、しばらく江戸にて遊んで参れ」

と、光国は言った。

光国への目通りが終わってから、武佐《むさ》は、小ごうにつき添われ、奥御殿にいるお久の方のところへ行った。

お久の方にとっても、自分を三木屋敷にかくまってくれてから、武佐はいちばん頼りになる味方であった。

年をとっても、その武佐が元気でいるというのは、やはりお久の方にもうれしいことなので、武佐が江戸滞在中は、自分の居間の隣の部屋に住むよう、手筈をととのえてくれた。

「ただいま、中将様にお目通りを許されましたが」

と武佐は、女ばかりのところへ来て、気が落着いたのか、お久の方の顔を見あげながら、はっきりした口調で言った。

「お見事《みごと》に成人なされ、このようなよろこばしいことはござりませぬ。ただ、亡《な》き夫仁兵衛も生前、案じおりましたは、中将様ご身上のことについてでござります。江戸と水戸は、へだたりおりまするゆえ、わずかの噂も大仰《おおぎょう》に伝わるのやもしれませぬが」

「そのことなれば、案ずるに及ばぬ」

小ごうと顔を見合わせてから、お久の方は、武佐をなだめるように、

「中将どのは、何もかも心得て振舞うておわするのゆえ、女のわたくしたちから、とやこう申すまでもない」

「それなれば、よろしゅうござりますが」

まだ気がかりらしいが、武佐は、生母のお久の方が、我が子を信頼している様子を見て、少しは気持もらくになった様子であった。

武佐が江戸の小石川屋敷に滞在しているあいだに、光国は、水野出雲守たち旗本奴《はたもとやっこ》に誘われ、浅草へ夜遊びに行った。

旗本のうちでも乱暴者として聞こえる、相馬小次郎《そうまこじろう》は、ひどく酔っていたが、

「中将どのには、人をお斬りなさったことがござるか」

からんでくるような言い方をした。

頭巾《ずきん》の中で、光国は笑いながら、

「いまだござらぬ」

「いかが、人を斬ってごらんなされては」

「誰を」

「それがしたち、ときどき試みており申す」

酔った足を踏みしめて、相馬小次郎は、観音堂の暗い縁の下へ近づいて行った。

「よせ、小次郎」

水野出雲守や横井源太左衛門《よこいげんたざえもん》が制したが、小次郎は耳にもかけず、縁の下へ入って行った。

人の泣きそうな声と、ごそごそと逃げ廻る気配がした。

縁の下に、乞食《こじき》たちが臥《ね》ているとみえる。

相馬小次郎は、その中のひとりの襟首《えりくび》をつかんで、引きずり出して来た。

暗いのでよくは見えないが、老人の乞食らしい。地面へ突き倒され、ようやく頭をあげてみると、自分を取巻いているのが数人の武士、とわかったようであった。

試《ため》し斬《ぎ》りにされる、と気がついたに違いない。

「お、お助けを。どうぞ、お助けを」

半ばは言葉にならないが、手を合わせてしきりに拝《おが》んでいる。

「据物斬《すえものぎ》りに、いかが」

と相馬小次郎は、いどむように光国へ言った。

人を斬るのはどういう心地か、試《ため》してみたい、という気持が、ちらっと光国に動いた。

しかし、すぐに光国は、自分を押さえた。

「さらば」

光国は一足、その乞食のほうへ進んだ。

まさか、と思っていただけに、供の三左衛門たちや池原玄定《げんじょう》も、それに水野出雲守も、びっくりしたらしい。

「若君様」

「中将どの」

あわてて押さえようとしたとき、光国は、いきなり刀を抜くと、

「えい」

その乞食の肩口に、一太刀加えた。

声もなく乞食は、地面に丸くなってしまった。

「若君様」

三左衛門たちは、びくっと立ちすくんだ。

だが、光国が峰打ちを乞食の肩に加えたのだ、と直ぐにさとったのは、水野出雲守と池原玄定のふたりであった。

刀を寒河江《さがえ》大八に拭《ぬぐ》わせ、鞘《さや》におさめてから、光国は、

「気を失うておる、金を懐中《かいちゅう》へ入れてつかわせ」

と、伊東太左衛門に言いつけた。

ようやくこの時になって、相馬小次郎たち旗本奴も、いまの光国の一太刀が峰打ちだ、と気がついたようである。

「お見事にござる」

と、水野出雲守は言った。

光国が、峰打ちで乞食を気絶させなければ、相馬小次郎が、この乞食を斬っていたに違いない。

とっさに光国も、そう判断して、いまの峰打ちを加え、乞食のいのちを救ったのだ、と出雲守や旗本奴たちにも納得がいったようであった。

その夜、小石川屋敷へ帰ってからも、光国はじめ供の者たちは、浅草観世音境内《けいだい》でのことを、誰にも話さなかったのだが、二、三日経つと、噂が屋敷うちへも聞こえてきた。

その噂もさまざまで、光国が乞食を斬った、というのと、旗本奴たちが斬ろうとするのを制した、というのもあり、いま一つは、光国が乞食に峰打ちをくれた、というのであった。

守役たちも心配して、供をしていた三左衛門たちや池原玄定、寒河江《さがえ》大八などに訊《き》いて、峰打ちというのが事実だ、と知り、ほっとしたらしい。

しかし、小野角右衛門が、すぐに光国へ目通りを願い出て、居間へ入って来ると、いまにも泣き出しそうな顔で、意見を述べはじめた。

「先夜、浅草観世音境内にて、物乞いを峰打ちに遊ばされ候こと、あまりに軽々しきおん振舞いと存じまする。熱海にて、おん父君より賜りましたるご教訓、お忘れにてはあるまじ、と存じまするが、水戸家のおん嫡子《ちゃくし》、いやしき物乞いに刃を加えられるなど、世上にても、さまざまに取沙汰されておりまする。毎々、それがしが申し上ぐること、うるさし、と思し召さるるやも存じませぬが、何とぞ、これをご披見《ひけん》たまわりまするよう」

懐中から分厚い封書を出して、光国の前へ差し出すと、そのまま顔を伏せて退って行った。

「弥八郎」

その封書を手に取って、読む前に光国は、山野辺弥八郎を呼んだ。

「角右衛門め、腹切りそうな面《つら》つきをしておった。見張っておれ。もしも、さようなる振舞いの見えたるときは、たわけ、とわしの代わりに叱れ」

「心得ました」

いそいで弥八郎は、小野角右衛門のあとを追って行った。

封書をひろげて読むと、案の定、小野角右衛門から光国に呈した諫書《かんしょ》であった。

五つの箇条書にしてあり、いつもの意見と同じことだが、諫書と思うと、遠慮のないことが書けるのであろう。

親御様におん嘆きおんかけ候《そうろう》こと、これただ事にあらずと存じ候、とか、いかなればおん身を忘れなされ候や、とか、ご分別肝要《ふんべつかんよう》に存じ奉り候、などと意見を加え、光国のこれまでの身上を、いちいち例を挙げて諫言《かんげん》をしてある。

読み終わって光国は、怒りも覚えなかった。

「大八」

その封書を、ていねいに手文庫の中へおさめてから、光国は、

「角右衛門が諫言、いちいちもっとも」

と、苦笑いを浮かべて、

「また、わしも、それをよう承知で振舞うておること、角右衛門にはわからぬのかな」

ひとり言のようにいった。

角右衛門の諫書は、光国は誰にも見せなかったし、その後も、それについて何も言わなかった。

あとになって、小野角右衛門は、家老の中山市正《いちのかみ》信正に呼ばれて、

「若君様のお守役を勤めて根《こん》負けするようなれば、家来共の負けぞ。もっともどの家来も、みな若君様に負けておるが」

と言われた。

その意味は、角右衛門にもわかったようであった。

「先日、お手許へ差し上げたる封書、何とぞ、お下げ渡し下さりまするよう」

と角右衛門が願い出たとき、光国は、

「わしには手綱《たづな》が要る。ときどき、あれを読もう」

意地悪く言っているのではなく、しみじみとした口調で、

「礼を言うぞ」

と、つけ加えた。

光国には異母弟に当たる刑部大輔頼元《ぎょうぶだゆうよりもと》は、父の頼房に連れられて登営し、将軍家光にも目通りを許された後、まだ江戸の上屋敷に滞在していた。

いずれは常陸《ひたち》国内で、父から封を分けられ、大名になるのだが、江戸の諸侯の習慣を見習う必要があるので、尾州家や紀州家などを訪ねたりしていた。

鉄火箸《かなひばし》の一件から、頼元は、光国の前ではおとなしくしているが、江戸屋敷の家来たちを対手《あいて》に武術の稽古をするときは、手加減をするということをしないので、光国とは違う意味でおそれられた。

光国のすることは乱暴に見えても、ちゃんと自分でわきまえてやっている。家来を対手に木太刀を取っても、対手に怪我《けが》をさせる、などということはないが、頼元は、そういう点は見さかいがない。

右手に盃、左手に書物、という生活を光国は楽しんでいるが、頼元の振舞いには余裕などというものはない。精いっぱい背をのばして兄の光国に追いつこう、としているところがある。

そういう頼元の肚《はら》が見えるだけに、光国の近習や小姓たちは、あまり頼元の話対手にならず、武術の対手に出ようともしないので、頼元は、父頼房の小姓たちをそばへ呼びよせ

るようになった。

頼元が、水戸から持ってきた遊びに、胴《どう》づき、というのがある。地形《じぎょう》を固める胴づきから出たもので、数人の者がひとりを抱えて持ち上げ、勢いよく地面へほうり出す遊びであった。

ほうり出される者は、よほど注意をしないと、頭から先に落ちることもあり、危険を伴う。

頼元は、これが好きで、部屋の中や庭に小姓たちを集めて、よく遊んだ。

ある日、そうやって遊んでいるとき、頼房の小姓で白井右馬介《しらいうまのすけ》という者が、地面へほうり出されたはずみに、脇差《わきざし》が鞘《さや》走った。

いそいで柄《つか》を押さえようとしたが、すでに刃は鞘《さや》から抜けて、身体が倒れると同時に、右馬介は、白刃《しらは》で腹を突いてしまった。

それから大さわぎになり、医者を呼んで手当を加えたが、責任を感じたのは、胴づきをやっていた小姓たちであった。

中にひとり、右馬介の身体を抱えてほうり投げた者があり、この小姓は、一間に閉じこもって、

「もしも右馬介どの落命《らくめい》のことあらば、それがしも、腹を切り申すべし」

と言って、遺書を認《したた》めはじめた。

右馬介は、医者の手当を受けながら、これを聞くと、

「これは怪我にて、意趣あってのことにてはなし。それがしいのちを落とすとも、腹切るなど、必ず無用になさるべし」

と、対手の小姓へ言伝《ことづて》を送った。

中山市正《いちのかみ》たちも家中で面倒を起こしたくないので、善後策を講じているうちに、それが、光国の耳へ入った。

光国は、すぐに自分の脇差二口《ふり》を伊藤玄蕃《げんば》に持たせ、傷の手当の終わった白井右馬介と、対手の小姓のところへやった。

「双方とも若年者《じやくねんもの》としての申し分よろしく、それこそ侍ごころをわきまえたる振舞いと申すべし。必ずともに意趣を残さぬよう」

という誉言葉《ほめことば》と一緒に、ふたりへ脇差一口ずつを与えた。

幸いに白井右馬介の傷も本復し、対手も腹を切らずにすんだ。

本来なら、胴づきという遊びをはじめた頼元が裁きをつけなくてはならぬ立場にあったのだが、光国の採った処置で、犠牲者を出さずにすんだわけであった。

このことがあって以来、家中で胴づきという遊びは行われなくなり、十日ほどして刑部大輔頼元も、水戸へ帰った。

侍ごころを認めて脇差を与え、双方を賞めてやった光国と、何もせずに傍観者の形をとっていた頼元と、人物の差が、はっきりと現れたことになる。

よき家来

「出すぎたることを致しました」

あとになって光国は、父の頼房の居間で一緒に酒をのんでいるとき、詫《わ》びるように言った。

「頼元どのに扱うて頂くのがよろしかった、と思いまするが」

「そう思うのも、侍ごころであろう」

「いや、侍ごころ、と申したは、とっさの誉言葉《ほめことば》にて、実は父上を見習うたのでございます」

「わしの、どのようなところをな」

「立相撲は庭でやるよう、と家来たちにお教えになったことがございました」

「あのことか」

それは、頼房《よりふさ》が、大番所《おおばんしょ》の近くを通っていたときのことであった。

騒々しい声が聞こえるので、頼房はのぞいて見ると、大番組の侍たちが肩衣《かたぎぬ》を外し、畳の上で相撲をとっていたが、頼房の姿を見ると、あわてて平伏をした。

頼房は、べつに叱《しか》るでもなく、

「相撲は身を鍛え、気をさかんにするものゆえ、はなはだよろしいが、居間での立相撲は、柱などに打《ぶ》つかり、怪我をするおそれあり。殿中にては居相撲《いずもう》をとるべし。立相撲は庭の土俵の上にて行うべし。大節《たいせつ》の士《し》に怪我があってはならぬゆえ」

と言っただけで、奥へ入って行った。

家来の身を大事に思うあるじの気持は、そのまま光国も、見習うべきことであった。だから、白井右馬介《うまのすけ》のことも、侍ごころを賞めてやる、というより、つまらぬことから家来のいのちを失いたくない、と思う光国の気持が、そのまま現れたことになる。

「わしを真似た、と申すのか」

また笑って、頼房は、酒をのんだ。

四十四歳の父と、十九歳の子は、このごろ一緒に酒をのんでも、はるかに光国のほうが強くなっていた。いくらのんでも決して酔を表面に出さないのは、父も子も同様だが、酒量は光国が父を上まわってきている。

その年の四月、光国に剣術を教えてくれた柳生但馬守宗矩《むねのり》は、年七十六歳で、江戸木挽《こびき》町《ちょう》の屋敷にあって歿した。

光国は、あくまで師弟の礼をとって、法要の席にも列《つら》なり、喪《も》に服した。

だから、その年の夏、光国は屋敷のうちにあって武芸の稽古に励むだけで、夜遊びもせず、鷹狩に行こうともしなかった。

そういうわが子を見ていると、頼房は、妙な気がする。

遊所通いや夜遊びは、やめようと思えば、いつでもやめられるのだから、その面白さに溺《おぼ》れているわけではない。守役たちに訊《き》いてみると、十三経の句読や『千金方』の和訓を、倦《あ》きもせずに続けているという。儒官の人見卜幽《ひとみぼくゆう》がそばについているが、専門の学者でも、大編の『千金方』の和訓などは途中で疲れてしまうのに、光国にはそういう様子が見えない、というのであった。

礼節を重んじて、柳生宗矩の喪《も》に服してはいるが、喪が明けてから、いまのように光国が神妙に屋敷うちに閉じ籠っているか、と考えてみて頼房は、やはりそうは思えなかった。きっとまた光国は、遊所通いや夜遊びを始めるに違いないが、しかし青楼《せいろう》で遊んでいても、片手に盃をあげ、片手に書物をひろげて読む、という光国の生活ぶりが何処まで続くか、頼房は見守ってやりたい気持であった。

このごろ光国は、前漢の学者である司馬遷《しばせん》の『史記《しき》』のうち「伯夷伝《はくいでん》」を、しきりに何べんも繰り返して読んでいる。

小石川屋敷うちの居間にいるときも、吉原の山田宗順の見世《みせ》でも、右手に盃を持ち、左手に『史記』をひろげて読む、ということを繰り返しているのであった。

「伯夷伝」とは、殷《いん》の孤竹君《こちくくん》という国王の子、伯夷、叔斉《しゆくせい》の兄弟の伝記で、孤竹君は長兄の伯夷よりも弟の叔斉のほうを可愛がり、自分のあとは叔斉に継がせようと、決めていた。

だが叔斉は、孤竹君の没後、兄をさしおいて国王の位にのぼることを承知せず、また兄の伯夷も亡父の志を重んじて弟を国王にしようとし、譲《ゆず》り合った末に、ふたりとも国外に亡命してしまった。

仕方がないので、中の兄が孤竹君のあとを継いだが、伯夷と叔斉の兄弟が義のため一身をささげたのは、それ ばかりではない。

殷の世になって、紂王《ちゅうおう》が暴政を続けて国民を苦しめたとき、周の武王は義兵を挙げ、軍師の太公望《たいこうぼう》の助けを得て、紂王を討とうとした。

それを見て伯夷と叔斉は、武王の父文王の葬儀がすまぬうち兵を動かすのは、孝の道にそむくばかりでなく、臣下として君主の紂王に向かって敵対するのは仁の道にも外れている、と兄弟で武王を諫《いさ》めた。

武王は怒って兄弟を殺そうとしたが、太公望《たいこうぼう》が武王を諫《いさ》めて兄弟を許し、追放にした。殷《いん》の国が滅び、周の天下になると、伯叔の兄弟は首陽山に隠れ住み、義として周の粟《あわ》は口にせぬ、と言い、わらびを採っていのちをつないでいるうちに、ふたりとも餓死してしまったという。

『史記』のうち「伯夷伝」を読んで、やはり光国が心を打たれたのは、前半の、兄弟で国王の位を譲り合うくだりであった。

自分が実兄の頼重《よりしげ》を差しおいて、水戸家のあとを継ぐ、と決められている苦しさは、父にも家来たちにもわかっていることだし、伯父の尾張義直や紀伊頼宣《よりのぶ》にも語っている。

だが、すでに自分が幼少のころ、これは決められてしまったことだし、兄の頼重は高松の城主となっている現在、どう自分が辞退したところで、なんともなることではない。

「『史記』のうちにある伯夷伝が、史実かどうかは、わたくしにもわかりかねまするが」

と、光国は江戸に来ている伯父《おじ》の尾張義直を訪ねて語った。

「しかし、歴史が国の別を越えて、人の心を打ち、身を修める役に立つ、ということは、つくづく感じられまする。わたくしも、わが国の歴史のうち語り伝えに洩《も》れ、いまだ書物となっておらぬ史実を探り出して、国史を編んでみたい、という志を前々から持っておりましたが、もはや十九歳と相成りましたれば、そろそろ国史の編述にかかろうと存じまする」

これが、夜遊びの若殿様、といわれて江戸市中でも噂の高い水戸光国の言葉だとは、知らぬ者なら信じられないであろうが、義直は光国の人物がよくわかっているだけに、

「結構でござろう。おやりなされ。ただし国史編述のためには、すぐれたる学者をまわりに集めねばならぬ。わしが堀杏庵《ほりきょうあん》に手伝わせ、編述している『類聚《るいじゅう》日本紀』も、もはや七十冊に近く相成ったが、世の中へ出すというわけにも参らぬ」

と言った。

家康が天下を統一し、いま三代将軍家光の世になって、浪人が溢れているといっても、もう戦《いくさ》の起こる気づかいはなく、天下が泰平になるにつれて、学問と文芸がさかんになってきている。

もともと尾張義直は、日本神道を信仰し、『神祇宝典《しんぎほうてん》』を撰述《せんじゅつ》したほどだから、尊皇の志は厚い。

光国が尊皇思想をはっきりと植えつけられたのは、義直からだが、幼少のころ、三木仁兵衛の妻の武佐が徳川家から見た皇室のあり方、というものを語ってくれたし、それが光国の尊皇思想の発芽になったわけであった。

自分は、御三家の一の後嗣《あとつぎ》であり、あくまで徳川将軍に仕える立場だが、徳川将軍は、天子に対して臣下の礼をとらねばならぬ、という気持は、光国の信念になっている。

「よき学者、よき家来、というのも、わが家の者だけではなく、広く野《や》に遺賢《いけん》を捜《さが》さねばならぬと存じております」

と光国は、義直に言った。

現に『千金方』の和訓は、はじめは藩儒《はんじゅ》の人見卜幽《ぼくゆう》に助力をさせていたが、このごろの卜幽は老齢で若い光国の精力には及ばず、ことに大編なので、最近は光国がひとりで和訓を続けているのであった。

伯父の義直から見れば、遊所通いをしたり、辻斬りの真似をやったり、沙汰の限りのおん振舞い、などと噂をされている甥《おい》だが、しかしその光国が、酒盃を片手に続ける学問は、いわゆる大名芸ではない。

大名だとて文武の道で天下一流になって悪いはずはない、と数年前に光国が言ったのを、義直も人伝《ひとづ》てに聞いたが、それは単に光国の高言とばかりは思えなくなって来ている。

まだ二十歳にならぬ年齢で、支那の古医書の厖大《ぼうだい》な長編『千金方』に和訓をほどこすなど、ただの大名の物好きでやれるものではない。

『十三経』につぎつぎと光国が句読をつけている、ということも義直は前から聞いているし、この甥が本気になって国史の編述《へんじゅつ》をはじめたら、きっと終わりまでやりとげるだろう、と思われる。

「わしも長生きがしたいな」

と義直は、じっと光国の顔を見ながら、本心から言った。

「中将どののお仕事が、全くなるのを見るまで」

これだけの甥が、どうして遊所通いなどをするのか、謹厳な義直は光国の顔を見ているうちに、ふっとまた不思議に思った。

右手に盃、左手に書物、という生活に徹底しているのだから、この甥《おい》に今さら意見など不必要と思う一方、義直は、十九歳の光国が茫洋《ぼうよう》とした大きさを具《そな》えて来ているのがわかりながら、なんだか正体をとらえ難い存在のように感じた。

光国にとって、いまは一つの転機にきているのではないか、と義直は考えた。

小ごうは、奥御殿にいるお久の方に呼ばれ、光国の身辺のことにつき、訊《たず》ねを受けることがある。

「中将どのの遊所通いを、思い切らする方法はないか」

と言うのであった。

生母のお久の方としては、当然の心配であり、ことに先日、吉原で旗本奴《やっこ》と浪人たちが喧嘩をしたとき、光国が小袖《こそで》に刀の切先を受けた、という話は、もうお久の方の耳へ入っている。

「いかがであろう」

お久の方は、ためらうようにして言った。

「於常《おつね》と申したの、あのような女子を、そばに置いては」

それは、小ごうも考えないではなかった。

光国は、病死した於常のことを、まだ忘れてはいない。

毎月、於常の忌日《きにち》になると、光国は居間に経机を運ばせ、於常の戒名《かいみょう》を記した位牌《いはい》を乗せて、香を手向《たむ》けている。

仏間の仏壇の中に於常の位牌は入れてあるのだが、やはり仏壇に向かって回向《えこう》をするというのは、於常が正式に自分の側室という位置にいなかっただけに、光国にも遠慮があるのであろう。

だが、於常に代わるべき侍女を側に置いては、と小ごうも、なかなかに言い出せなかった。

光国が遊所通いをしているのは、ひとりの女にうつつを抜かしているのではなく、遊びの雰囲気《ふんいき》を楽しみながら、市井《しせい》の生活に触れようとしているのだ、とわかるからであった。

「むずかしいことでございますな」

こういうことになると、いちばん物わかりがいい、と思われる三左衛門たちに向かって、小ごうが相談をすると、三左衛門たちも顔を見合わせた。

「若君様は、女子と遊んでおわしても、女子に溺《おぼ》れる、ということがござりませぬだけに」

やはり正室を迎えるまで、今のままで置いたほうがいいのではないか、という三左衛門たちの意見であった。

小ごうのほか、光国の側近には、於常《おつね》と同じころから仕えている佐和《さわ》が、まだ残っている。まさという侍女もいたが、これは去年、家中の侍に嫁いでいる。佐和は光国よりも年上だし、いったん人妻となった経験もあり、それに美人とはいえない。

三左衛門の意見はそうであっても、小ごうはいつの間にか家中の娘の中から、於常に代わるべき美しくて気だてのよい若い娘を、それとなく物色するようになっていた。

だが光国にとって於常は、はじめて知った女であり、いまだに於常のことを忘れずにいる様子を見ると、於常の代わりに、といって侍女を側に押しつけるわけにも行かない。結局、小ごうも、お久の方の心配していることはよくわかりながら、自分の力ではどうすることも出来なかった。

ただ光国づきの者たちにとって、気がらくになったのは、このごろになってから光国が、屋敷をあけるということがなくなったことであった。

酒をのんで遊んでいても、夜が更《ふ》けてくると、

「帰るぞ」

と言って盃を置き、読みかけの書物を懐中にして、すっと光国は立ちあがる。

そのために蔭供の人数は、いつでも光国の供ができるよう、用意をしておかねばならなかった。

夜中に屋敷へ帰ると光国は、また小ごうに酒を出させ、近習たちと一しきり話をしてから寝間へ入ることもあるし、このごろ特に興味を持ちはじめたらしい詩歌の創作にかかる場合もある。

十九歳の光国には、すでに少年らしさは失せ、眼鼻立ちもますます父に似て、はっきりとおとなびてきたし、背も五尺七寸はあろう。

弓を引いているときなど、裸の肩のあたりは、それほどまだ肉はついていないが、白い皮膚に艶《つや》があって、見るからに健康そうであった。

睡眠時間は毎夜、五時間ぐらいで、ぱっと光国は眼を覚ます。

寝入ってからも、薄眼をあけ、夜具の外へ手足を出して、ばたんばたんと畳を叩く癖があるのは、少年時代と同じであった。

それでも光国は、短い睡眠時間でぐっすりと眠るらしく、眼の覚めたときは、爽《さわ》やかな顔つきをしている。

前夜にいくら酒をのんでも、宿酔《ふつかよい》らしい眼をしているということもない。酒に強い、というだけではなく、健康だからなのであろう。

「若君様の真似はできぬ」

三左衛門の中でもいちばん酒が強いと言われている茅根《ちのね》伊左衛門などは、光国の供をしたあくる朝、宿酔で眼を赤くしながら、

「われらは、つい酒に溺れる。だが、若君様には、それがないのだからな」

と言っていた。

弥智《やち》という娘

その年の十月、明国《みんこく》の福建《ふっけん》が清国《しんこく》のために攻め落とされた、という知らせが、江戸まで聞こえた。

去年、明国から日本に援兵を乞いに来たとき、それに応じようとした大名もあったが、紀伊頼宣《よりのぶ》と水戸頼房《よりふさ》は、強くそれに反対した。

外国の内乱に兵を派して、後日の災いを招いてはならぬ、という理由であった。

肥前平戸《ひらど》に住んでいた明人鄭芝竜《ていしりゅう》が、明の唐王を福州（福建省の省都）に奉じ、清軍とのあいだに戦いを起こし、日本に援兵を乞うてきたのだが、諸大名のあいだには泰平無事に倦《う》んで、海外へ兵を出そうといきり立つ者も多かった。

結局、それも頼宣と頼房に押さえられて、今年ついに明国は滅び、唐王は捕らえられ、鄭芝竜は降人《こうじん》となって、その子の鄭成功《ていせいこう》だけが、明朝の恢復《かいふく》を志して脱走をしたという。

「日本から兵を出したとて、明国は滅びる運命にあった。戦《いくさ》の結果を論じてのことではない。明国の中に、当然、滅びるべき因《もと》がいくらもあったからだ」

と頼房は、わが子の光国に語って聞かせた。

正保四（一六四七）年の元旦、二十歳になった光国は、父頼房に従って登営した。

江戸城へ入ってから、曲輪《くるわ》うちにある松原小路の屋敷で父と共に装束《しょうぞく》をととのえたあと、茶をささげて座敷へ入って来たひとりの娘の顔が、ふっと光国の眼についた。

死んだ於常《おつね》が、生き返ってきたのではないか、と思った。

細面の、色の白い、きゃしゃな身体つきで、まともには顔をあげないが、眉《まゆ》から鼻のあたりが於常《おつね》によく似ている。

そのまま座敷の隅のほうへ退って、ひっそりと眼を伏せているところなど、はじめて於常が光国の側近に仕えたころを思い出させる。

あのころの於常は十五歳であったが、この娘も、そのくらいであろう。

声をかけそうになり、父のそばだと気がついて、光国は、自分を制した。

素袍大紋《すおうだいもん》、烏帽子《えぼし》という父と同じ装束で、光国は登営した。従三位右近衛中将という位に負けぬ、堂々とした光国の姿であった。

「見るたびに、大きゅうなられる」

頼房に続いて、光国が新年の賀を述べると、将軍家光は微笑を浮かべながら、光国を見た。

大きくなった、というのは、身体が大きくなったというだけではなく、人間としても幅ができてきたという意味だ、と父の頼房は解釈して、自分も笑いそうになった。

こういう点、やはり子が賞められるとうれしいのは、世の常の父親と頼房も同様であった。

家光から盃を受け、挨拶を終わって頼房父子が御三家の間に入ると、すでに尾張義直と紀伊頼宣《よりのぶ》が、そこにいた。

伯父ふたりへも、光国は、新年の賀を述べた。

「いかがだな、かのことは」

義直が訊いたのは、国史編纂《へんさん》のことだ、と光国は気がついた。

「伯父上の仰せられたるごとく、かのことには、やはりまわりに家来を集めねばなりませぬ。『十三経』の句読のみにて、わたくしも、手いっぱいというところでござりますれば」

「その合間には、遊びにも出ねばならず、酒ものまねばならず」

と頼宣《よりのぶ》が、笑いを含んだ声で言った。

「仰せの通りにござります」

光国は、頼宣へ微笑を返した。

やがて、そこへ老中たちが、挨拶に入って来た。

「伊豆どの」

正式の挨拶が終わったあと、光国は、松平伊豆守信綱へ声をかけた。

「は」

また自分の眼の届かないことで、光国からやり込められるのではないか、と思ったのか、伊豆守は警戒する眼つきになった。

だが光国の言い出したのは、そんなことではない。

「毎日、夜中に町木戸を押し通り、町役人たちに手数をかけております。町奉行どのへ、よろしくお伝え下さるよう」

伯父たちや父のいる前で、光国がそう言ったのは、べつに他意があってのことではなく、伊豆守の顔を見て思い出したからであった。

「おそれ入ります る」

武州川越の城主で、六万石を領し、智恵伊豆と呼ばれて、家光の補佐役としていちばん信任の厚い伊豆守も、苦笑いをするよりほかはなかった。

「中将様のお言葉、町奉行へ伝えまする」

いつも夜中に光国が、家来を連れ、そのあとから蔭供の人数が従って、町木戸を開かせて通行することは、江戸中でも有名になっている。

しかし町奉行としても、文句を言いに行ける対手《あいて》ではないので、水戸様の若君のお扱いには気をつけるよう、と町役人たちにも触れを廻しているのであった。

その光国と伊豆守の顔を見比べて、頼宣は笑いながら、

「わしも中将どののような若さがほしい」

と言った。

伯父ふたりにしてみれば、学問好きなところは自分に似ている、と尾張義直は思っている。遊び好きで闊達《かったつ》なところは自分に似ている、と紀伊頼宣は考えているに違いない。

やがて、御三家の間から、それぞれ出て行くとき、頼宣は、光国に聞こえるように弟の頼房《よりふさ》へ言った。

「松は、今年の春、松平左兵衛督《まつだいらさひょうえのかみ》どのの許《もと》へ嫁《とつ》がせまする」

はっとして光国は、足をとめた。

松姫の顔が、眼の前へ浮かび出した。しかしこのほうがいい、ふたりは夫婦にならないほうがよかったのだ、と思い直して光国は、父のうしろから大廊下へ出て行った。

いったん松原小路の屋敷へ入り、装束を直したところへ、今朝のあの侍女が、茶を運んで来た。

こんどは正面から、はっきりと光国は対手の顔を見た。

死んだ於常《おつね》よりも、もっとかぼそい感じがする。しかし、眉や鼻、口許のあたりは、於常によく似ていた。

父と一緒なので、その侍女の名を訊《き》くわけにもゆかず、光国は父に従って小石川の屋敷

へ帰った。

改めて家老はじめ家臣の集まっているところで、御酒下されのことがあり、それが終わってから光国は、自分の居間へ退った。

守役や近習、小姓、それに小ごうの局に侍女たちも集まって、光国へ新年の賀を述べた。いつも好んで使っている朱塗りの蒔絵《まきえ》をほどこした盃で酒をのみながら、光国の眼に浮かんできたのは、松原小路の屋敷にいたあの侍女の顔であった。

その夜、小ごうが夜具を敷いてくれているとき、光国は、それを口に出してしまった。

「松原小路の屋敷に、於常に似たる女子がいるな」

「は」

小ごうも、それは知らなかったらしい。

「さようでござりますか」

とだけ小ごうは答えたが、明日すぐにその侍女というのを見て来よう、と思った。

松原小路へ行く用は、なんとでも名目は立つが、肝腎《かんじん》なことは、その侍女の身許を調べることであった。

「中将様、昨日、このお屋敷にて、ご装束《しようぞく》お召替《めしか》えのとき、中啓《ちゆうけい》(扇の一種)を置き忘れられたか、と存じまして」

松原小路屋敷の留守居、牧野七兵衛に会って小ごうはそう訊いたが、もちろん中啓は装束ごと小石川屋敷へ持ち帰ってあるので、置き忘れたのではない。

留守居も、光国づきの小ごうの局《つぼね》がわざわざ中啓一本だけのことで松原小路屋敷へ来るとは、意外に思ったらしいが、

「ただいま、探させまする。少々お待ちを」

小ごうを書院に案内して、立って行きそうになった牧野七兵衛へ、小ごうは笑って、

「申しわけありませぬ。それは、口実にござります」

「口実」

と訊《き》き返して牧野七兵衛は、妙な顔をした。

「はい。さような口実がのうては、お使いとして参る用事もありませぬので」

「ふむ」

牧野七兵衛も、小ごうの局が、男におとらぬ気性のしっかりした才知のある女性だ、と知っている。

「では、まことのご用件と申されるは」

「実は」

小ごうは、声をひそめて、

「昨日、中将様、このお屋敷にてご装束を召されたる後、また、お城よりお退りなされてお召替えの節、二度ともお茶を運んだる女子がおりましょう」

「さようかな」

牧野七兵衛は、その場にいなかったので、気がつかなかったらしい。

「その女子、それとなくこれへお呼び下さるわけには参りますまいか」

「よろしゅうござる」

光国がその侍女に眼をつけたのだな、と察したようだが、牧野七兵衛は、何も訊き返さなかった。

手を叩いて牧野七兵衛は下役の者を呼び、何か訊いていたが、やがてその下役の者は廊下へ出て行くと、しばらくして引き返して来た。

「ふむ、ふむ」

うなずきながら牧野七兵衛は、下役の者のささやくのを訊いていたが、その下役が去ったあと、改めて小ごうに向き直った。

「ただいま、当人にこれへお茶を運ばせまする」

「おわかりになりましたか」

「はあ、小納戸《こなんど》方の玉井《たまい》助之進《すけのしん》親次《ちかつぐ》の娘にて、名は弥智《やち》、年は十四歳にござります」

牧野七兵衛の口ぶりでは、親は、あまり身分のいい侍ではないらしい。

だが小ごうは、親はどうでも当人をよく見たい、という気持であった。

やがて、障子の外に人影がさすと、

「入りまして、よろしゅうござりますか」

細い女の声がした。

「うむ、入れ」

牧野七兵衛が答えると、障子が静かに開き、その弥智という侍女がていねいに一礼して、膝で書院に入って来た。

小ごうの前へ茶を運んで来るまで、小ごうは、その娘を見るような、見ないような視線で、それでいて確実に対手《あいて》を見ていた。

なるほど、於常に似ている。

光国の侍女として於常が奉公にあがったときは、十五歳であったが、この弥智は於常よりも一つ若い。

顔つきも身体も、於常より一まわり小さいように見える。

だが、品のいい、清らかな感じのする娘で、小ごうは一目で気に入ってしまった。

弥智が書院から退って行ったあと、小ごうは、牧野七兵衛に言った。

「いまの弥智と申す娘、お久の方様づきの侍女として、ご奉公にお出し下さりませぬか」

「はあ」

いきなり光国の侍女にしないのは、小ごうに考えがあってのことだな、と牧野七兵衛は察したらしい。

「それがし一存にては計らい兼ねまするが、父親の玉井助之進へも申し聞かせねばなりませぬ」

「そのことなれば、わたくしより中山市正《いちのかみ》様にお願い申しまする」

「では、お任せを仕る」

こういうことになると苦手らしく、牧野七兵衛は、何もかも小ごうに任せた形になった。松原小路の屋敷から、小石川屋敷へ帰った小ごうは、家老の中山市正へ、

「内密にてお目にかかりたく」

と、申し入れた。

その日の夕方、表御殿から自分の屋敷へ帰った中山市正は、小ごうを待っていてくれた。弥智という侍女のことを、小ごうから聞くと、市正は、

「お久の方様づきの侍女としたる上、やがては中将様づきの侍女となされるおつもりだな」

「さようにござります。中将様さえお気に召しませば」

と、小ごうは答えた。

しばらく黙っていたが、中山市正は、あまりいい顔をしなかった。頼房《よりふさ》に側室が多くいて、奥御殿や駒込《こまごめ》屋敷での葛藤《かっとう》が、いちいち耳へ入ってわずらわしい気持にさせられることがある。光国に関して同じようなことが持ちあがっては、という気持も市正にはあるらしい。

だが小ごうは、すぐに中山市正の気持を察した。

「何事も、わたくしにお任せおき下さりまするよう。ご家老様には、ご迷惑はおかけ申しませぬ」

「いや、迷惑などということはない」

急に市正は、さっぱりした笑顔になって、

「ご主君のことではないか。何事があろうとも、そのために家来たちが働くのは当然」

「では、お願い申しまする」

「心得た」

うなずいてから市正は、また、ふっと顔に翳《かげ》を作った。それも瞬間だけのことで、話のしめくくりをつけるように、市正は言った。

「玉井助之進には、明朝、それがしより申し聞かせましょう」

もちろん、中山市正は、玉井助之進に向かって、そなたの娘が中将様のお眼にとまったから、などとは言わなかった。

「昨日、小ごうの局どのが松原小路お屋敷へ参られたる節、そのほうの娘、弥智と申すのを見て、たいそう気に入られたる様子でな、お久の方様づきとして、表御殿へ奉公に上げたい、と申さるる。いかがだな」

「は、はっ」

実直な玉井助之進は、そう聞いただけで、身体が震えるくらい、よろこんだらしい。

「有難い幸《しあわ》せにござります。ふつつかなる娘ゆえ、ご奉公叶《かな》いまするかどうか、それが心配でござりますが」

「小ごうの局《つぼね》どのの鑑定《めがね》に叶うたのだ。女子を見る眼は、われらも小ごうの局どのには叶わぬ。では、承知なのだな」

「よろこんで、お受け申しまする」

「妻女や当人の存念《ぞんねん》も、聞いて参るよう」

「それには及びませぬ。父のわたくしが、お受け申しましたる以上」

「その上に、妻女や当人の存念も訊《き》け、と申すのだ。本日は、小納戸頭《こなんど》に申して暇をやる。松原小路へ参るよう」

「心得ました」

玉井助之進は、すぐに中山市正《いちのかみ》の前から退いて行ったが、あくる日、妻も当人もよろこびおりまするゆえ、ご奉公のことお願い申し上げる、という意味のことを言って来た。

江戸絵図

五日ほど経って、弥智《やち》は、お久の方づきの侍女として、奥御殿へ奉公にあがった。

あらかじめお久の方は、小ごうから、弥智が死んだ於常《おつね》という娘に似ている、と聞かされていた。

だから、お久の方は、はじめから特別に弥智へ眼をかけるようにした。

小ごうが見ただけあって、弥智は、心がけもやさしく、女一通りのことは心得ていて、すぐにお久の方づきの侍女として役に立つようになった。

父の玉井助之進は、特にすぐれた侍というのではないが、弥智自身の素質がいい上に、母がきびしく躾《しつ》けたからであろう。

お久の方は、たいそう弥智が気に入ったようだが、小ごうは、於常に似ているあの侍女が奥御殿へ奉公に上がっていることを、まだ光国には話さずにいた。

半月ほどして、小ごうは、光国に言った。

「おん母君の許へ、しばらくお出でになりませぬが」

「そうだな。母上に無沙汰《ぶさた》をしておる。ご挨拶にまかり越そう」

「わたくしが、ご都合を伺うて参りまする」

小ごうは、御錠口《ごじょうぐち》番の許しを得て、奥御殿へ入って行ったが、やがて光国のところへ引き返して来て、

「今宵《こよい》、中将様へご夕食を差し上げたい、とおん母君の仰せでござりますが」

「そうか。それでは伺おう」

その日の夕方、光国は、小ごうのほか近習《きんじゅう》と小姓ひとりずつを連れただけで、奥御殿へ入った。

もちろん、近習も小姓も、お久の方の居間に近い部屋で待たされるのだが、光国は、すぐ母に会った。

「久しく中将どののお顔を見なかった」

母に言われて、光国は笑うと、

「つい夜遊びが過ぎまして」

夜遊びもそうかも知れないが、このごろの光国がことに学問に精を出し、夜更けまで『十三経』に句読をほどこしている、ということをお久の方も聞いている。

やがて、夕食の膳が運ばれて来たとき、光国は、おや、という顔をした。

松原小路の屋敷にいた、於常《おつね》によく似たあの侍女が、膳をささげて入って来たからであった。

弥智《やち》は、ていねいに一礼した。

「見おぼえておいでか」

お久の方は、笑って、

「松原小路のお屋敷に勤めていたを、小ごうが、わたくしのところへ奉公に差し向けました。名は弥智と申します。お見知りおき下さるよう」

「はあ」

光国は、じろりと小ごうのほうを見た。

一切が小ごうの計らったことだな、と光国には、すぐに見当がついたからであった。

だが、その場では弥智には何も言葉はかけず、光国は母のところで酒をのみ、夕食を馳走になってから、表御殿の自分の居間へ帰った。

「小ごう」

茶を運んで来た小ごうへ、光国は、さっぱりとした笑顔を見せて、

「どうだ。於常に似ているであろう」

「はい、なかなかによい娘御でございます」

「うむ」

茶をのんでから、光国は言った。

「そなたも、いろいろと気を使うの」

「おそれ入りまする」

小ごうは、けろりとした顔つきでいた。

このごろ光国の家来たちにとって、いくらか気がらくになったのは、光国の夜遊びの度が以前に比べて、ずっと減ってきたことであった。

酒はやはりよく飲むが、盃を傾けながら左手で書物をひろげて読む、ということは、居間にいても遊所にいるときと少しも変わらない。

ただ、伯父《おじ》の義直にも話した国史編纂《こくしへんさん》のことを、いよいよ計画立てる気になったのではないか、と家来たちにも想像のつくのは、このごろ、なんべんも家老の中山市正《いちのかみ》を呼びよせて、

「わが家にて、わしの一存にて学者を召し抱えるということ、叶《かの》うか。わしから知行《ちぎょう》をつかわす、ということもならず、やはり父上よりお扶持《ふち》を賜らねばならぬが、この儀、いかがであろうな」

と、相談をすることがあるからであった。

そういうとき、中山市正は、ふんわりした微笑を浮かべ、なだめるように、

「計り事の大なるは、お急ぎなされてはならぬものでござります。ただいまは、林道春どのと永喜《えいき》どのが、隔日にご進講にお屋敷へ参られておりまするが、家中に人がないわけでもござりませぬ。何事にもまず、お父上のご家来を第一、とお考え下さりますよう」

と言った。

中山市正の言葉を、二度目に聞いたとき、光国は、

「わかった。二度と申すまい」

大きくうなずいて言った。

伯父の尾張義直が『類聚《るいじゅう》日本紀』の編纂が終わりに近づいていても、世の中へ出すことをせぬのは、やはり国学者として徳川幕府をはばかるからであり、自分もそういう遠慮をしなくてはならぬのだ、と気がついたからであった。

伯父でさえそれなのだから、まだ水戸の家を継がぬ自分が、そう焦《あせ》ることはない、と光国は考えた。

光国に国史編纂の志があることは、もう中山市正も知っている。皇室の存在と徳川幕府のあり方を、はっきり分けて見ている光国だけに、国史編纂のことが実地に行われるようになったら、御三家の一としてなかなかに面倒なことが生ずるに違いない、と市正は見ているのであった。

小ごうの局が、生母のお久の方の意向だといって、

「お方様お側近く仕える弥智《やち》と申す娘、若君様のお側に召し使われてはいかが、とのことでござりますが」

その年の夏ごろになってから、そう言い出したとき、光国は、すぐに小ごうの意中を見抜いたようであった。

「女子は、増やさずともよい」

はっきりと、光国は言った。

「そなたと、ほかに侍女がふたり居れば、用は足りる」

「はい」

さすがの小ごうも、押し返して弥智という侍女をお使いなされては、という理由が立たず、黙り込んでしまった。

二十歳になってから、光国が顔も身体つきも、目立っておとなびて来たのが、はっきりと父の頼房《よりふさ》や家来たちにもわかる。

生来の美男であったのが、このごろは、内側から輝くようなものが現れてきたように思える。

それは、女だけに、ことに幼少のころから仕えているためもあり、いちばん小ごうにはよくわかることであった。

「殿様に従い参らせ、ご登営のみぎりなど、江戸の町の若い女子たちが群れ集《つど》って、水戸中将様のお顔を見たい、とひしめき合いまするそうな」

供廻りの者たちの噂を聞いて、小ごうは奥御殿へ行ったとき、お久の方にそう告げた。

「朝夕お側にお仕え申すわたくしでさえ、若君様のお顔をお見上げ申して、はっと致すことがござります。おん顔立ちがすぐれておわす、というのみにてはなく、輝くようなものが内におわすゆえ、と存じまする」

母として、子を賞められて、うれしくないはずはない。

お久の方にも、このごろ光国のそういう変化は、一ヶ月に一度か二度、奥御殿へ訪ねて来てくれたとき、顔を見ただけでも、はっきりと感じることがある。

前よりも度数が少なくなったとはいえ、光国は、いまだに市中を出歩くし、夜遊びもたまにはやる。

だが、そういうことで光国自身の持っているものが損《そこ》なわれないのは、母のお久の方にも、もうわかっていることであった。

武芸を学んでいるとき、対手《あいて》をする池原五左衛門玄定《げんじよう》も、三本に一本打ち込まれることがあり、腕や肩に痣《あざ》をこしらえるというが、それでも玄定はひどくよろこんでいるらしい。

「かよう申すもいかがなれど、若君様の武芸は、もはや大名芸ではござらぬ」

もう光国の稽古の対手は勤まらなくなり、そばに控えている岩本越中などに向かって、玄定は、光国の木太刀で打たれた腕を自分で揉《も》みながら、

「武芸でもさようゆえ、ご学問のほうも同様でござろう」

と言った。

父の頼房《よりふさ》にしても、そういう言葉が家来たちの口から伝えられると、悪い気持はしないようであった。

「光国がことは、江戸城のお奥にまで聞こえているそうな。水戸中将様おあがりの節は、何とぞして隙見《すきみ》がしたい、と申す奥女中たちが多いという」

それはただ、わが子の自慢をしているだけではない。

事実、頼房と光国が登営するとき、今日は乗物でなく馬で参ろう、と頼房からそう言って、父子が馬を連ね、供奉《ぐぶ》を従えて行列をしていると、沿道に大ぜいの群衆がならんで、しゃがんでいる。その中に、若い女が多いのは、父の頼房も気がついていることであった。

殿中での振舞いも、光国は堂々としているし、それでいて挨拶に来た老中や諸侯たちを対手に、市中の遊び場のことを砕《くだ》けた調子で話したりしている。

父の頼房には全くわからないことだし、黙って聞いているよりほかはない。

だが、いくら遊び場のことを話していても、光国の口調には下卑《げび》たところは少しもなかった。

守役の小野角右衛門などが、市井《しせい》の者のごときお言葉をお使い遊ばす、と心配をしているが、殿中での光国にはそういうところはない。

諸大名も、光国の話が面白いのと、自分たちの知らない市井のことを聞かせてもらえるので、光国が登営すると、それを楽しみに御三家の溜《たま》りの間《ま》へ挨拶に来る人々が多い。

「光国は、わしよりも世故《せこ》に長《た》けている上、話し上手だな」

と頼房は、家老の中山市正《いちのかみ》に言うことがあった。

「はあ」

市正は、にこりとして、

「若君様は、生きたる学問をなされておわしまするゆえ。それも何事であれ、無駄に遊ばしておいでなさらぬゆえでござりましょう」

「駻馬《かんば》が、ようやく手綱《たづな》のことを案ずるに及ばなくなったわけだな」

笑ってから頼房は、もうそろそろ光国のために、妻を定めてもよいのではないか、と考えた。

お久の方に会ったとき、そのことを相談してみよう、と頼房は思った。

そのお久の方の侍女になっている弥智《やち》という娘が、光国がかつて眼をかけた、死んだ於《お》常《つね》とよく似ている、ということはまだ頼房も知らずにいた。

紀伊家の松姫が松平左兵衛督《さひょうえのかみ》のところへ輿入《こしい》れするとき、光国は、望月庄左衛門を名代として祝儀を述べにやり、巻絹を祝い物として届けた。

その晩、いつもの通り側近の者たちを集め、酒をのみながら光国は言った。

「祖母君様は、わしと松姫をめあわせよう、というお考えと思われたが、聖賢の式法にも同姓はめとらず、とある。わしも無駄に書物を読んではおらぬつもりであるし、御三家の縁組は公儀にても禁じ給うている」

「このほうがよろしゅうございました」

望月庄左衛門は答えたが、光国は、ふっと微笑を浮かべて、

「しかし、松姫は、美しい、よいお人であったな」

その光国の表情の中に、過ぎ去った夢を懐かしんでいるようなところがある。

内心では光国も、松姫を嫌いではなかったのだ、と家来たちにも想像のつくことであった。

同じ春、尾張義直が帰国するとき、光国は、暇乞《いとまご》いに行って、半日ほど義直と話をして来た。

どんな話が出たのか、帰ってからも光国は家来たちに何も話さなかったが、国史編纂《へんさん》のことについて、いろいろと伯父の義直から教えを受けたのだと思われる。

以前ほどではないが、市中出歩きや遊所通いを、光国は繰り返しはじめたが、このごろの光国の市中出歩きには、一定の目的が出来たように見える。

馬に乗って小石川の屋敷を出ると、それまで一度も通ったことのない道を選び、抜け道のようなところへも入ってみることがあった。

一度通った道は、必ず忘れず、屋敷へ帰ってから江戸の地図をひろげ、それへ朱筆で書き入れをする。

そういうことが、父の頼房に従って登営したとき、老中たちが挨拶に来ると、光国の口から出るのであった。

「何ほどの江戸案内者も、水戸中将様の御前へ出ては叶《かな》うまい」

と松平伊豆守が、自分の家来たちに語っていたという。

光国の記憶力のたしかなことも、おそろしいくらいであった。

夏のさかりのころ、吉原へ遊びに行っての帰り、夕方、光国は、目塞笠《めせきがさ》に顔を隠し、大門をくぐりかけてから、ふっと足をとめた。

酒に酔っているらしい侍がひとり、遊女たちの肩に手をかけ、顔をむき出しにして、何か冗談を言いながら歩いている。

「あれは、わが家の徒士組《かちぐみ》の近藤武十郎であろう」

光国は言ったが、供をしている三左衛門たちも、たしかに徒士組の中で見た顔だ、と気はついたが、名前までは思い出せなかった。

「まだ明るいうちに、顔をむき出しにしてあのような振舞いしては、当人の恥のみならず、わが家の恥辱ともなる」

光国に言われて、茅根《ちのね》伊左衛門が、すぐにその徒士のほうへ近より、小声で注意をした。

そのころ光国は、もう大門を出て、馬に乗っていたが、茅根伊左衛門が追いついて来て、

「かの者、一時に酔も覚め果てておりました。お家へ帰ってより、徒士頭《かちがしら》へ申し伝えましょうや」

「それは要らざることだ」

馬を進めながら、光国は言った。

「遊びの場所にてのことゆえ、当人さえ気をつけるようになれば、それでよい」

だが、光国が屋敷へ帰って夕食が終わったころ、家老の中山市正《いちのかみ》が、目通りを願い出てきた。

「近藤武十郎と申す徒士、組頭のもとへまかり出で、謹慎を致しております。若君様に本日お叱りを受けましたるそうにて、いかが計らいましょうや、と徒士頭よりそれがしへ問うて参りましたが」

「この後、気をつけいとだけ申しておけ」

「は」

市正《いちのかみ》とても、その徒士《かち》を罰する気持はなかったろうが、ほっとした顔色になって、

「しかし、若君様は、徒士の者まで、よう面態《めんてい》と姓名を憶えておられまする」

「できれば、家中の者ひとり残らず憶えたいところだが、そうもならぬ」

と、光国は笑った。

その正保四年の十月十七日、水戸城にいた国家老の芦沢伊賀守が世を去った。年七十一歳であった。

正室がなく、側室にふたりの男子があったが、長男の半左衛門信興《はんざえもんのぶおき》が、書院番になって父のあとを継いだ。

光国にとっても、水戸城で育っていたあいだ、芦沢伊賀守から薫陶《くんとう》を受けたこともあるので、山野辺弥八郎を自分の名代として水戸へやった。

別春会

あくる正保《しょうほう》五（一六四八）年、光国は二十一歳になった。

その年は、二月十五日に改元のことがあり、慶安《けいあん》元年になった。

そのころ、幕府は、江戸の市民たちに対し、絹の衣服を着るのを禁じ、旗本たちにも、大小に美しい飾りをせぬようと触れを出した。

もちろん、旗本奴たちの横行に対して釘《くぎ》をさしたわけだが、水野出雲守を頭領とする旗本奴たちは、そういう触れも耳にかけず、相変わらず派手な身なりで、遊び場や盛り場を押し歩いた。

「弱りました」

春のある日、光国は、奥御殿に母のお久の方を訪ねて、笑いながら言った。

「あまり派手なるいで立ちをせぬよう、と本日、お父上より申し渡されました」

そう言った光国は、今まで通りの派手やかな服装をしていた。

母のお久の方の眼には、色の白い、身体つきの大きなわが子が、そういういで立ちをしているのがよく似合う、と見える。

だが、お久の方は、内心とは逆な言葉で、わが子をたしなめた。

「何事もお父上の仰せに従われるよう」

「はい」

おとなしく、光国は答えた。

そこへ、あの弥智《やち》という侍女が、茶を運んで来た。

それとなく見ると、やはり弥智は、死んだ於常《おつね》に似ている。

母のところへ訪ねて来る自分に、弥智という娘の顔を見たいという気持があるのではないか、と考え、光国は、狼狽《ろうばい》した心地になった。

「中将どのも、そろそろ奥方をお迎えなされては」

お久の方が、いきなり思いがけぬことを言った。

「は」

光国は、とっさに返辞が出来なかった。

「いえ、いましばらくこのままで暮らしているほうが勝手でござります」

そう答えながら、光国は、母の居間の隅に、じっとつつましく控えている弥智の姿を、眼のうちに入れていた。

父の頼房《よりふさ》も、自分に妻をめとらせたい、と考えているらしく、それとなく言葉の端に出すこともあったが、光国はそのたびに、まだ妻帯の意がない、と答えた。

学問にしろ武術にせよ、もっと精を出して努めたいし、二十一歳になったばかりで妻をめとり、落着いた生活へ入るのは光国にはいやであった。

その慶安元年の春、光国の守役のひとりであった小野角右衛門言員《ときかず》は病を得たので、あるじの頼房に暇をもらい、故郷の常陸《ひたち》へ帰ることになった。

角右衛門が挨拶に来たとき、光国は、自分の脇差を角右衛門に与えた。

守役の中でも、いちばん自分の素行にきびしい諫言《かんげん》をしてくれた角右衛門だけに、致仕《ちし》(辞任)するとなると、やはり光国は名残り惜しい気がする。

光国から与えられた脇差を両手にささげ、角右衛門は、しばらく下を向いていた。涙をこらえている様子であった。

身体の肉も落ちて、角右衛門の痩せているのが、肩衣《かたぎぬ》や袴《はかま》の上からも光国にはよくわかる。

「そのほうの諫書《かんしょ》、いまだにわしは持っている。ときどき、あれを取り出して読み、おのれへの戒《いまし》めとしよう」

「忝《かたじけな》いことにござります」

ほかの家来たちが、はらはらするくらい遠慮のない意見をする角右衛門が、さすがに今日は顔があげられず、今にも泣き出しそうであった。

「常陸へ戻ってより、何をするのか」

と光国が訊くと、角右衛門は拝領の脇差を懐紙へはさみ、大切そうにふところに入れてから、

「殿様より頂戴仕りましたる田畑がございますゆえ、百姓仕事をして、余生を送ろうと存じまする」

「しかし、いまだ老い朽《く》ちるという年でもあるまい。身体が元のようになったら、わしのところへ仕えに来い」

「は」

ぽろっと角右衛門の眼から、涙が頰へ落ちた。

「では、若君様にも、おん身をおいとい遊ばされ、文武の道にご精進《しょうじん》下さりまするよう」

長くここに居ては、自分は泣き出すかもしれない、と思ったのであろう、角右衛門が、改めて挨拶をすると、

「待て」

呼びとめて光国は、富田藤太郎に硯《すずり》と短冊《たんざく》を持って来させると、筆を持ってしばらく考えていたが、和歌を一首書いた。

「これを、つかわそう」

光国に言われて角右衛門は膝を進め、白扇をひろげて、その短冊を受けた。

どういう和歌が書いてあるのか、藤太郎のところからは見えない。

だが、それを読むと、小野角右衛門は、白扇に乗せた短冊を押し頂き、じっと頭を下げているうちに、嗚咽《おえつ》の声を洩《も》らしはじめた。

「有難き、有難きおん教えにございます」

ようやく涙をおさめてから、角右衛門は、

「先年、わたくしが書き認《したた》めて差し上げましたるもの、何とぞ、何とぞお返し下さりまするよう」

「あの諫書か」

機嫌のいい顔で、光国は笑った。

「最前も申したるごとく、あれは、わしが手許にとどめておこう」

「しかし、あのようなるもの、もはや若君様のお役には立たぬ、と存じまする」

「そうではない。人には油断というものがあるものぞ。その油断が出でたと気のついたるとき、あれを取り出して読もう」

「は」

もう返す言葉もなく、角右衛門は平伏していた。

あくる日、小野角右衛門は、妻を連れて常陸国へ旅立ったという。

「若君様」

その夜、いつもの通り光国が、家来たちを集めて酒をのみながら話をしているとき、小ごうが訊《き》いた。

「小野角右衛門どのへ、どのような和歌をおつかわしになりました」

このごろ光国が、詩歌が面白くなり、さかんに詩や和歌を作っているからであった。

「いや、あれは角右衛門につかわしたるものゆえ」

と言ったきり、光国は、どういう和歌を書いてやったのか、小ごうたちにも話そうとはしなかった。

その夜、臥所《ふしど》へ入るときになってから、光国は、宿直番《とのいばん》とならんで挨拶をする小ごうへ、

「小ごう」

と、声をかけた。

「はい」

小ごうが膝で近づいて来ると、光国は、枕に頭をつけて、

「あの、弥智《やち》と申す女子な」

小さな声で言った。

「は」

両手をついて小ごうは、光国の次の言葉を待った。

「あれは」

言いかけてから光国は、考え直したのか、

「よい。さがれ」

あとは何も言わず、天井に顔を向け、眼をつぶった。

光国が何を言おうとしたのか、すぐ見当はつかないが、弥智というあの娘に光国が関心を持っている、と小ごうにも想像がついた。

それから三日ほどして、小ごうが奥御殿のお久の方のところへ機嫌伺いに行ったとき、ほかに誰も居ないのを確かめてから、お久の方へそれを告げた。

光国が、まだ妻帯の意思がない、とはっきり言っているのに、生母のお久の方や光国のそばに仕えている小ごうが光国に侍女をつけるというのは、そう容易に出来ることではない。

「お上へ、わたくしからお願い申そうか」

と、お久の方は言ったが、小ごうは、

「はあ」

と言ったきり、それがよろしゅうございます、とは答えなかった。

小ごうの話を聞いてから、お久の方は、死んだ於常《おつね》に似ている弥智《やち》を、なんとかして光国のそばに仕えるようにしよう、と懸命に考えはじめたようであった。

その年の夏に入るころ、頼房《よりふさ》の居間の次の間に詰めていた小姓のひとりが、いたずらに脇差で襖《ふすま》の紙を切った。

それを見ると、ほかの小姓たちも、われもわれもと脇差を抜いて襖の紙を切り、ずたずたにしてしまった。

小姓頭《がしら》が見つけて、叱りつけているところへ、庭で弓を引いていた頼房が、居間へ帰って来た。

いそいで小姓頭は、その切りさかれた襖を隠そうとしているうちに、頼房が、それを見つけてしまった。

わけを訊《き》くと頼房は、ひどく立腹したので、小姓頭《こしょうがしら》は、いたずらをした小姓たちを一間に閉じこめ、家老の中山市正《いちのかみ》が頼房の前へ出た。

「申し訳もございませぬ。いたずらを致しましたる小姓たちは、きっと糾明《きゅうめい》いたさせまする」

市正が詫《わ》びると、頼房は、機嫌の悪い顔で、

「いたずらを叱っているのではない。まだ年若き者たちが脇差を振りまわし、怪我をしたらなんとするぞ。江戸や国表にいる彼らの親たちから、わしは彼らを預かっている。怪我でもさせたら、わしは、あるじとして彼らの親になんと言いわけするぞ」

それきりで頼房は、小姓たちのいたずらを咎《とが》めようとはしなかった。

ただ、家来たちに詰まらぬ怪我などさせまい、としている頼房の気持は、中山市正から家来たちに伝えられた。

光国も、それを聞いて、

「わしに、父上の真似が出来るかな」

とつぶやいた。

父が豁達《かったつ》で豪放なところもある一面、家来たちにそういう細かい心づかいをしているというのは、将来、水戸家のあるじとなるべき光国には、見習わなくてはならぬところであった。

このごろ光国は、『千金方』の和訓を続けていたし、『植字本六臣注文選』のほとんどに、和訓をつけ終わっていた。

武術のほうも、池原五左衛門玄定《げんじょう》の丹精で、いよいよ腕を上げてきているし、柳生道場へ行ったときも、旗本の水野出雲守成貞さえ、三本に一本は光国に取られるようになった。

「中将様のおん顔つきが、このごろは変わりましたな」

以前のように度々ではないが、たまに吉原で一緒に光国と酒をのんでいるとき、笑いながら出雲守は言った。

「どう変わりましたな」

右手に盃を持ち、ふところから書物をのぞかせながら、光国は訊いた。

「さよう」

出雲守は、盃を置いて、

「これまでの中将様のおん顔は、親しみやすく、近づきやすうござったが、近ごろは、親しみやすいながら、なんとのう近づき難いものが、おん顔に現れて参ってござる」

「わしは、自分ではわからぬが」

首を傾《かし》げて、光国は言った。

その日、小石川の上屋敷へ帰ってから、光国は家来たちを集めて酒をのんでいるとき、小ごうに訊いた。

「そなたは、わしが生まれたる時より、わしの顔を存じている。近ごろ、わしの顔は変わったか」

「はい」

すぐに、小ごうは答えた。

「お顔の中に、こわいようなものがお出遊ばした、とお見上げ申しまする」

「こわいもの」

おかしそうに、光国は訊《き》き返して、

「こわい顔をするのか、わしが」

「そうではございませぬ。内よりおん顔に現れ給うものを申しておりまする」

「では、おとなの顔になったのか、わしは」

酒をのみながら、光国は笑っていた。

こうやって光国を中心に、家来たちへも盃が与えられ、酒をのみながらさまざまな話をするこの集まりに、何か名をつけては、という議が持ちあがった。

それは、望月庄左衛門や寒河江《さがえ》大八などの古い家来たちのあいだから出たものであった。

「では、わしが名をつけよう」

と、光国は言った。

「その代わり、その名は、わしが死ぬまで変えるまい」

筆を取って、いろいろに書いて見ていたが、光国は、

「この集まりは、暖かなること春のごとく、春夏秋冬を通して、盃の中にべつに春があるように思わるる。別春会《べっしゅんかい》とは、いかがだな」

「結構でござりまする」

その夜、そこにいた伊藤玄蕃《げんば》が、真っ先に賛成をした。

「よいか」

改めて光国は、念を押した。

「その代わり、わしが世にある限り、この会の名は変えぬ」

「心得てござりまする」

と伊藤玄蕃は言ったが、自分はいくら長生きをしても、このよきあるじの最後まで仕えることは出来まい、と思うと、不意に涙が出そうになって来た。

光国は、朱塗りの三つ組の盃を愛用し、三つの盃の中には、それぞれ智仁勇の一字ずつが蒔絵《まきえ》にしてあった。

その三つの中で、ことに光国は、勇という字のあるいちばん大きい盃を愛用している。勇の盃には、一合六勺《しゃく》は酒が入る。

しかし、いくら飲んでも乱れるということがないし、家来たちにも酒を助け合うということは許さなかった。

「武士の所作は一個の働きゆえ、たとえ酒なりといえど、人に助けらるる、ということはならぬものだ」

と光国は、いつも言っていた。

山《さん》王《のう》祭《まつり》

その年の夏はことに暑かったので、隅田川へ舟遊びに行こう、ということになり、光国は三左衛門たちのほか、望月庄左衛門、富田藤太郎と寒河江《さがえ》大八を連れて、浅草の三股河岸にある蔵屋敷へ出かけて行った。

ここから船を仕立てさせ、川をさかのぼりながら酒をくもう、というのであった。

蔵屋敷の小舟に苫《とま》で屋根をかけ、なるべく目立たぬようにしてあったが、舟入場から舟を漕《こ》ぎ出すころになって、急に空が曇ってきた。

雲が低く垂れてきて、風が起こり、川面《かわも》に白い波が立っている。

「風雨になるやもしれませぬ。しばらくお待ち遊ばされては」

五百城《いおき》六左衛門が言ったが、光国は笑って、

「嵐の中の酒盛というのも、かえって面白かろう」

そのまま、舟を出させた。

舟子たちの顔には、ためらう色があったが、果たして浅草河岸から上流へのぼりはじめ

るころになると、一時に雨が降りはじめ、風も強くなってきた。

川に出ていた舟は、ほとんど河岸に漕ぎよせてしまい、水がうねるように荒れてきた。

「舟を河岸へ」

望月庄左衛門が下知《げじ》をしたが、光国は、はげしく揺れる舟の中で愛用の盃を傾けながら、

「舟がくつがえったりとて、河岸まで泳ぎ着けぬはずはない。嵐の中の別春会というも、風流で面白かろう」

平気な顔をしていた。

三左衛門たちは、武術や学問に長じているように、水練の心得もあった。富田藤太郎も寒河江大八も、同様であった。

いざ舟がくつがえったとき、どうすればよいか、めいめいはすぐに考えた。光国の身一つを皆で守ったら、河岸まで泳ぎつけぬことはない。

舟子も、懸命になって艪《ろ》を押している。

そのうちに気がつくと、望月庄左衛門が懐紙を出して、重箱の中の肴《さかな》を箸《はし》ではさみ、包んでいた。

妙なことをする、と思ったが、光国は何も訊《き》かないし、ほかの家来たちは舟がくつがえらぬ用心をするのが、精いっぱいであった。

だが、しばらくして雨も風もやんだ。

苫《とま》をかけただけの舟なので、光国主従は、ずぶ濡れになっていた。

「なんと思うて、肴《さかな》を懐紙に包んだな」

光国は訊いた。

「庄左衛門」

「はあ、されば」

真面目な顔つきで、庄左衛門は答えた。

「わたくしは、水練が不得手でござります。舟がくつがえり、あの世へ参ったる節は、酒の肴に持ち参ろうと存じまして」

「手まわしのよいことの」

蔵屋敷へ引き返しながら、主従は、顔を見合わせて笑った。

光国が梅の花を好んだのは、幼少のころからであった。

自分が生まれて育った水戸の三木仁兵衛の屋敷の庭にも、古い梅の木があって、その下で、仁兵衛の妻の武佐《むさ》や乳母《うば》の小ごう、家来の望月庄左衛門や下女、下男たちを対手《あいて》に遊んだ記憶が残っている。

この小石川屋敷の自分の居間から見える庭にも、光国は、梅の木を植えた。

それが十六の年だから、二十一歳のいま、梅の木は相当に大きくなり、毎年、美しい花をつけた。

慶安元年のこの秋、光国は国文、和歌、漢文、漢詩などの創作にいそしむことが多かったが、『梅花記《ばいかき》』という国文を書いた。

「花時鳥月雪のとき、と永福門院のよませたまふもさるものから、春はあけぼのやうやく白くなり行くままに、よもの山々はかすみわたりて」

という書き出しで、

「いささかここに記して、一枝の梅によす。花もし心あらば、これが和応せよとぞ。ことしよろこびやすき春、江東の遊士それがし、日新斎《にっしんさい》のうちにして、つゆをしたて侍《はべ》る」

と結んであったが、この一文を読んで守役の伊藤玄蕃《げんば》が、さっそく頼房《よりふさ》に見せた。

沙汰の限りの無法者、などと世上で噂をされている光国の筆になった、とは思えぬほど優雅な文章であった。

「光国がの」

と言って頼房は、満足そうな顔をした。

伊藤玄蕃は、その『梅花記』の写しをとって、自分と交際のある安藤年山《ねんざん》という、儒者で国学者に読んでもらった。

安藤年山は、名は為章《ためあきら》といい、丹波国に生まれ、京都で伏見宮家に仕えていたが、のち浪人して江戸に住んでいる。『紫家七論』という紫式部伝の研究に手をつけたり、『栄花《えいが》物語考《ものがたりこう》』を著したりしているが、儒教思想の影響を強く受けていた。

『梅花記』を読んで、安藤年山は、

「この一文は、格調の正しき国文であり、唐の国の故事など引例してござるが、どなたかご家来が手を加えられましたか」

と、訊《き》いた。

「いやいや、一字半句も家来の筆は加わっており申さぬ」

答えて伊藤玄蕃は、光国が独力で『十三経』に次々と句読を加えたり、支那の医書『千金方』に和訓をほどこしていることなどを語った。

「なるほど、おそれ入った」

と安藤年山は、感嘆して、

「お公卿《くぎよう》方や大名方の中に、国文や漢詩を遊ばすお方も少なくはござらぬが、水戸中将様のは、いわゆる大名学問とは全く違うておりまする」

何べんも、『梅花記』を読み返して言った。

伊藤玄蕃は国学者に賞められたのがうれしいので、それを光国へ伝えると、光国は機嫌の悪い顔をして、

「わしは、おのれの楽しみにあれを書いた。人に読ませようつもりはなかったぞ」

叱りつけるように、玄蕃へ言った。

この同じ年、光国が作った漢詩の『白鷺賦《はくがふ》』などは、隔日に小石川屋敷へ進講に来る林道春とその弟の永喜《えいき》が、感嘆したほどの出来だが、

「世に出そうと思うて作ったのではないゆえ」

と言って光国は、自分の手文庫の中に草稿をおさめてしまった。

年の暮れごろ、光国の妻帯の話が、父の頼房《よりふさ》の口から出たが、

「まだ当分は、ひとり身で居とうござりますゆえ」

と言って、光国は辞退した。

その後、頼房は、奥御殿のお久の方のところへ行ったとき、ふっと訊《き》いた。

「光国は、先年死んだ侍女のことを、いまだ忘れ兼ねているのか」

「その儀につきまして」

ためらいながらお久の方が語ったのは、いま自分が手許で召し使っている弥智《やち》という侍女が、先年病死した於常《おつね》とよく似ている、ということであった。

頼房は、於常という侍女の顔は見たことはない。

「さようか。では、その侍女を見たい」

と頼房が言うので、お久の方は、弥智に茶を点《た》ててくるように命じた。

頼房も、弥智の行儀作法に品があり、顔立ちもすぐれているので、気に入ったらしい。

弥智がさがってから、頼房は、

「あの侍女を、光国が許へつけては」

と言ったが、お久の方は、困ったような笑い方をして、

「実は、それを小ごうと共に考えぬでもござりませなんだが、中将どのに断られまして」

「ふむ」

頼房も、苦笑いをした。

側室が多く、持て扱い兼ねることもある自分が、わが子のそばに侍女をつけようとして

いる、と考えると、やはり頼房はくすぐったい心地になったのであった。

「では、光国の心任せに致そう」

と言ったきり、頼房は、二度と弥智のことに触れようとはしなかった。

だが、当の光国自身が、奥御殿の生母のそばにいる弥智という侍女のことをだんだん意識して来ている、と小ごうには気がついた。

ときどき奥御殿へ行って、母のお久の方に、このごろ自分の作った詩や歌を見せながら、茶を勧める弥智の姿を、光国はちらっちらっと見ている。

女にかけては、もう経験も積んでいるはずの光国が、弥智を見る眼は、初恋をしている少年のような純真さであった。

思い切って小ごうは、光国が居間にひとりきりでいるとき、それとなく訊いてみた。

「若君様には、あの弥智を、いかがお思いでござります」

そのとき光国は、『十三経』のうちの『礼記《らいき》』に句読をつけていたが、眉《まゆ》をひそめ、筆をおいてしまうと、小ごうを睨《にら》みつけるようにした。

「小ごう」

「はい」

「遊所にて、金をつかわして遊び対手にする女子なれば、こだわりは残らぬ。しかし」

と言ってから、光国は眼を逸《そ》らせ、声を落とした。

「二度と女子に溺《おぼ》れることがあってはならぬ、とわしはおのれを戒めている」

しかし、その光国の横顔に苦渋の色がある。

聖賢の書き残した物をきわめ、一方では遊所通いをする、という双方が成り立たぬはずはない、という自信を持ち、それでいて女に溺れるのをおのれで戒めていながら、やはり光国は弥智に心を惹《ひ》かれている。

小ごうは、そう感じた。

そう感じて、小ごうは安心した。

二十一歳の今から、光国が、人間的な欠点の少しもない人物として完成するより、やはり脆《もろ》さを持っていてほしい、と小ごうは思うからであった。

あくる慶安二（一六四九）年、光国は二十二歳になった。

以前ほどはげしくないにせよ、このごろでも光国は、気が向くと、側近の者たちだけを連れ、下総《しもうさ》小金、あるいは武州小金井の野に出かけて行って、鉄砲を撃ってくる。

最近になって光国の鉄砲の腕前は、ずっと上達してきた。

これだけは対手が鳥や獣だけに、家来たちが手加減をして、ご上達なされました、などと賞めるわけには行かない。

たいていは光国が、いちばん獲物の数が多く、家来たちも、かなわぬほどであった。

紀州家の江戸屋敷にいる祖母の養珠院《ようじゅいん》のところへ、狩場の獲物を届けるということは前にはやっていたが、もう養珠院も七十四歳になり、題目を唱えて毎日を送っているので、鳥獣の肉を口にしようとはしない。

それに、やはり松姫が輿入《こしい》れをしたあと、伯父の頼宣《よりのぶ》が在府中ならともかく、光国にとっては、あまり紀州家へ行く興味はなくなっていた。ときどき養珠院《ようじゅいん》が孫の顔を見たくなって使いをよこすと、光国は出かけて行って、自分の作った詩や歌などを祖母に見せる。

顔つきも身体も、すっかり一人前の大人になった光国が、格調の高い自作の国文や、平仄《ひょうそく》(漢詩作法における平字と仄字の配列法)を少しもゆるがせにしない漢詩などを詠むと、養珠院は眼に涙を浮かべてよろこんでくれた。

その年の六月一日、山王《さんのう》の祭礼の当日であった。

天下祭といわれるだけあって、当日の賑わいは江戸市中をあげて大さわぎになるが、その日は御三家の登営の日でもあった。

ちょうど前日から頼房《よりふさ》は腹痛で、光国が父の名代として登営することになった。

供揃えをし、水戸家の行列は、小石川から江戸城へ向かった。

暑い日で、乗物の簾戸《すど》の隙間から入ってくる風が快《こころよ》い。

水戸家の行列と見て、祭見物に群がっていた人々は、道の左右に避けた。

だが、大手橋の前までかかったとき、急に行列がとまった。

光国の乗物も、とまってしまい、行列の先のほうで、何か押問答をしている声がする。

間もなく乗物のわきで、供をしていた家老の中山市正《いちのかみ》の声が聞こえた。

「申し上げまする」

「何事か」

「ただいま、大手門を守る旗本衆の申さるるには、本日、秋野殿《あきのどの》、平河《ひらかわ》御門の見付より祭礼をご見物につき、祭礼の行列、ただいま大手橋前を通り、雑踏いたしおる由にござります。しばらくこれにてお待ち下さるか、ほかの橋よりお城へお入り下さるか、と申されておりまする」

秋野殿とは、将軍家光の側室で、のちに桂昌院《けいしょういん》と呼ばれた女性であった。

京都に生まれ、はじめは家光の乳母春日局《かすがのつぼね》づきの侍女になっていた。やがて家光の寵《ちょう》を受け、いまは秋野殿となって、まだ二十五歳の若さながら、大奥で威勢をふるっているという。それは光国も聞いていた。

「市正」

「はあ」

乗物の中から、光国は声をかけた。

「祭礼の行列に道を譲れ、ということ、上意か」

「いえ」

市正も、少し怒っているらしいが、興奮を押し殺した声で、

「上意というのではござりませぬ」

「わしは本日、お父上のご名代である。ことに、御三家の行列が祭礼の行列に道をはばまれたとあっては、今後に悪い例を作ろう。祭の渡り物を片づけさせ、大手橋の道をあける

よう、旗本衆へ申し入れよ」

「はあ」

「ならぬ、と言うのなれば、強《た》っても押し通る」

「御意」

「ただし、道をあけるまで待ってつかわせ」

「はっ」

そのまま市正は、行列の前のほうへ走って行った。

事が面倒になったら、光国は乗物の戸を開けさせ、自分から家来たちに下知《げじ》する覚悟であった。

だが、しばらくしてから、中山市正が、また乗物のそばへ引き返して来ると、

「お旗本衆、納得されてござります。祭礼の渡り物は取り片づけ、道をあけさせました」

と言って、声を張ると、

「お立ちいーっ」

市正は、行列に下知をした。

水戸家の行列は、そのまま大手橋にかかった。

本町一丁目から堀端へかけて、丁字形になった道では、さまざまな形をした山車《だし》があわてて道を左右に寄せられ、行列の人数は大さわぎをしながら、光国の乗物に向かって土下座をしていた。

義直の病気

松原小路の屋敷へ入って、装束を直しているあいだに、大手橋前の出来事は、将軍や老中たちの耳へ入ったに違いない。

だが、光国が家光の前へ出て、

「本日は父頼房《よりふさ》、不快につき、それがし名代として登営仕りましてございます」

と挨拶をしたとき、家光は、

「中将どのには、大儀でござった」

労をねぎらったきり、大手橋前の出来事には触れようとしなかった。

このとき、尾張義直も紀伊頼宣《よりのぶ》も国にいたし、義直の嫡男《ちゃくなん》のことし二十歳になる光友《みつとも》と、頼宣の嫡子で同年の光貞《みつさだ》が、それぞれ父の名代として登営して来た。

だから、御三家の間には、三人の嫡子が顔を揃えたことになる。

「老中たちは、困っておりましたような」

大手橋前の一件を聞いたのであろう。光友が、ゆったりとした微笑を浮かべて言った。

光友も光貞も、いずれも父に顔立ちが似て、気性も、光友は長者の風格のある父義直の性格を継いでいるようだし、光貞は父頼宣の豪快なところを継いでいるように見える。

「見事なる、なされ方でござった」

と光貞は、大きな声で言った。

「大奥の女ども、さぞ肝を冷やしたことでござろう」

真似ているのではないか、と思えるほど頼宣に似た笑い方をした。

そこへ老中たちが、挨拶に来た。

「これはこれは、お三方にはようお揃いにて」

松平伊豆守は、大手橋のことを知っているに違いないのに、ていねいに尾州家、紀州家、水戸家という順に挨拶をした。

退出の時刻になって、光友と光貞が、まず江戸城から退って行った。

光国は、江戸城の大玄関へおり立ったとき、控えている中山市正《いちのかみ》を呼んで、小声で何か命じた。

「は」

市正は、ちょっとためらう風で、

「さようなることは」

「よいよい、わが申す通りに致せ」

平気な顔で光国は、乗物に身を入れた。

松原小路の屋敷には立ち寄らず、水戸家の行列は、まっすぐ大手門へかかった。

大手橋を渡ると、山車《だし》や飾り物が道の左右に片づけられ、下馬札《ふだ》のわきに竹矢来《たけやらい》を結んで、旗本たちが固めている。

旗本たちだけではなく、諸侯のうちめいめいに受持があって、山王祭の今日は道の諸方に竹矢来を結び、通行禁止をしているところもあるし、町内役人の固めている場所もあった。

水戸家の行列は、大手橋を渡ると、まず下馬札のわきの、旗本たちが詰めている竹矢来のほうへ向かった。

あわてて旗本や番人たちが、

「この道は、通行を禁じてござれば」

というのもかまわず、行列の先に立った徒士《かち》たちは竹矢来を引き破って道を開け、ぐんぐんと押し通った。

そのまま水戸家の行列は、小石川屋敷へ帰ろうとせず、浅草へ向かった。わざと祭礼の雑踏の中を通って、浅草の蔵屋敷へ入り、ひとまず休息してから小石川へ帰ろう、という光国の考えであった。

行列は、大名や旗本の固めているところへかかると、向こうが竹矢来を取り払うのに手間取っていると見るなり、徒士たちが竹矢来を引き破り、無二無三に進んだ。

だが、町内役人の固めているところへ来ると、

「竹矢来を払うよう」

露払いの侍に伝えさせ、ゆっくりと行列をとめて、待ってやった。

そうやって浅草の蔵屋敷へ入り、休息してから小石川へ帰ったころは、もう陽の暮れになっていた。

大手橋前の一件をはじめ、諸侯や旗本たちの固めている竹矢来を引き破って通ったことは、屋敷へ帰ると間もなく、家老たちの耳へ入った。

光国は、父の頼房に呼ばれた。

臥所《ふしど》の中に、頼房が仰向けに臥《ね》ている。

中山市正はもちろん、山野辺右衛門大夫はじめ家老たちが控えていた。

今日の出来事は、すでに中山市正から頼房へ報告をしたあとらしい。だが市正は、光国の肚《はら》を知っているだけに、困った顔はしていない。

「聞いた」

と頼房は、枕の上から顔をねじ向け、光国を見た。

べつに怒った顔もしていないが、頼房は、光国から、はっきりしたことを訊《き》こう、という考えのようであった。

「は」

光国も、平静な表情で一礼してから、

「大手橋前を押し通りましたるは、上様ご側室がご見物なさるやもしれませぬが、こなたは御三家にて、しかも父上の名代でござります。よって、道を開けさせ、通りましたるは当然のことと存じます」

それから光国は、ちょっと語気を変えて言葉を続けた。

「お城より退出のあと、諸侯や旗本衆の詰めたる竹矢来を引き破って通りましたは、べつに理由もござりませぬ。祭礼を口実として竹矢来を設け、庶民《しょみん》の通行を禁じておりまする有様、怪《け》しからぬことと存じました。御三家の一たる水戸家の行列が、さようなる竹矢来にて通行をとめられるいわれはござりませぬ」

「ふむ」

頼房は笑いそうな顔つきになったが、それをこらえている様子であった。

諸侯や旗本たちの固めた竹矢来は押し破っても、町内役人の詰めているところは、竹矢来を払うまでゆっくりと光国が待ってやった、と頼房は中山市正から訊いているに違いない。

「つむじ風が吹き荒れたようなものだの」

ひとり言のようにいって、頼房は、

「よし、退るがよい」

と、光国へ声をかけた。

表御殿の居間へ帰ると、側近の者たちが、にこにこしながら集まってきた。

「遊ばしました、若君様」

「わやくが過ぎたやもしれぬ」

と、光国は笑った。

将軍の愛妾をはじめ、諸大名や旗本たちに楯《たて》をついた以上、このままではすむまい、と光国は覚悟をしていた。

腹痛が癒《なお》ってから、水戸頼房は登営した。

その日、わざと光国を伴わなかったのは、先日の山王祭の一件があったからであった。

これまでの光国の所業は、将軍家光の耳へも入っているであろうし、老中たちや諸大名、旗本たちもみな知っている。しかし祭の当日、将軍の愛妾秋野へわざと楯をつき、その帰り道で諸侯や旗本たちの固めている竹矢来を引き破って押し通ったのは、光国が父の名代という対面を傷つけず、御三家の威を示そうとしたからだとはいっても、おだやかなことではない。

どうせ譴責《けんせき》の沙汰があろう、と父の頼房は覚悟をしていたのであった。

だが、将軍の前へ出て挨拶をしたときも、家光は、頼房にそれについては何も言わなかった。

溜りの間に入っていると、老中の松平伊豆守が挨拶に来て、

「お早きご本復にて、重畳《ちょうじょう》に存じまする」

と言ったあと、改まった口調になって、

「山王祭のときは、中将様におん戒《いまし》めを賜りまして、われら老中職も、町奉行、寺社奉行たちも、おそれ入ってござります」

皮肉か、と頼房は思ったが、そうではない。

「諸侯がたや旗本衆の当日の警固、あまりに厳しきに過ぎ、庶民は通行の自由を奪われ、困《こう》じ居りましたそうな。それを中将様のお扱いにて、ようやくわれらも気づきましてござります。明年の神田祭、また明後年の山王祭には、あまり諸方に竹矢来を組まぬよう、一昨日、市中へ触れを出しましてござります」

伊豆守信綱は、本心から礼を述べているのであった。

くすぐったい気持になって、頼房は、小石川屋敷へ帰った。

「怪我《けが》の功名、と申すことがあるが」

家老の中山市正《いちのかみ》へ、笑いながら頼房は言った。

「光国は、庶民のためによいことをしてつかわしたわけになる。当人は、わざと心得て乱暴を働いたのであろうが、それが人のためになる。よくよく光国は運が強いのだな」

「はい」

中山市正も、微笑をした。

「よい星の下《もと》にお生まれ遊ばした、と存じまする」

「うむ」

自分が水子にせよと命じ、そうなるべき運命にあった光国が、三木仁兵衛の計らいで無事に生まれ、すぐれた若者になっている、と思うと頼房は、よい星の下に生まれた、と言った市正《いちのかみ》の言葉が当たっているような気がした。

思い出したのは、数年前、光国が、たわむれに家来たちに手相を見せていると、うっかりして家来のひとりが言ったことがある、ということであった。

「若君様のおん手には、剣難《けんなん》の筋がござります」

そう言ったあとで、当の家来もまわりにいた家来たちも、どきっとしたらしいが、光国は、平気な顔で笑った。

「弓矢取る身に生まれた者に、剣難の相があるというのは当然のことであろう。つまりはその相に勝つか、負くるか、ということではないのか」

と言ったという。

事実、市中出歩きのとき、旗本と浪人の喧嘩を仲裁して、刀で袖《そで》を切られたことはあるが、光国自身は怪我一つしなかった。馬から落ちたことも一度や二度ではないが、かすり傷一つ負ったわけではない。

運の強い子、というのは、つくづく父の頼房にも感じられることであった。

その慶安二年の十月に入って、近衛前関白左大臣《さきのかんぱくさだいじんのぶひろ》信尋が病を得たので、将軍家光をはじめ尾張義直、水戸頼房からも見舞の使者が京都へ急いだ。

近衛信尋は、後陽成《ごようぜい》天皇の第四皇子でおわしたが、近衛左大臣信尹《のぶただ》に子がないので、勅命を以ってその継嗣としたのであった。

非常に賢明な人物であり、茶道を好んで、正保年間に入道してから、応山《おうざん》と称していた。

その近衛信尋の息女尋子《ひろこ》姫は、公家《くげ》の姫君の中でもすぐれて美しく、和歌に堪能、と聞こえている。

続いて十月二十一日、下総《しもうさ》佐倉十一万石の城主で若年寄《わかどしより》の堀田加賀守正盛《ほったかがのかみまさもり》が病を得たので、将軍家光は自ら堀田屋敷へ出向き、正盛の病を見舞った。

堀田正盛は、家光の乳母《うば》春日局《かすがのつぼね》の子であり、その妻は酒井忠勝の娘なので、幕閣の中でも威勢を振るい、ことに将軍家光の信任が厚かった。

大奥にあって権勢ならぶ者なし、と言われた春日局は、寛永二十年に没している。家光が三代将軍になれたのも、春日局の努力があったとはいえ、将軍が家来の病気を見舞うのは異例のことと言われた。

「尾張様、おん病、と承《うけたまわ》りました」

あくる慶安三（一六五〇）年の三月、中山市正《いちのかみ》が報告をした。

すぐに頼房《よりふさ》は、光国を連れて尾張家へ見舞に行った。

この正月、光国が年賀に来たときは元気であったのに、義直はすっかり痩せて、病床に横たわっていた。

しかし、枕元に書物を積み、病中でも学問を怠らずにいるのは、いかにも義直らしい。

「ご無理はなさらぬものでござる」

頼房は、兄をいたわったが、義直は微《かす》かに笑って、

「いやいや、こたびはわしも、再び名古屋へは戻れぬような気がする」

「さようなお気の弱いことを、伯父君《おじ》」

と、光国も言った。

家来に扶《たす》けられ、臥床《ねどこ》の上に半身を起こしてから、じっと義直は光国を見て、

「中将どのに教えることは、もはやないわ」

「そのようなことはございませぬ」

光国は、膝を進めて懸命に、

「これから、まだまだ伯父君に教えて頂かねばならぬことがございます」

「いやいや、あとは中将どのの力次第」

ふうっと息をつき、つぶやくように言って、義直は、

「中将どのの国史編纂《へんさん》の仕事を見ていたいと思うが、それは、もはや無理であろう」

「伯父君が、おん病に負けるとは思われませぬ」

「うむ」

義直は、げっそりと肉の落ちた頬に、微笑を浮かべた。

光国が、はじめて勤皇の思想を植えつけられたのは、幼少のころ自分を育ててくれた三木仁兵衛の妻の武佐《むさ》であった。

小ごうの局《つぼね》も、武佐に続いて光国に勤皇の思想を、説いてくれた。いちばん光国に明確に勤皇精神を教えてくれたのは、この伯父の尾張義直であり、そのために光国も国史を編纂する覚悟を据えた。

伯父であり、学問の師でもある義直を失うのは、光国には堪え難く、悲しい。

「この次には、伯父君のお元気なるお顔が拝見いたしとう存じまする」

と言って光国は、その日は、父と共に尾州家を辞した。

しかし四月に入ると、義直の病気は、ますます悪化し、名古屋から家老の竹腰山城守《たけのこしやましろのかみ》、成瀬隼人正《なるせはやとのしょう》などが出府して来たし、もう義直の回復は絶望のようであった。

頼房《よりふさ》は、そうたびたび義直を見舞うということは出来ないが、光国は、ほとんど毎日のように尾州屋敷へ出かけて行った。

五月になってから、光国が、義直の病間の隣できちんと膝も崩さずに坐り、夜を明かすことがある。

「お心入れ、忝《かたじけな》いことでござる」

義直の嫡子《ちゃくし》の光友が、礼を言った。

尾州家の侍たちが見ていて感嘆したのは、光国が夜を徹して義直の病間の隣室に詰めているというのが、甥《おい》が伯父に対する態度というより、師に対して弟子が礼をつくしている、と思えることであった。

出府中の紀伊頼宣《よりのぶ》も、たびたび見舞に来たが、頼宣は、義直の病状を見て覚悟をしたらしい。

「父上」

小石川屋敷へ帰り、伯父の容態を報告してから、光国は言った。

「上様、堀田正盛《まさもり》の病中、お見舞のことがあった、と申しまするに、伯父上のご病気をお見舞下さらぬは、なぜでござりましょうか」

　このときの光国の顔には、怒りがあふれている。

　だが、頼房《よりふさ》は、眼を逸《そ》らしたまま黙っていた。

　少しでも将軍に間違ったことがあると、義直は、いつも遠慮することなしに諫言《かんげん》をしていたし、老中たちの機嫌を取るようなことは一度も言ったことがない。

　家光は、尾張義直、紀伊頼宣、水戸頼房と三人いる叔父《おじ》の中で、いちばん義直を煙たがっているし、老中たちも、なんとなく義直を敬遠するふうがあった。

　それは、光国にもわかっている。だからといって、将軍が一度も義直を見舞わないのは、なんとも納得が出来かねた。

「これでよいのか」

　その晩、久しぶりで小石川屋敷の居間に落着き、酒をのみながら光国は、ひとり言をいった。

　将軍がそれを言い出さなくとも、老中たちが勧《すす》めるべきだ、と光国は思った。

　病中も、将軍から上使がたびたび見舞に尾州家へは行っている。だが、将軍が自分で出向くという気配は、いまだにない。

　父の頼房も、そのことについて内心では不満を持っているらしいが、老中を通して将軍へ病気見舞のことを願い出る、というわけにもゆかず、黙っているのであろう。

「あるじが、いかにすぐれた人物でも、まわりによき家来が居らねば」

勇という字の浮いて見える朱塗の、愛用の盃で酒を傾けながら、また光国は、ひとり言をいった。

家光の死

尾張義直が、五十一歳で世を去ったのは、慶安三年五月七日のことであった。

死去のときは、老中の松平伊豆守信綱が上使として、尾州家へ弔問《ちようもん》に来た。

すぐ尾州家では、嫡子の光友を以て義直のあとを継ぐよう将軍へ願い出て、許しがあったし、家督《かとく》の心配はない。

義直の喪《も》が明けてから、紀伊大納言頼宣《よりのぶ》と水戸中納言頼房《よりふさ》は、そろって登城をした。

将軍の前へ出て、ふたりは、尾州家のことについて礼を述べたあと、溜りの間へ入った。

いつもの通り、老中たちが、打ちそろって挨拶に来た。

紀伊頼宣は、ちょっと形を改めて、

「こたび尾州どの病中、ならびに死去のみぎり、たびたび上使を差しつかわされ、忝《かたじけな》い」

礼を述べたあとで、頼宣は、特徴のある大きな眼で、ずっと老中たちを見廻した。

「さて、たびたびの上使、忝くはあったが、病中、上様お成りあるべし、との沙汰《さた》を承り、尾州どのにはたいそうなおよろこびであった」

その胸には、ためている怒りはあるが、頼宣の声は、少し湿ってきた。

老中《まつご》たちは、誰も物をいう者がなく、みな袴《はかま》の膝に手を置き、眼を伏せている。

「末期《まつご》に及ぶまで尾州どのには、われら兄弟へ向かって申された。上様お成りのときは、水戸どのは玄関までお迎えに出ずべし、紀州どのは、われに肩衣《かたぎぬ》だけにても打ちかけ、介抱いたし候《そうら》え、末期にお目通り申し、生前の面目にせん、とお待ち申し居たるに、そのことなく」

そこまで言って頼宣は、声を途切らせ、そっと懐紙で眼を拭《ぬぐ》った。

生前まで将軍家光の来るのを待っていた兄の心持を思って、耐え切れなくなったのであろう。人前で涙などを見せたことのない頼宣《よりのぶ》にしては、めずらしいことであった。

頼宣に代わって、頼房《よりふさ》が膝を進め、老中たちひとりひとりの顔を見ながら言った。

「先年、伊達陸奥守政宗《だてむつのかみまさむね》、病気にて末期のとき、上様のお成りあり。これは度々の忠義ある大名、ことに徳川家にとりては古き兵《つわもの》なれば、お成りあること、もっとも千万。また昨年、堀田正盛《ほったまさもり》、大病のとき、お成りあり。この儀は、合点《がてん》参らず。正盛は、徳川家に忠義を積みたる家来というにてもなく、当代様お取り立て、いわば新参者なれど、おのおの相役ゆえお取りなしのことあるは当然と存ずる。尾州どのは、われらが兄ながら、白きは白、黒きは黒と言い切り、おのおのへも軽薄なる世辞などなき人ゆえ、お取りなしのことなかったり、と思う。しかしながら、よくよく了見あれ。尾州は、われらと異なり、天下の副将軍ぞ。副将軍の病気見舞に、将軍のお成りあるとも、後代《こうだい》の瑕瑾《かきん》になるべき道理なし。この儀、いかが」

頼宣よりも声音はおだやかだが、頼房は、一気に述べた。

さすがの松平伊豆守、阿部豊後守《あべぶんごのかみ》なども、一言も言葉を返すことが出来ず、平伏してしまった。

もちろん松平伊豆守などは、そういう点に抜かりのあるはずはなく、将軍へ尾州家への見舞を進言したのだが、家光は、見舞に参ろう、とは言い出さず、その沙汰がないうちに義直の死がきたのであった。

だが、紀伊家と水戸家の二兄弟から、そろってこう手きびしく責められるとは思っていなかっただけに、老中たちはどう挨拶してよいかわからなかった。

その日、紀伊頼宣と水戸頼房が江戸城から退出したあと、松平伊豆守は将軍の前へ出て、さっきのことを報告した。

伊豆守の語調の中には、叔父の義直を最後まで煙たがっていた家光を、やや責めているところがある。

「われら、まことに赤面の至りでござりました」

と伊豆守が言うと、家光は黙っていたが、

「道理である」

うなずいてから、ちょっと考えていたあとで、

「紀伊どのと水戸どのへ、そのほう、詫《わ》びに参ってくれるよう」

「はい」

人を好き嫌いする度は強いが、こういうとき家光は、はっきりと自分の非を認めた。

「心得てござります」

その日の暮れ方、松平伊豆守は、紀伊家と水戸家の双方をまわって、江戸家老の三浦長《なが》門守《とのかみ》と中山市正《いちのかみ》に会い、将軍の意を告げた。

「おわかり下されればよろしいが」

それを市正から聞いたとき、頼房は、

「申すも繰言《くりごと》ながら、尾州どのご生前に、お成りのことがあったればのう」

口惜しそうに言った。

尾張義直の死は、光国にとっても大きな打撃であった。

学問を教えに来てくれる学者はいる。家中にも、学者が少ないわけではない。書物も揃《そろ》っている。

しかし、伯父の義直は、光国にとっては精神的な面での師でもあった。

伯父の喪に服しているあいだ、光国は、少しも酒を口にせず、日夜、神棚におさめた伯父の神号《しんごう》に向かって、礼拝を捧げていた。

義直は、自分の死期が迫った、とさとったとき、林羅山《はやしらざん》を呼んで、自分の神主《しんしゅ》（霊《れい》

牌《はい》）を作らせた。号は、二品前亜相《にほんさきのあそう》尾陽侯《びようこう》源敬《げんけい》、というのであった。

葬儀は、遺骸が名古屋へ帰ってから儒教の礼式を以て行われ、尾州東春日井《ひがしかすがい》郡水野村定光寺に葬られた。

義直の死後、将軍家光は、向こうから水戸頼房に近づこうとする風が見えた。

同じ叔父でも、剛毅な気性の頼宣よりも、祖父の家康や亡父の秀忠がいちばん信頼していた頼房を自分の政治上の補佐役にしたい、と思っているように見える。

そうわかると、わざと頼房《よりふさ》はそれを避けるようにした。

兄の頼宣《よりのぶ》を差しおいて、自分がそういう面に立つべきではない、と考えたからであった。

この年の秋、常陸《ひたち》領内の岩崎村と辰野口村に、二つの新しい堤防が完成したので、頼房は将軍の許しを得て、光国を伴い、その堤防を見るために領地へ帰った。

いったん水戸へ入ると、家来たちの出迎えを受けて、頼房は、奥御殿にいるお勝の方のところに泊まった。

光国は表御殿に泊まることになり、三木仁兵衛の妻の武佐《むさ》を呼んで、久しぶりに会った。

武佐は夫の死後、髪をおろしていたが、読経三昧《どきょうざんまい》に日を送る、というようなことはない。家中の娘を集めて学問を教えたり、自分の屋敷の庭に作った畑へ出て働いたり、老いても、なかなかに元気であった。

しかし、やはり光国の前へ出ると、武佐は、うれしさで涙が先に立ってしまい、挨拶を述べる言葉も乱れ勝ちになった。

「こたびは、三日ほどより城に居られまい。明日は、岩崎村と辰野口村へ堤を見に参る」

と光国が言うと、武佐は、ようやく涙を拭《ぬぐ》い終わって、

「伺いましてござります。ご領内の者たちも、若君様のご帰国を、さぞ喜んでおりましょう」

まぶしそうに、光国を見あげながら答えた。

その慶安三年の九月、将軍家光の嫡子で十歳になる大納言家綱《だいなごんいえつな》は、西の丸へ移され、次代将軍となるべき教育を受けることになった。

補佐役としては、老中松平伊豆守信綱、同じく阿部豊後守忠秋などの名臣がいるが、将軍としての器《うつわ》を具《そな》えさせるためには、やはり血のつながった人物がいい、と思ったのであろう。家光は、水戸頼房が登営したとき、家綱の補佐を頼みたいと言ったが、頼房は婉《えん》曲《きよく》にそれを辞退した。

もちろん、兄の紀伊頼宣を差しおいて、そういう任に当たるべきではない、と考えたからだが、辞退したあとで、

「上様も、後々のことまでお考えなされるお年にはあらず。ご自身にて家綱どののご薫陶《くんとう》に当たらるるがよろしきか、と存じます。またそれがしも、定府《じようふ》の身ゆえ、いつにても家綱どののお役に立ちましょう」

と答えた。

家光は、まだ四十七歳だが、このごろになって、自分の治政は成功していないのではな

いか、と疑いを持ちはじめているようであった。

徳川幕府諸般の制度は全く成り、江戸城の築営も完成しているが、家光は父の秀忠が穏健な政治を行ったのとは違って、積極的な施政態度を採り、諸国に土木工事をさかんに起こした。キリシタンを弾圧した結果、寛永十四年の島原の乱を鎮定するために軍用金を費《つい》やしたりなどして、家康が蓄積した徳川家の財産を傾けつくした形がある。

鎖国令《さこくれい》を布《し》いたことは、外国の侵略を防ぐ役には立ったかもしれないが、古くから続いた日本人の海外進出の途を絶ち、日本を世界の動きから孤立させている。

紀伊頼宣は、剛毅な気性だけに、家光に向かって海外進出を説いたこともあり、浪人を多く召し抱えたりするので、家光とは反《そ》りが合わなくなっていた。

だから家光は、尾張義直の死後、頼房に副将軍となってわが子の家綱を補佐してほしい、と考えたようだが、頼房には、天下の政治に口を入れる気持はない。

虫が知らせた、というのであろうか、家光は、しきりに自分のやってきた政治を反省してみたり、家綱がまだ幼少なので、その将来を心配するような言葉を頼房に洩らしたが、あくる慶安四（一六五一）年の春を迎えてから、家光は病勝ちとなった。

四月に入り、十六日の上野東叡《とうえい》山東照宮遷宮《せんぐう》の儀がとどこおりなく行われ、御三家をはじめ諸大名も、直垂《ひたたれ》や大紋《だいもん》などで参拝したが、その前夜から家光の容態は悪化した。

すでに出府していた紀伊頼宣《よりのぶ》をはじめ水戸頼房《よりふさ》、尾張光友などが、急いで登営すると、老中たちが列座し、酒井讃岐守《さぬきのかみ》忠勝が出てきて、将軍の遺言《ゆいごん》ともいうべきものを伝えた。

「御三家様お揃いの上にて、おん自らご遺託《いたく》のこと、思し召されておわしましたるところ、にわかにおん悩み重らせ給い、そのご気力もおわさず、それがしにおん言葉を賜りました」

と忠勝は、形を改めて、

「御三家宗室《そうしつ》のおん方々へ、特にお頼み致すべし、とのことでござりました。大納言様いまだおん年十一歳に候《そうら》えば、天下万機の事ども、宗室の方々、そのおん身に引き受けて補導せられんこと、頼み思《おぼ》し召《め》す、と仰せあって」

そこまで言ってから、讃岐守忠勝は、涙で声を詰まらせた。

しばらく誰も無言でいたが、やがて紀伊頼宣《よりのぶ》が、忠勝へ向かって口を切った。

「上様へお答え申すべし。われら、家綱どのがお側にござれば、何事もご安堵《あんど》なされ候え」

「は」

忠勝は、頼宣をはじめ頼房《よりふさ》、光友《みつとも》へ次々に一礼を送って、家光の病間のほうへ入って行った。

御三家が退出してから、老中たちは、譜代《ふだい》大名を集めて、

「在国の諸侯には、上様おん気色《けしき》重らせ給うよし聞きて、にわかに出府なされよう方々もおわすそうなれど、重ねて下知《げじ》あるまで、国を守り、参府なされまじきこと」

と、公式に伝えた。

あくる日の申《さる》の刻（午後四時）、将軍家光は、世を去った。年四十八歳であった。

その夜のうちに、家光の知遇を得ていた下総佐倉の城主堀田加賀守正盛《まさもり》と武州《ぶしゅう》岩槻《いわつき》の城主阿部対馬守重次《あべつしまのかみしげつぐ》、それに、下総小見川の城主内田信濃守が、めいめい自分の屋敷へ帰ってから、追腹《おいばら》を切った。

城から退出するとき、堀田正盛は、幕閣の重臣たちに向かって、自分は殉死《じゅんし》するということを告げて、

「おのおの方もご存知のごとく、わが身は少年のころより格別の寵《ちょう》を蒙《こうむ》り、浅才の身にて、かくは登用せられしこととなれば、昇天のおん供仕るは、心中特に涼しく覚えまする」

と言ったという。

三人ばかりではなく、ほかに、小十人組頭奥山茂左衛門《おくやまもざえもん》、書院番頭三村土佐守《みむらとさのかみ》などが、続いて腹を切った。

四月二十三日に、遺命に従って家光の柩《ひつぎ》はいったん東叡山《とうえいざん》に遷《うつ》され、二十六日に江戸を発して、日光東照宮に向かった。

五月十七日には、朝廷から故徳川家光に正一位太政大臣の贈位のことがあり、大猷院《たいゆういん》と追号を賜った。

続いて幕府は、家光に仕えていた奥女中三千七百人に暇《いとま》をやり、金を与えて、めいめいの家へ帰した。その金額は、一万二千両の余にもなった。

六月二十五日に、殿中の白書院で家綱に拝謁のことがあり、紀伊頼宣、水戸頼房、尾張

光友をはじめ、在府の諸大名と旗本たちが、四の間まで居流れて、盛大に拝賀の式が行われた。

この年の夏はことに暑く、江戸市中でも暑さに当たって病死する者の数も多かったが、将軍代替りのことがあり、新しく将軍となるべき人がいまだ十一歳なので、市中はなんとなく落着きがなかった。

頼房も光国も、小石川の屋敷で喪に服していたが、ふと思い出したように、

「追腹ということ、いかが考えるな」

と頼房は、わが子に訊《き》いた。

「は」

まっすぐに光国は、父の顔を見あげて、

「わたくしは、よからぬ仕来《しきた》りのように存じまする」

「そう思うか」

二度ほどうなずいてから、頼房は、

「わしが死んだる時は、追腹は固く無用。よいか。覚えていてくれるよう」

「忘れませぬ」

緊張した表情で、光国は答えた。

七月に入って二十三日の夜、本郷弓町で宝蔵院流《ほうぞういんりゅう》の槍術を教えていた武芸者丸橋《まるばし》忠弥《ちゅうや》という者が、町奉行の手で捕らわれた、とあくる日、水戸屋敷へも聞こえた。

はじめのうちは、どういう嫌疑なのか、水戸家でもわからなかった。

将軍代替りで、江戸市中に住んでいるおびただしい数の浪人たちの動きが、厳重に監視されていたときなので、その一つだろうという噂であった。

丸橋忠弥は、旗本大岡源右衛門《おおおかげんえもん》の屋敷のうちに住んでいた。町奉行石谷《いしがい》将監《しょうげん》貞清づきの与力や同心が、「火事だ、火事だ」と外で叫び声をあげたので、忠弥がうっかり雨戸をあけて外をのぞくところを、一度に飛びかかって引き倒し、縄をかけたのだという。

はじめは単なる浪人狩だろうと思っていたが、そうではなく、二日後には駿府《すんぷ》の旅籠《はたご》梅屋で、そのころ市中でも名の聞こえていた軍学者由井正雪《ゆいしょうせつ》が捕吏《ほり》に囲まれ、一味の者たちとともに自刃《じじん》して果てた。

七月二十九日に至って、由井と丸橋に関係のある徒党の者五十七人、その女房や子供、奉公人たち百数十人が、牢に入れられた。

八月十日に、丸橋忠弥が、品川で磔《はりつけ》の刑にされた。由井正雪の父母、妻子も処分された。この乱は未然に鎮まった形だが、しかし、浪人たちに対する面倒な問題が、この後に残されたわけであった。

（中巻へ続く）

この作品は、学習研究社より一九七〇年〜七一年に単行本・上巻（花と風の巻）、下巻（雲と月の巻）として刊行されたものです。

人物文庫

水戸光圀〈上〉

二〇〇〇年九月二〇日［初版発行］

著者――村上元三
発行者――光行淳子
発行所――株式会社学陽書房
東京都千代田区飯田橋一－九－三 〒一〇二－〇〇七二
〈営業部〉電話＝〇三－三二六一－一一一一
FAX＝〇三－五二一一－三三〇〇
〈編集部〉電話＝〇三－三二六一－一一一二
振替＝〇〇一七〇－四－八四二四〇

フォーマット・デザイン――川畑博昭
印刷・製本――錦明印刷株式会社

©Genzo Murakami 2000, Printed in Japan
乱丁・落丁は送料小社負担にてお取り替え致します。
定価はカバーに表示してあります。
ISBN4-313-75112-2 C0193

学陽書房人物文庫好評既刊

小説上杉鷹山〈上・下〉　童門冬二

灰の国はいかにして甦ったか！　積年の財政危機に疲れ切った米沢十五万石を見事に甦らせた経営手腕とリーダーシップ。鷹山の信念の生涯を描くベストセラー小説待望の文庫化。

ゴッホの生涯　嘉門安雄

ひたすらな情熱のままに絶えず悲劇をはらんで生き、誰にも認められることのなかった天才画家の光りを求め続けた三十七年の生涯を、その行動と足跡とエピソードの組立てによって描く。

棟方志功伝　鬼が来た〈上・下〉　長部日出雄

「世界のムナカタ」はどのようにして誕生したのか。人間志功に接近するとともに、その時代と芸術の世界を鮮やかに描き出してゆく。同郷の作者が魂込めて描いた芸術選奨文部大臣賞受賞の傑作。

そろばん武士道　大島昌宏

天保リストラ物語！　歳入の八十年分もの負債を抱えた越前大野藩を藩直営店、蝦夷地開拓など斬新な改革を断行して再建した経済武士・内山七郎右衛門良休の生涯を描く著者渾身の長編。

山田長政の密書　中津文彦

逃亡者としてシャム（タイ）に渡りながらも、貴族待遇の親衛隊長の地位に昇りつめた山田長政。十七世紀の国際諜報戦を生きた伝説の快男児の活躍と暗殺の謎に鋭く迫る長編歴史推理小説。

学陽書房人物文庫好評既刊

小林一茶
童門冬二
〝かるみ〟と〝おかしみ〟は〝かなしさ〟の別名! この世に生きるものたちの弱さ、哀しさを凝視し、人間への愛を求め続けた人間一茶の、こころと俳句と無垢な魂の遍歴をつづった好著。

修羅《しゆら》の絵師
鳥居清元
南原幹雄
鳥居派と菱川派の歌舞伎絵看板競作が設定され、江戸庶民注目の中、鳥居派の隆盛を願う清元は修羅となる——。三百年の伝統をつくった男の物語。解説は、南原氏と九代目鳥居清光氏による対談。

東郷茂徳
日本を危機から救った外相
阿部牧郎
一貫して国際感覚ある平和主義者として、先進諸国と夜郎自大の日本人の間に立って太平洋戦争の回避、終結のため獅子奮迅の働きをした硬骨の外交官の知られざる人間像に迫る力作伝記小説。

新渡戸稲造
杉森久英
若き日、札幌農学校(現北大)でクラーク博士の精神を受け継ぎ、後藤新平にもその才を愛《め》でられた新渡戸稲造は、国際平和・教育問題などをかかえるいまの私たちにとって、大先達として蘇る。

日本創業者列伝
企業立国を築いた男たち
加来耕三
岩崎弥太郎、渋沢栄一、安田善次郎、浅野総一郎…。創業者たちの苦闘の軌跡を歴史のダイナミズムの中で捉え、手本無き大変革期のいま求められる「創業者精神」を問い直す著者渾身の力作!

村上元三

加藤清正

全七巻　〈人物文庫〉

〈一〉母と子の巻

尾張国愛智郡中村の鍛冶屋の子に生まれた夜叉若。名将清正の少年時代と母と子の交流を描く。

六六〇円＋税

〈二〉手がら者の巻

〝本能寺の変〟から〝山崎の合戦〟へ。秀吉の家臣として活躍する若き日の虎之助清正。

六六〇円＋税

〈三〉昇龍の巻（上）

信長の後継をめぐって秀吉と柴田勝家の戦いが始まる。清正の賤ヶ岳〝七本槍〟の活躍。

七〇〇円＋税

〈四〉昇龍の巻（下）

大坂築城に際し振るわれた清正の手腕。秀吉とともに小牧・長久手で戦い、やがて九州攻めへ。

七〇〇円＋税

〈五〉妙法の巻

肥後半国、二十五万石の大守となった清正の、治政へ向けた新たな戦いが始まる。

六六〇円＋税

〈六〉鬼将軍の巻

秀吉の朝鮮出兵計画に伴い、清正は肥前名護屋築城、そして文禄の役へ。虎退治のエピソードも。

七〇〇円＋税

〈七〉蓮華の巻

秀吉の死によって帰国した清正。家康と三成の対立、関ヶ原合戦へ。豊臣家の安泰を念じつつ。

七〇〇円＋税